講談社文庫

ステップファザー・ステップ

新装版

宮部みゆき

講談社

CONTENTS

ステップファザー・ステップ

ステップファザー・ステップ

Stepfather Step

1

どうやら、頭を打ったらしい。

目を開《あ》けると、すべてのものが二重にだぶって見えた。天井《てんじょう》の電灯……横手にある窓のカーテンの大きな花柄……そして、こちらをのぞきこんでいる小さな顔。

「あ、目を開いてる」と、その顔は言った。

声は一人分しか聞こえないが、顔はふたつ見える。寸分《すんぶん》たがわぬ同じ顔。どちらもぼんやりとぼやけている。

動こうと思っても、手足に感覚がなかった。かろうじてできるのは、まばたきだけ。何度かそれをすると、天井の電灯が今度は三つにぶれて見え、やがてひとつになり、また小さな顔がふたつのぞきこんできて、そこで視界がすうっと狭まった。

「あれ、また寝ちゃう」

閉じた目の奥に、その声が聞こえた。そうだよ。おやすみ。

次に目を開けたときには、天井の電灯はひとつになっていた。

カーテンは開けてあり、曇りガラスの窓越しに、明るい陽《ひ》の光が射《さ》しこんでいる。

光の角度からして、まだ午前中のようだった。

ここはどこだろう？

自問してみて、ようやく、記憶と理性が手に手をとりあって戻ってくるのを感じた。この状況では、まったく歓迎したくない二人連れだ。門前ばらいにするためには、また気絶してしまうに限る。もう、永遠に目を覚《さ》ましたくない気分だった。

だが、やってきた理性と記憶は、しっかりと居座ってしまった。目もぱっちり覚めている。五感はすべて正常。いまいましいほどに。

おまけに、身体中《からだじゅう》が痛んだ。無数の小さい金槌《かなづち》で、全身のいたるところをひっぱたかれているような感じだ。それも外側からではなく、内側から。とりわけひどいのが頭と肩で、特に右肩は、突如反乱を起こして身体から独立しようとする右腕と全面戦争しているみたいだった。実際、脱臼《だっきゅう》しているのかもしれない。

まぶたを動かすだけで、頭に響いた。

やばいな……こりゃ、本当にどうかなっちまったのかもしれない。このまま一生起き上がることもできず、ベッドに釘《くぎ》づけなんてことにもなりかねない。

記憶が言う。（無理ないよねえ、あの高さから落ちたんだから）

理性が言う。（それでも、生きてただけめっけもんじゃないの？）

頭を振ってそのふたつを追い払おうという馬鹿な試みをしたために、思わず声をあげてしまった。あ、痛て《いて》、などという生易《なまやさ》しい声ではない。わめいたというのが正解だ。

と、どこかでドアが開くような音が聞こえた。軽い足音が続き、すぐ近くで止まる。痛みをこらえるために目を閉じていたので、それらの物音も、続いて聞こえてきた声も、みんな暗闇のなかのものだった。

「良かった。気がついたんだね」

おそるおそる、片目ずつ開いてみると、また顔がふたつ見えた。だぶっている。そっくり同じ顔が並んでいる。

まだ完全じゃないんだ、と思った。それとも、この先ずっとこんなふうに、なんでもだぶって見えるのだろうか。もっとも目玉はふたつあるのだから、その方が自然なのかもしれないが。

「気分は」

「どうですか」

と、ふたつの顔は言った。

それで初めておかしいと思った。左の顔が（気分は）と言い、右の顔が（どうですか）と言ったように見えたからだ。

じいっと見上げていると、ふたつの顔は面白《おもしろ》がっているような表情を浮かべた。

「僕たちの顔に」

「何かついてますか？」

また、右と左の顔で言うことが違っていた。器用な混乱だ。

試しに片目をつぶってみた。ふたつの顔は、顔と顔を見合わせた。

「僕らに」

「ウインクしてるの？」

反対側の目を試してみると、ふたつの顔は笑った。左の顔には右の頬《ほお》にエクボがあり、右の顔には左の頬にエクボができる。

両目を開けて、ほんの少し首を起こしてみた。ふたつの顔にはそれぞれ別な身体がついていた。同じシャツとセーターを着ているが、胸のところについている柄《がら》が違っている。ふたつともアルファベットだが、一人はT、もう一人のはS。

ふたつの顔は声を揃《そろ》えて言った。「僕たち、双子《ふたご》なんです」

2

そもそも、こんな町にやってきたこと自体が間違いだったのだ。

最初はうまい話だと思った。このところちょっと商売が不振続きで、お手元不如意《ふにょい》でもあったから尚更《なおさら》だ。

ローカルな新興住宅地。二十一世紀になれば新幹線かリニア・モーターカーが走るであろうという楽観的な見通しの上に立ってできている、図々しい町だ。もとは何もなかった丘の上に、突然現われた無国籍的な建て売り住宅の大群は、ほとんど映画のセットのように見える。

パステル・カラーのこの町は、丘の上から、ふもとにある土着の住人たちの、ひとまわり小さな町を見おろしている。丘の上の町が「今出《いまで》新町《しんまち》」。丘の下の土着の町が「今出町」。位置的にも色彩的にも、新町は今出町の見ている淫《みだ》らな白昼夢のようだった。

新旧ふたつの町が共有しているのは、今出町の真ん中にある私鉄線の駅だけである。このささやかな鉄道は、東京という心臓めがけて近郊から殺到する血管の末端も末端、右足の小指の爪《つめ》の下を流れている毛細血管みたいなものだった。

柳瀬《やなせ》の親父《おやじ》は、いい話だから特別にあんたにだけ教えると言っていた。七対三で取り分を寄越せばそれでいい、欲張っちゃおしまいだからなあ——などと、めずらしく殊勝《しゅしょう》な顔をしていたことからして、疑ってかかるべきだったのだ。

（おきゃくは女の一人暮らしで、引っ越してきたばかりだし、人嫌いなんで近所づきあいもない。新しい町だから、あんたがぶらりと出かけて行ってそこらを歩いていても、怪《あや》しむ人間なんかいやしねえ。楽な仕事じゃねえの、え？）

お説ごもっとも。本当にいい話だった。

（こんなちょろい話なら、ほかのヤツに回してやったっていいんじゃないの？）と尋《たず》ねると、柳瀬の親父は鼻で笑ったものだ。

（ちょろい話だからこそ、確実にやれる人間に回さねえと、損するからな。バントで楽に点をとれるところへ、ブンブン振り回すだけの能無しを送りこむこともねえやな）

それも、ごもっとも。それに、以前にも、親父から似たような計らいを受けたことがあったし、その時は実に満足すべき成果をあげていたから、今度もほいほいと引き受けたというわけだ。

いざ現場へと来てみると、なるほど親父の言ったとおりの町ではあったけれど、ひとつだけ計算違いがあった。目的の家には、赤外線探知器を使った警報装置が備え付けてあったということだ。おまけに、こぢんまりした二階家の割には庭が広く、そのぐるりを一メートル五十センチほどの高さのブロック塀《べい》で囲《かこ》んである。さらに、ブロックの上には、装飾的に処理してあるものの、間違いなく有刺鉄線の行列――

ときどき、あの親父はこういうことをやる。舞台装置をすっかり整え、衣装も決めて客の前に出てゆき、さあ本番となってから、帽子のなかに兎《うさぎ》を隠すのを忘れていたことを思い出す奇術師みたいなものである。

もっとも、こちらもプロだから、警報装置ぐらいなんということはない。近ごろでは、単身者向きのワンルームマンションでさえ、ホーム・セキュリティを売り物にしているところが増えてきたくらいだから、いちいちへこたれていたのでは、大きな商売はできないのだ。それに、機械に守られているという安心感があると、なかの住人の自衛意識が薄くなるので、かえって好都合なことも多い。

それに所詮《しょせん》、機械は機械。抜け道はいくらでもある。

ところが、目的の家の場合、セールスマン風に背広姿で空《から》のアタッシェケースをぶらさげ、家の周辺を歩き回ってみると、これが案外ちゃんとした装置であることを発見して、ちょっと考えねばならなくなった。門の脇《わき》に取り付けられている監視カメラの製造番号から推《お》して、ここのシステムはこのメーカーのなかでも最新式のものだ。電源を切ったときはもちろん、この部分をバイパスしただけでも、即、独立したサブ電源と直結してしまうという仕掛けのもので、なかなか手強《てごわ》い。解錠《かいじょう》は暗証番号式だが、機械には機械をということで、ミニコンを接続して開けてやろうとすると――つまり、キータッチの入力以外の方法でアプローチすると、警備会社の指令室で警報が鳴る。これも意地悪な仕掛けだった。

まあしかし、誰だって、この家の持ち主と同じ立場に立たされたなら、「守り」を堅《かた》くするだろう。どれだけ念を入れてもまだ足りない気がするんじゃないか。急勾配《きゅうこうばい》の屋根と出窓を持つ、この洒落《しゃれ》た家の持ち主の名は、井口雅子《いぐちまさこ》、三十四歳、独身。この家に引っ越してきたのはほんの十日前のことで、それ以前は、東京のはずれにある小さなアパートに、独《ひと》りで住んでいた。もちろん、賃貸しのアパートだ。

その彼女が、いくら田舎町とは言え、こんな大きな注文住宅を建てることができたのは、ただただ幸運のしからしむるところによる。彼女、一度も会ったことのない遠縁の伯父さんから、二億円近い遺産を受け継いだのだ。その伯父さんも独身で、人生の大半を博打《ばくち》を打って過ごした人だった。ただ、彼が偉《えら》かったのは、同じ博打に入れ揚げるにしても、ちゃんと対象を選択したことだった。競輪・競馬のたぐいではない。彼は相場師だったのだ。

身寄りのない彼は独り病院で亡くなり、資産管理を引き受けていた弁護士が根気良く縁者を探した結果、この世にたった独り、井口雅子が存在していたというわけだった。法律というのは面白いもので、時々こういうアクロバットを見せてくれる。思いがけない大金を手にした彼女は、何が良かったのか知らないがこの今出新町を新しい落ち着き先と決めて、家を建てた。そして、完成と同時に引っ越してきたというわけなのだ。

多少、変わった女性ではあるらしい。子供の頃、交通事故で両親を失い、苦労を重ねてきたせいか、人を寄せ付けないところがある。恋人もいないし、親しい友人もいない。仕事は——お針子とでもいうのだろうか。和服を仕立てるのが生業で、腕前はかなりのものだったようだ。都心にある大きな呉服屋と専属契約を結んでいて、結構いい稼《かせ》ぎをしていたらしい。もっとも今は、馬鹿馬鹿しくて他人の着物など縫っちゃいられないよ、という気分なのだろう。仕事はあっさり辞《や》めてしまっている。好きなだけ自分のものがつくれる身分になったのだから、当然か。

彼女の唯一の趣味といえば、音楽を聴《き》くこと。ウォークマンを愛用している。呉服屋の店員たちから聞き込んだところによると、道を歩くとき、電車に乗るとき、タクシーのなかでさえも、手放したことがないようだという。

写真を手に入れることができなかったので、この町へやって来て初めて、彼女の顔を見た。ごく小柄で、平凡な顔立ち。会って五分後には忘れてしまうような女性だ。少なくとも、たとえどんな小さな脇役としてでも、男の夢に登場するタイプの女ではなかった。

その時は、彼女は外出するところだった。几帳面《きちょうめん》な手つきで門を閉め、丘をくだって駅へと歩いてゆく。しばらくのあいだ尾《つ》けてみると、隣町で電車を降り、駅前でレンタカーを借りて走り去った。わざわざそんなことをしなくても、今出町にもレンタカー会社はあるのだが、気に入った車種が無かったのだろう。

それに、その時はウォークマンをしていなかった。環境が変わったからかもしれない。都心を離れてしまえば、そんな文明の利器を利用しなくても、孤独を維持することも易《やさ》しいから。

彼女はほとんど窓も開けない。どっしりしたレースのカーテンさえぴたりと閉めたままだ。よほど外界との接触を避けたいのだろう。親父を通して手をまわし、家の青写真は手に入れてあったから、困ることは何もないが、ずいぶん頑《かたく》なものだと思ってしまった。

二度目に彼女の顔を見たのは、今夜決行という日の昼間のことだった。近くに停《と》めたレンタカーのなかで地図を調べるようなふりをしていると、彼女の家を訪ねて、新聞の勧誘員がやってきたのだ。

勧誘屋がインタホンを押すと、彼女の家の白いカーテンに、驚くほど明るいランプが点滅するのが映って見えた。室内のどこかに据《す》えられているインタホンの子器のランプだろう。

あんなに光られちゃ、昼寝してても目が覚めてしまう。妙だなと、ちらりと思った。

井口雅子は玄関に出てくると、勧誘員とやりとりをしている。しばらく観祭していると、どうやら取引きがまとまったらしく、サービス品の洗濯《せんたく》用洗剤を二つ抱えて、彼女はドアの向こうへ姿を消した。

その時もまた、ドアの内側で何かがピカリと光った。今度のはランプではなく、何かの反射であるようだった。ガラスの置物でも飾ってあるのかもしれない。

好きな家を建て、好きなように飾りたてる。贅沢《ぜいたく》な趣味だが、今の彼女にはそれができる。

もっとも、本人はいたって地味な感じだ。パッとしない女性だし、自分でもそれを承知しており、しかもそれを改善しようとする意欲も持ち合わせてはいないようだった。孤独を好み、閉じこもることを愛する――それはそれで悪いことじゃない。厳重な警報装置に囲まれたこの新居もまた、彼女を守る鎧《よろい》のひとつになっているのだ。

で、空を仰《あお》いで考えた。こりゃ、上から行くしか手がないな、と。

目的の家は、今出新町の北の端に位置している。丘のいちばん高いところで、この家より上には、あと一軒あるだけだ。そしてこの二軒は、ほかの住宅の集団から、ぽつんと離れているのだった。ちょうど、グループ交際の輪を抜け出した、できたてのカップルのように。

ふたつの家の屋根のあいだにロープを渡して移動するならば、警報装置も目ではない。上手《かみて》の家は、目的の家と違って警報装置も庭もなく、高いブロック塀もない。忍び寄るのは造作もない。どういうわけか住人の姿を見かけることができなかったのだが、夜はいつも、零時前には明かりを消して寝入ってしまうようなので、足場代わりに使わせてもらうには、うってつけだった。

だから昨夜、午前二時を待って、上手の家の屋根に登ったのだ。

どんなことにも計算違いというものはある。とりわけ天災というやつはどうしようもない。予想なんかできやしな——

いや、そうでもなかった。実際、白状するならば、予想できていたはずなのだ。昨夜は不穏な夜だった。西から東へと、灰色の雲の塊《かたまり》がふっ飛ばされていた。空の上の方にいる神様だか誰だかが、突然近鉄の野茂《のも》投手になることを決意したようだった。そしてその投球練習を見物している誰かがフラッシュを焚《た》いて写真を撮っているようだった。

強風と、雷雨の気配。

しかし、夜中の二時ですよ。いくら近年異常気象が続いているとはいえ、夜中の二時に雷が鳴るなんてルール違反というものだ。

(なんか嫌だな)とは思った。が、下見に予想外の時間をかけてしまっていたので、これ以上グズグズしたくなかったのだ。いくらセールスマンを気取っていても——いや、だからこそ、こんな小さな町に何日も足を止めていたら、誰かが妙に思い始める。

壁を登っているあいだに、二度、頭のうしろの方で稲光《いなびかり》が閃《ひらめ》いた。屋根に足をかけたところで、雨の最初の一粒が頬に落ちてきた。おいでなすった——と思って作業を急いだが、井口家の屋根にロープを渡すことに成功したときには、もう土砂降りになっていた。断《ことわ》っておくが、そんなに手間取っていたわけではない。雷雨のスピードに追い越されただけの話だ。

雨に濡れたり、雷に頭の上をうろうろされることを嫌がっていては、アウトドア・ライフはおくれないから、そんなことは気にしやしない。むしろ、悪天候下の方が悠々《ゆうゆう》と仕事をできる。いっそどこかに落雷でもして、ご近所一帯が停電になってくれるともっと助かる、とさえ思った。

しかし。

あくまでも、どこかにである。真上に落ちてくれと頼んだ覚えはない。

それが落ちやがった。ご親切なことだ。

あれからどのくらいたっているのだろう。そして、しつこいようだが、ここはどこだ？

目の前の双子は、並んでTシャツの胸に止め付けられたニコニコ・マークのバッジみたいにみえた。といっても、二人とも、ニコニコ・マークが大流行したころには、まだ生まれてもいなかったろう。どう見ても中学の——一年か二年生というところだ。

「ここは警察かい？」

尋ねると、二人揃って「いいえ」と答えた。

「じゃ、病院だ」

また、「いいえ」だ。

「警察病院か」

今度は二人で「まさか」と言う。

「少年探偵団がいるところをみると、明智《あけち》探偵事務所かな」

すると、「S」の方が笑った。「じゃ、あなたは怪人二十面相ですか」

「どっちかというと、黒蜥蜴《くろとかげ》の方が趣味だな」

「ああ、あれは」と、「S」。

「女の人だもんね」と、「T」。

「それに美人で」

「お金持ちだし」

「だけど」

「剝製《はくせい》をつくる」

「趣味があるでしょ？」

「どうでもいいが」と言ってやった。「頼むからそういうしゃべり方をしないでくれよ」

「すみません」と、二人はコーラスした。

この部屋は芝居の書き割りではないし、射し込んでいる陽の光は本物だ。ベッドの寝心地もなかなかよろしい。裕福な中流家庭の寝室である。

してみると——

「S」が楽しそうな口調で訊いた。「ねえ、どうして僕らの家の屋根に登ったりしてたんですか？」

思わず目を閉じた。ああ、なるほど。ここはあの、上手の家のなかなのだ。

「ねえ、どうして屋根に登ってたの？」

「そこに屋根があったから」

あはは、と、二人は笑った。「あなたは泥棒《どろぼう》なんでしょ？」

わかってるじゃないか。

「君らが、落ちている俺《おれ》を拾ってくれたわけ？」

「そう」

「なんで？」

「国土を汚したくない」

クソガキめ。

「なんで一一〇番しなかったの？」

二人は顔を見合わせた。「S」が答えた。

「だってその方が便利だもの」

便利？　この期《ご》に及んで便利とはどういう意味だ。

やはり、屋根を見上げて（嫌だな）と思ったことに間違いはなかった。どうもおかしい。恐る恐る首をあげてみると、双子は気のふれたお神酒《みき》どっくりみたいに並んでニコニコしている。

「あのな」

「なんですか？」

「君ら、ビンの蓋《ふた》でも開かないのか？」

双子はびっくりしたような顔になった。

「それとも、君らの手の届かない高い棚の上に大事な参考書が載《の》っかってるとかさ。本屋からゲームブックを万引きしてきちまったんだけど、今になって後悔してるから謝って返してきてほしいとかさ。なんかそういう、大人《おとな》でないと用が足りないことがあるわけか？」

そう言ってみて、我ながら馬鹿な質問だと気づいた。それなら、彼らの親がいるじゃないか。

ところが、「鋭いなあ」と、双子は答えた。

「話が早いや」

背中がぞわぞわしてきた。こ、い、つ、ら、の、両親は、ど、こ、に、い、る？

「君らのお父さんとお母さんは？」

「いないんです」と、「T」が答えた。煙草屋《たばこ》の親父が、悪いねえ、今セブンスターが品切れで、というような口調だった。

「いないって、なんでまた。旅行かい？」

双子は首を振った。そして恐ろしいことを言った。「駈《か》け落ちしちゃったんだ」

どうやら、まだ夢をみているらしい。こんなことが現実であるわけがない。

「親父とおふくろが駈け落ちしちゃった？」

「うん」

「君ら、彼らの結婚に反対したのか？　許してやれよ。新聞広告でも出して、〈父よ母よすべて問題は解決　すぐ帰れ〉とかさ」

「どこの世界に」

「夫婦で駆け落ちする人がいます？」

「そのしゃべり方はやめてくれってば」

双子は二手《ふたて》に別れた。「T」が右側の、「S」が左側のベッドの裾《すそ》に腰をおろして、大真面目《おおまじめ》に言った。

「父さんは、会社で自分の秘書をしてた女の人と」

「母さんは、この家を建ててくれた工務店の社長と」

それぞれソロで歌ったあと、声をあわせて、

「半年前に出ていっちゃって、それっきりなんです」

しばらく口がきけなかった。双子はしらっとした顔でこちらを見つめている。

「無責任な親だな」やっとそう言ってやると、二人してかぶりを振る。

「一度しかない人生に」

「悔《く》いを残したくないんだって」

呆《あき》れたものだ。

「どっちかが残って君らの面倒をみようって気はなかったのかね？」

「どっちも、どっちかがやってくれるだろうと思いこんでたんでしょう」

「そういう意味で意思の疎通《そつう》を欠いてる人たちだったもんね」

えらくあっさりしているものだ。

「なあ、不幸の子供たち」

「僕たちのこと？」

「民生委員を訪ねてみたか？」

二人はぱちぱちまばたきをした。その回数まで同じだった。いや、ざっと概算ではあるが。

「どうして？」

「僕ら、なんにも不自由なことないもの」

保守党の選挙用ＣＭに出てくる子役みたいな屈託のない笑い方をする。そして言った。

「ただね……」

そら来た。この「ただ」というヤツが恐いのだ。「ただ」を先頭に、これまでの口上が根こそぎ引っ繰り返る。

「なんだよ」

「僕たち、お金がないんだ」

ベッドの両脇で、双子は同じように座りなおし、同じように首をかしげた。

「この家のローンもあるし」

「生活費も」

「やっぱり稼ぎ手がいないから」

「貯金が底をついてきちゃった」

「それで提案なんだけど」

「あなたはプロの泥棒でしょう？」

「装備がすごかったもんね」

「素人《しろうと》って感じじゃない」

「すっごく稼げるでしょ？」

「僕ら二人くらい、面倒みられない？」

これすべて、雷のせいだ。それだけしか考えられなかった。

「僕たち、この町にきてまだ半年ちょっとなんだ」

「それに、父さんも母さんも仕事を持ってて」

「ここには週末しか戻ってこなかった」

「だから、あなたがここに住み込んだって」

「近所の人たちもヘンには思いません」

「年格好から言っても」

「うんと若いうちに結婚したんだって言えば」

「充分に僕らの父さんが勤まるよね」

「自己紹介しておくと」

「僕は宗野直《そうのただし》」と「T」が言う。

「僕は宗野哲《さとし》」と「S」が続ける。

「あなたの名前はきかなくていいんだ。かえって面倒臭いから」

「僕らの父さんは、宗野正雄《まさお》でした」

「悪くない名前でしょ？」

気のふれたお神酒どっくりコンビをしばらく睨《にら》みつけてから、訊《き》いてみた。

「嫌だと言ったら？」

二人は大らかに笑った。「僕たち、あなたの指紋をとっちゃった」

「ねえ、前科あるんでしょ？　まずいよね？」

「またムショに入るの、イヤじゃない？」

いっそ死んだほうが、まだましだ。

3

足を引きずりながらも、ベッドから出て歩き回ることができるようになるまで、一週間かかった。

魂胆《こんたん》見え見えではあるが、お神酒どっくりコンビは、感心なほどよく面倒をみてくれた。医者にもかけず、売薬だけでなんとか治してくれたのだから、その点では感謝しなくてはならないのかもしれない。

もっとも、恐怖の一週間ではあった。とりわけ、直のヤツが、「右肩の脱臼を治してあげるよ」と言い出したときなどは。

「できるよ。任《まか》せて。大丈夫《だいじょうぶ》だってば」などと、明るい顔で言ってくれる。「僕、子供の頃から脱臼癖があってさ。あ、はずれたなあと思うと、いつも自分ではめちゃってたんだ。だからプロですよ」

「それはおまえの腕だろ？　俺のじゃない」

「他人のだって同じですよ。つくりは一緒なんだもん」

間《ま》の悪いことに、彼がそれを言い出したのは二日目の夜のことで、こちらはまだトイレにも一人では立つことができない状況にあった。相手が子供でも、二人がかりで襲ってこられてはひとたまりもない。おまけに、お神酒どっくりコンビは小憎《こにく》らしいほどすばしっこいのだった。

「あんまり悲鳴をあげないでよ。さるぐつわしなくちゃならないよ」

まあ、「プロだ」というだけあって、右腕はとりあえず無事に関節におさまったが、どうも恐ろしくてたまらない。これから先、電車に乗っても吊《つ》り革につかまるのはよそうと決めた。知らない間にはずれてしまった右腕を、車内に残して降りてしまったら困る。

四日目の朝まで、ずっと高熱が下がらなかった。脱臼を「治して」もらったあとは、さらに上がってしまったほどだった。双子は心配そうな顔をしてベッドのそばにはべり、ときどき「家庭の医学」などを持ち出してきては、ページのあいだに鼻をつっこんでいた。

「屋根から落ちたときの応急処置の仕方なんて載ってないなあ」

「だからさ、打撲のページを見ればいいんだよ。あとは応用さ」

人を問題集と間違えている。

「やっぱり、健康保険には入ってないんでしょ？」

「まあな」

「でも、そしたら、仕事で怪我《けが》したときなんかどうするの？」

空き巣狙いが専門で、暴力犯罪に関わったことはないから、めったに怪我なんかしないよ、と答えようとして、やめた。この牧歌的な子供たちには、こちらができるだけ恐ろしい犯罪者なのだと思わせておいた方がいい。

「そういうときには、ちゃんと診《み》てくれるもぐりの医者がいる。どのみち、銃創なんか、普通の医者に診《み》せるわけにはいかないからな」

前の方は本当だが、あとの方は嘘《うそ》っぱちだ。銃なんて手にしたこともない。その昔、堅気《かたぎ》だった頃に、「大野重工」という会社に勤めていたことがあるが、そこを辞めて以来、「ジュウコウ」にはさっぱり縁がない。だが、双子はいたく感動した顔をして、

「このまんま好くなる様子がなかったら、そのもぐりのお医者に連絡して来てもらおうか？」などと言う。

単純素朴。しかも恐れを知らない。

三日目の真夜中、頭の下の水枕を取り替え、しかつめらしい顔をして脈など計ってくれている双子のどちらかに（なにしろ、こいつらは、エクボをこさえてくれない限

り、外見《そとみ》にはまったく見分けがつかないのだ！）訊いてみた。

「――怖くないのか？」

「ちょっと待って」と、時計の秒針を睨んでいる。「十五秒計って、四倍するんだよね。えーと……やあ、すごいや。百二十八だって。そうすると、今のはうわごとだね？」

「正気《しょうき》だよ」

「胸苦しくない？　さっき咳《せき》してたもんね」

「あのな、質問してるのはこっちだぜ」

「肺炎になってなきゃいいんだけど。だいぶ雨にも濡れたからね」

そらとぼけたようにそう言ってから、ニコッと笑った。左の頰にエクボができた。

「怖いよ」と、拍子抜《ひょうしぬ》けするほどあっさり答えた。

「何が」

「あなたは、何が怖くないかって訊いたの？」

「犯罪者」わざとゆっくり言ってやった。

「いいか？　俺は泥棒なんだぞ。お察しの通り、前科だってある。電話一本で仲間を呼び出して、おまえら二人を殺して埋めて、家のなかのものを洗い浚《ざら》い持ち出して、ずらかるかもしれないんだ。わかってるのかよ」

左エクボは、しばらく考えこんでいた。彼が座り直すと、Vネックのセーターの襟《えり》元《もと》に「S」の文字が見えた。してみると、左エクボが哲なわけだ。

やがて、小さく答えた。「怖いよ」

「じゃあ、さっさと警察を呼ぶか、俺を解放するかしてくれよ。こんなことを続けてたってロクな結果にはならないぞ」

哲はベッドの足元の辺りを眺《なが》めながら答えた。「あんまり、ものごとの結果については考えないようにしてるんだ」

ニッと笑って振り向き、「それ、うちの血統みたいだよ」

罰《ばち》あたりな彼らの両親はそうだろうが。

「それに、とにかく今はすごく具合が悪そうに見えるもの。歩き回ったら死んじゃうかもしれないよ。寝てた方がいい」

鏡を見ていないのでしかとはわからないが、確かに、こんな辛い思いをするのは、十四歳の夏以来のことだった。盲腸から腹膜炎を起こして死にかけたときだ。

「でも運が好かったよ。雷が直撃してたら、まず助からなかっただろうから」

「直撃じゃなかった？」

「当然だよ。落ちたのは、お隣の屋根の上。あなたが投げたロープの先の、フックがいけなかったみたいだね。金属だもの。あ、そうそう、そのロープ、衝撃でぶっとばされてうちの方へ落ちてきたから、ちゃんと拾っておいたからね。お隣はなんにも気がついてないよ。安心して」

フランクリンの凧《たこ》にはなり損ねたわけか、と言ってやると、相手は笑った。「あの人も、運が好かったから感電しなかっただけなんだってさ。先生が言ってたよ」

不思議なのは、日中でも二人のうちどちらかが家にいることだった。今度は右エクボの直を捕《そこ》まえて訊いてみた。

「学校は？」

「交替で行ってる」

「教室でも二人で一人の勘定なのかよ」

「まさか。僕と哲は別々の学校に行ってるから。代わりばんこに休むことにしてるんだ」

こんなシケた町にふたつも中学校をつくるとは、税金の無駄使《むだづか》いだ。それとも、分校だろうか。すると、直は、こちらの疑問を見抜いたように、こう言った。

「隣町には、大きな団地やマンションがたくさんあるもんで、学校も多いんだ。新設校ばっかりだけどね。僕ら、最初は一緒にこの町の学校に通ってたんだけど、先生がしょっちゅう混乱してるし、僕らもやりにくいから、哲が越境通学することにしたわけ」

簡単に「学校を休む」と言ってはいるものの、彼らはそう不真面目な生徒ではなさそうだった。ベッドの脇にくっついているときでも、参考書を広げていたり、英単語のカードをめくっていたりする。

五日目の夜、熱が下がったからもういいよと言ったのに、哲が夜伽《よと》ぎをしてくれた。真夜中に腰が痛くて目を覚ますと、彼はベッドの脇の椅子《いす》に腰かけたまま、うわがけの上につっぷすようにして眠ってしまっていた。そっと起き上がってのぞきこむと、膝の上に英語の教科書が伏せてある。枕元のナイトテーブルの上には、コンサイスの英和辞典と和英辞典が、それぞれ一冊ずつ。

考えてみると、大人になってから、このくらいの年齢の子供の寝顔を間近に見るのは、ほとんど初めての経験だった。

なんだかひどく無力に、無防備に見える。赤ん坊も同然だ。人間はいくつになれば、寝ているときでも大人の顔になれるのだろう——などと、意味もないことを思った。

親は本当にどうしているのだろう。心配じゃないのだろうか。直と哲のことなど思い出す暇《ひま》もないほど、幸せを追いかけることに忙《いそが》しいというわけか。

哲が口のなかでモゾモゾ寝言《ねごと》を言って、寒そうに身体を縮《ちぢ》めた。

言い訳するわけではないが、あれは多分、発熱のせいだ。まだ下がり切っていなかったのだろう。そうでなきゃ、和英辞典を手にとってみたりするわけがない。ましてや「義父」の項をひいてみるわけがない。

そこにはまず［a father-in-law］とあった。法律なんて、縁起でもない。

その下には［a stepfather］とあり、「継父」とカッコしてある。

ステップファザーか。なんだか、ダンスばかり踊っている役たたずの親父のようじゃないか。でも、「継父」というのは、「継ぐ父親」という意味なわけだな……などと考えた。

やっぱり、熱があったのだ。絶対。

墜落から一週間目の朝、慎重に起き上がってベッドを抜け出し、双子の声が聞こえている方へ歩いてゆくと、そこはダイニングキッチンだった。一人が学生服を着ており、一人が流しの前にいて皿を洗っている。

「ちょっと笑ってくれ」と声をかけると、二人同時に振り向いて、歯磨《はみが》きのCMみいに歯をむきだした。制服を着ている方が哲だった。

「今日は直が留守番の日か」

「うん」

「もういいよ。ふたりとも学校へ行きな」

叱《しか》られたみたいにうなだれて、双子はこっそり視線をあわせている。やがて、直が小声で言った。「出ていくんだね?」

そうだと答えたかったし、事実そうしたかった。それなのに、なぜそう答えられなかったのか、自分でも説明ができない。

義理かね——とも思う。とにかく、助けてもらったことは確かなのだから。

「出ていかないの?」

ため息が出た。「まだな」

双子は急に元気づいた。洗剤だらけの両手をエプロンで拭《ふ》きながら、直が言った。

「ねえ、おなかすいたでしょう? 今まで、おかゆみたいなもんしか食べてないもんね。なにか注文はない? 何でもつくってあげるよ」

「そうそう。直、結構料理がうまいからさ。お望みどおり——」

言いさして、哲が口をつぐんだ。表情がしぼんでしまった。ちらっと直を見やると、相談を持ちかけるとき独特の、すくいあげるような目付きをした。

「あれ」と、直も言った。「あ、そうか……」

二人とも名優だ。台詞《せりふ》なしでも、意味はわかった。

「通帳は？」と、訊いてみた。

「なんの？」

「誰も米穀通帳を出せなんて言ってないよ。決まってるだろうが」

ベイコクツウチョウってなんだ？　と言いながら、哲がダイニングを出てゆき、すぐ戻ってきた。ためらいがないところを見ると、こちらの意図をちゃんと理解しているのだ。

差し出された青い貯金通帳の名義人は、「宗野正雄」になっていた。開いてみると、延々と記帳が続いているが、出金ばかりの行列だ。

傍《かたわ》らのカレンダーを見上げて確認すると、昨日の日付で九万八千円が引き落とされていた。

「昨日、住宅ローンが落ちたんだ」と、直が言った。

「ボーナスのときには、二十三万円落ちるんだ」と、哲が付け加えた。

残高は、金一万とんで二百十一円也。

「僕らも一時はアルバイトに新聞配達してたんだけど」

「学校にバレてやめさせられちゃったんだ」

通帳を閉じると、ドアにもたれかかり、できるだけ双子の顔を見ないようにした。

「学校へ行けよ」

もう、仕方ない。

「俺は財布を取りに行ってくるから。今後の算段は、またあとだ」

ちょうどそのとき、表の郵便受けに、遅い朝刊の飛び込む音が聞こえた。檻《おり》の扉が閉じた音のように聞こえないでもなかった。

4

驚いたことに、丘の反対側のふもとに停めていたレンタカーは、そのままになっていた。雨ざらしになったために汚れていたが、駐車違反のステッカーも貼られてはいない。空き地だけは潤沢《じゅんたく》にある町のことなので、鷹揚《おうよう》なものだ。

隣町の公衆電話から、柳瀬の親父に連絡を入れた。まだ手間取っているのか？　と呆れられたが、言い訳は適当にして切り上げてしまった。十三歳のガキ二人に人質にとられているなどと説明したら、親父は笑い死にしてしまうだろう。ときどき殺してやりたくなることもある親父だが、利用価値のあるうちは元気でいてくれないと困る。

戦略上、井口雅子にこちらの存在を知られることは避けたいので、必要なものだけ取り出すと、車は駐車場に入れたまま、電車と徒歩で、こっそりと双子の家に戻った。

通りしなに、落雷があった隣家の屋根をちらりと見上げてみた。洒落た角度で傾いた屋根の西洋瓦《がわら》が、数ヵ所、割れたり剝《は》げたりしている。だが、もとの造りがしっかりしているのか、たいした損害ではないようだった。

隣家の窓のカーテンは閉じている。人の気配も感じられなかった。が、風でカーテンがゆらいだとき、部屋の中で何かが光った。以前に下見したときには、玄関でなにかが光っていたのを思い出した。なんだろう？

双子は先に帰宅しており、一人が洗濯を、一人が掃除をしていた。フェミニズムの時代の家庭科の教室を見ているような気がした。

口上のとおり、夕飯の料理はなかなかのものだった。慣れた手つきで葱《ねぎ》など刻んでいるのを眺めていると、久しく使っていなかった言葉を思い出したくらいだ。

いじらしい。

「料理、誰かに教わったのか？」

「ううん。もともと好きだったんだ。それにホラ、言ったでしょ？　母さん、週末しか帰ってこない人だったから」

この桃源郷《とうげんきょう》のように緑豊かな町は、確かに東京からは遠い。だが、ここにマイホームを構える以上、それは承知の上のことだったはずだ。桃源郷に行くには時間がかかるに決まっているのだから。

「父さんと母さんには、東京の方が桃源郷だったんじゃない？」と、直は言った。

子供がしっかりしていると、親がぐれる。

「手伝ってもらわなきゃならない」

テーブルの上が片付いたところで、そう切りだすと、双子は厳粛な顔つきになった。

「脅《おど》しで言ってるんじゃないぞ。本当にまとまった金が必要で、俺を利用したいんだったら、只乗《ただの》りは駄目だ」

双子は膝《ひざ》を乗り出してきた。

「何をすればいいの？」

「本当にやる気があるのか？」

「もちろんだよ」

「財政は逼迫《ひっぱく》してるもんね」

多少、呆れた。「おまえら、隣人愛ってもんがないのかね」

「どういうこと？」

「隣に泥棒に入ろうって言ってるんだぞ？　申し訳ないなあとは思わないわけ？」

「だって、お父さんだってそうしようとしてるんでしょ？」

お父さん。とんでもない。

「俺がいつおまえらの親父になるって言った？」

双子は下を向いて笑っている。直がキッチンの方を振り返り、「お湯が沸《わ》いてら」

と言って立ち上がった。「コーヒーをいれるよ」

「いいか？　俺と、おまえたち二人の間柄は、単なる共犯関係だ。それだけ。それ以上でも、以下でもない。窃盗犯《せっとうはん》に手を貸すのが嫌なら、それでもいい。世話になった分の礼はちゃんとするから、それだけ受け取ってサヨナラしてくれよ」

哲は頭の横っちょをポリポリかいている。コンロのそばで、直が「はい」と答えた。

「じゃ、手伝うんだな?」

「手伝います」

「良心は痛まないわけだ」

少しばかり真面目な顔になって、哲が答えた。「お隣、全然つきあいがないもの」

「まだ、引っ越してきたばっかりだしね」

「女の一人暮らしだけど」

「家にこもりっきりだしね」

「いつだったかなあ」

「あれはさ、引っ越してきた翌日だよ」

「挨拶《あいさつ》しても、無視されちゃったし」

「いくら背中向けてたって」

「僕たちは〈こんにちは〉って言ってるんだから、振り向いてくれたってよさそうなもんなのにさ」

コーヒーカップを三つ載せた盆を持ってきて、直が腰をおろした。

「それに、これは又聞きだけど、お隣の女の人、すごく遠い親戚から遺産が転がりこんで、それでいっぺんに金持ちになったんだっていうよ」

「少しこっちに回してくれたっていいよね？」と、哲が勝手なことを言う。

ほう、と思った。こんなに相互に無関心な町でも、この手の噂《うわさ》はちゃんと広がるのだ。

「ねえ」と、双子は膝を乗り出した。「あなたも、お隣の井口さんがそういうお金持ちだってこと、ちゃんと知っててやってきたんでしょ？」

もちろん、知っていた。

柳瀬の親父は、この種のネタをつかんできては流してくれる、一種の情報屋なのだ。昔の職業は弁護士で、一時期投獄されていたこともある。戦前の話だ。その頃おかみから苛《いじ》められていたのだから、なかなか骨のある憂国の士だったわけである。

実際、戦後に事務所を構えてからも、私選弁護人をつけることのできない貧乏人ばかり専門に面倒をみていたために、赤貧を思いっきり洗ってしまうような暮らしをしていたらしい。

そこで、ある時目覚めたわけだ。

いつの世にも、親父のような気骨《きこつ》のある――ある面から見れば要領の悪い生き方しかできない正義漢がいるものだ。彼らは正義と使命感で懐《ふところ》をいっぱいにしているので、金が入ってくる隙間《すきま》がない。そんな彼らに代わって稼いでやったらどうだろう、と。

柳瀬の親父は今現在、十三の顧客と契約を結んでいる。印紙の要らない契約書に、「いざというときにはあなたと心中します」と書いて血判を押した契約だ。

顧客のうち七つは法律事務所、三つは不動産屋、あとの三つのうち二つは私立病院で、最後のひとつは無認可の託児所である。どこも皆、金にならない仕事に精を出している――無報酬や手弁当《てべんとう》で頑張《がんば》っているところばかりだった。

親父はそこから一定の顧問料をとる。取れる場合は情報も取る。たとえば相手が法律事務所なら、さっき挙げた例のような、おいしいケースの情報だ。弁護士には守秘義務があるし、口が固くないと務まらない仕事ではあるが、同業者同士だと、多少くちびるが弛《ゆる》むものらしい。具体的なことまで聞かなくても、手がかりさえ与えてもらえれば、あとは親父の手下が調べにいけばいい。

そして親父が、ここからなら穏便《おんびん》にまとまった金を巻き上げることができそうだと踏むと、こちらの出番が来るというわけだ。

親父と手をつないでいるプロの窃盗屋は、ほかにも二人ばかりいるらしい。横の繋《つな》がりがないから顔も知らないが、そこそこいい腕を持っているだろうことは、予想がつく。

獲得した金は、だいたいの場合、親父と半々に分ける。親父はそのなかから自分の手数料をとり、残りを顧客に配当する。詳しい配当率については知らないが、おそらく公平なものだろう。

今回、こちらとの分配率を七対三でいいと言ってきたのは、前回の仕事が面倒だった割にほとんど上がりがなく、それが親父の計算違いに起因していたからにほかならない。じいさん、律儀《りちぎ》なのだ。

もちろん、独立独歩の商売もしているから、いつも親父と組んでいるわけじゃない。だが、親父の回してくる仕事は楽なものが多い。こちらとしても、大いに助かっているのだ。それに、万が一パクられたときには、親父の顧客の弁護士に面倒みてもらえるという保証付きでもある。

そんな次第《しだい》だから、哲の（少しはこっちに回してくれても……）という言い分に、反論があるわけではなかった。生前つながりのなかった親戚から大金をもらうなんて、誉《ほ》められた話じゃない。そこから多少分けてもらっても、罪にはならないじゃないか。

かと言って、双子にこの辺のことを話すつもりはなかった。下手《へた》に興味でも持たれては困る。それなりに守秘義務も負《お》っている身だ。

「あとで後悔しても遅いぞ。やめるなら今のうちだ」

お神酒どっくりコンビには、動じる様子もなかった。

「やるもん」と、コーラスで答えた。

5

「べつに難しいことをやってもらわなくてもいいんだ。適当な口実をつけて、井口雅子をこっちの家に呼んで——そうだな、十分も引き止めておいてもらえれば、それでいいよ」

普通、腕利《うでき》きのプロの空き巣狙いなら、二分以内に仕事を片付けてしまうものだが、今回は別だ。まだ体調が万全ではないから、慎重にした方がいい。

「じゃ、昼間にやっつけるの？」

「いや、夕方だ。明日の。君ら、何時ごろなら確実に学校から帰ってきてる？」

お子さんの学業の都合《つごう》にあわせて仕事をする。なんとも情けない。

「四時半──」

「五時だったら確実かな」

「じゃ、五時十分にしよう。言っておくが、俺がこの家にいることを、彼女に気取《けど》られるなよ」

雅子を呼び出す口実に、双子はいろいろと知恵を出しあい、結局、こっそり水道の元栓《もとせん》を閉めておいて「うちは急に断水しちゃったみたいなんですけど、お宅はどうですか」

と、声をかけるという案を出してきた。

「それで十分もたせられるか？」

「任せてください」

翌日の午後五時十分、彼らは約束どおりの芝居を始めた。

双子の家の勝手口に身をひそめ、小さく聞こえてくる彼らの声と、それに答えるインタホンごしの雅子の声とに耳を澄ました。双子はなかなか芝居上手《じょうず》で、困り果てたという口調でしゃべっている。

「うち、両親は週末しか家に帰ってこないんで、僕と弟とで、なんとかしなくちゃならないんです。困っちゃった……」

その哀れっぽい様子にほだされたのか、彼女は家から出てきた。門を開け、並んでいる二人の方へとやってきたようだ。

「ちょっと見てみましょうか。どうしたのかしらね」

三人は双子の家の方へと引き返してくる。スッと入れ違うように隣家に向かい、門へと向かった。監視カメラを見上げると、パイロットランプが消えている。日中や、ほんのちょっと外出するときにはスイッチをいれないというのでは、警報装置も用をなさないのだが、人間は案外そんなものなのだ。だから空き巣が存在する。大半の場合、鍵を破ったり窓を割ったりしなくても、施錠《せじょう》してないドアや窓から悠々と出入りすることができるものなのだ。ご用心願いたい。

正面玄関のドアは、ご丁寧《ていねい》なことに半開きになっていた。どっしりとした樫《かし》の一枚板で、これだけでもかなり値の張る代物《しろもの》だ。安アパートの家賃と同じぐらいするだろう。改めて、この家が、億単位の金を持っている女性の建てた注文住宅であることを思い出した。

この商売に、拙速はあり得ない。スピードがすべてに優先する。たとえ盗《と》り残したものがあっても、未練を残してはいけない。そんなことをしていると、高い塀の向こう側で、仮釈放の日までの日数を、壁に刻んで過ごすような羽目になる。

だが――

家のなかに一歩踏み込んだとたん、その鉄則を忘れてしまった。

ここは普通の住宅なのだ。それも、内装とインテリアに大層な金をかけている。不動産会社のインチキ広告に使われてもおかしくないような、高級住宅。

玄関の三和土《たたき》は大理石造り。磨きこまれた廊下はハリウッド女優の髪のように栗色に光っている。広々としたリビングにはきれいな更紗《さらさ》張りの応接セットがある。木目《もくめ》のテーブルがある。システムキッチンの蛇口《じゃぐち》は、小粋《こいき》な角度に首をかしげている。

だが、そんなことのすべてをふっ飛ばしてしまうほど、異常なことがひとつあった。

部屋中、鏡だらけなのだ。壁という壁に、大きさ、形、縁の装飾もとりどりの鏡が掛けられている。

いや、掛けられているのではない。すべて、造り付けだった。あとから壁に穴をあけ、フックを取り付ける手間を省《はぶ》くためだろうか。とにかく、動かすことも外《はず》すこともできないようになっていた。

まるで遊園地の鏡迷路だ。

部屋のなかを歩き回ると、自分の鏡像《きょうぞう》がちらちらと動き回り、うしろからついてきたり、とんでもないところでひょいと顔をのぞかせたりする。どきりとしてよく見ると、そこにも鏡だ。キッチンの流しの向こう側にも鏡がある。皿を洗いながら自分の顔に見惚《みと》れることもできるというわけか。

階段の途中にも、まるで絵画を飾るようにして鏡を掛けてある。誘われるようにしてあがってみると、踊り場の壁にも鏡。廊下にも、三つ並んだドアの上にも。

向かって左のドアから開けてみた。寝室、ウォークイン・クロゼット、書斎ふうの小部屋。どの部屋のなかも鏡、鏡、鏡の洪水だった。ドアの内側にまで鏡がつけてある。クロゼットはともかく、寝るときや本を読むときにまで鏡が必要なものだろうか。

書斎ふうの部屋では、大型の書棚の手前の棚に、ちゃんと鏡がはめこんであるのを見つけた。書店の万引き防止用ならまだわかるが、これは個人の書斎なのだ。いったい、どんな趣味なのだろう。

書棚を眺めれば、その持ち主の人となりがわかるということがある。だが、そこに並べられている本のなかには、これほど強い鏡への執着心《しゅうちゃくしん》をうかがわせる種類のものは見当らなかった。「鏡の国のアリス」もない。町の本屋さんから、気の向いたときに適当に買ってきました、というラインナップだ。実用書、コミック、タレント本、写真集——

ところが、ひとつの棚だけ、推理小説が占領していた。

どうやら、あの女性はエド・マクベインのファンであるらしい。「87分署」のシリーズがずらりと勢揃《せいぞろ》いしている。だが、エヴァン・ハンター名義のものや、ノン・シリーズの作品はないようだ。

そして、「87分署」の行列の端の方に、ひっそりと文庫本が四冊。「Yの悲劇」を筆頭に、エラリー・クイーンの悲劇三部作と、「ドルリー・レーンの最後の事件」……

ミステリー・ファンだとしても、ずいぶん偏《かたよ》った嗜好《しこう》のように思える。

そしてもうひとつ、大事な異変に気がついた。

ここまで見てきた限りでは、この家のなかには電話がないのである。女の独り暮らしには必需品だと思うのだが……

もう一度、二階のドアをすべて開けて、のぞいてみた。やっぱり、ない。あまりにも奇妙なことばかりなので、ウォークイン・クロゼットのなかに並んでいるハンガーの行列が、疑問符の列のように見えてきてしまった。

その時、頭の上でみしりと音がした。

見上げると、天井の一角に、八十センチ四方くらいのハッチが設けてある。把手《とって》がつけてあるところをみると、そこに手鉤《てかぎ》かなにかを引っ掛けて、蓋と、おそらくはハシゴを引きおろすようにできているのだろう。

屋根裏部屋か——と思って見つめていると、また、みしっときしむような音が響いた。ちょうど、誰かが足を踏み替えたかのように。

そしてそれに、押し殺したようなくしゃみの音が続いた。

いいいい、上に、誰かがいる。

6

「どうだった？」

息をはずませて尋ねる双子に向かって、黙って首を振ることしかできなかった。

「なんだ、お金、盗らなかったの？」

「見つからなかったの？」

「僕たち、十五分も引っ張ったんだよ」

その通りだった。なんとか屋根裏へ昇ることができないものかと考えているとき、窓の外から双子の「助かりました、どうもありがとう」という声が聞こえてきたので、あわてて逃げだしたのだ。

「どうも妙なんだ」

ことの次第を説明すると、直も哲も目を見開いて聞いていた。

「鏡屋敷だ」と、哲が言う。

「井口さん、ナルシストなのかしら」と、直が笑う。

「〈87分署〉と、ドルリー・レーンが好きだっていうのは、なんでかな。共通点ある？」

「作者の名前が〈エ〉で始まるよ」

「お父さん、ミステリーをよく読むの？」

考え込んでいたので、〈お父さん〉と呼ばれたことに気づかず、うっかり返事をした。

「たまにな。暇つぶしに」

双子はうれしそうな顔をした。「僕らも読むよ。暇つぶしじゃあないけどね」

「面白いもの。クイーンもマクベインも好きだよ。だけど、クイーンを読むのにドルリー・レーンものだけを選ぶなんて、珍しいな」

楽しそうにしゃべり続ける双子の脇で、テーブルに肘《ひじ》をついて考えた。

屋根裏の人の気配。

棚からぼたもちを絵に描いたような巨額の遺産。

東京にいるときにはウォークマンを愛用していた井口雅子が、この今出新町に移ってきた途端、その興味を失《な》くしてしまったように見えること。

派手に光るインタホンのランプ。

わざわざ隣町でレンタカーを借りたこと。

電話を引いていないこと。

そして何よりも、あの鏡の大群——

その答えを見いだすまで、二日かかった。

朝、髭《ひげ》を剃《そ》りながら、鏡のなかですぐうしろに映っている哲の顔をちらりと見たとき、閃いたのだった。

なるほど。井口雅子には鏡が必要だったのだ。

「なあ、哲」

顔の半分に泡を残したまま話しかけると、彼は口から歯磨き粉を飛ばしながら返事をした。「なあに」

「おまえと直が井口雅子を見かけたとき——」

「挨拶を無視されたとき？」

「そうだ。彼女の顔、じっくり見たか？」

彼は首を振った。

「どうかなあ……断水のお芝居をしたときには、アップで見たけど。あの人、引っ越しの挨拶にもこなかったしね」

そこへ、「朝ご飯、できたよ」と言いながら、直がやってきた。

「直」

「なあに？」

「落雷のとき、お隣の井口さん、びっくりしてたか？」

何を今さらという顔で、直は笑った。「そりゃ、してたよ。〈あんな大きな音で、爆発でも起こったかと思ったわ〉って言ってた」

横で哲も頷《うなず》いている。もうひとつ、質問した。

「なあ、そのときの女性は、断水の芝居を打ったときに出てきた女性だったよな？」

双子は意味ありげな目くばせをしあい、返事の代わりにこう言った。

「お父さん、まだ頭の具合が良くないの？」

いいや。良好だよ。坊やたち。

それからしたことは――

ひとつ。柳瀬の親父に連絡して、あることを調べてもらった。ふたつ。双子に頼んで、彼女の家に出向いてもらい、やはりあることを調べてもらった。

あとはまた、屋根伝いに隣家に忍びこめば、それでよかった。ただし、空に雷雲のかけらも見えない夜を選んで。

7

井口雅子の家を建てた工務店は、防錆加工を施した頑丈なスチール製の窓枠を使っていた。つまり、鍵もスチール製なわけで、ということは、磁石を使って外から開けることができるということだ。

哲に磁石を渡し、直に菓子折りを持たせて隣家を訪問させ、(このあいだはありがとうございました)と言わせるついでに、そのことを確認させたのも、そのためだ。

打ち合せを済ますと、双子は「頑張ってね」と言った。声援を贈られて仕事に出かけるのは初めての経験だが、今度は首尾《しゅび》良く隣家の屋根にたどりつき、二階の奥の書斎ふうの部屋の窓から、室内に忍び込んだ。

彼女は寝室で眠っていた。一度起こして、ちょっとばかり騒いでもらってから軽く当て身をしてやると、簡単にのびてしまった。どういう女であれ、やはり、女に暴力をふるうというのは気分の悪いものだ。

井口雅子は、リビングの壁のいちばん端にかけてある、ロココ調の縁のついた鏡の裏に、隠し金庫をつくっていた。これまで大金に縁のなかった人間が、いきなり数億円をつかんだのだから、きっとそうしているだろうと睨んでいたのだが、まさにその通り、そこには二千万円以上の現金と有価証券がしまいこまれていた。

悠々と現金だけを頂戴し、若干《じゃっかん》室内に物色の痕《あと》を残してから、あの屋根裏に続くハッチを開けに行った。そして、そこにも金目のものが隠されているのではないかと思った強盗が、現金や宝石ではなく、女性が一人監禁されているのを発見して、仰天《ぎょうてん》して逃げだした――という演技を残して、双子の家へと逃げ帰ってきたのだった。

「もしもし？　あの、隣のうちでなんか悲鳴が聞こえたみたいなんです。窓も開いてるし――人影が逃げていくのを見たんです」

直が一一〇番通報し、哲が外に出てパトカーを待ち、警官が隣家に踏み込んだとき、屋根裏に押しこめられていた女性は、自力で一階まで降りてきていた。

もう、おわかりだろう。その女性こそ、井口雅子だった。

「なんでわかったの？」

翌日。早々に学校から帰ってくると、双子は頭を並べて詰め寄ってきた。

「簡単だよ」

と言ってやるのは気分のいいものだと発見した。

「俺たちが井口雅子だと思い込んでいた女性なら、あんな鏡だらけの家を建てる必要はないと気づいたからさ」

「どういうことさ？」

「彼女は落雷の音に驚いた。車の運転もしてた。だからだよ」

「焦《じ》らさないでよ」と、哲がむくれた。どちらかというと彼の方が気が短いようだ。

「本物の井口雅子は、耳が不自由だったんだ」

双子はぽかんとした。お神酒どっくりの口が、そろってこちらを向いているように見えた。

「だって――それじゃ――おかしいよ。お父さん、井口さんについて、いろいろ情報をつかんでから来たんでしょ？　それなら、彼女が耳が不自由だってことぐらい、わかっていそうなもんじゃない」

「彼女、それを隠してたんだよ。弁護士先生さえ気がついていなかった」

「そんなの不可能だよ」と、双子は口々に言った。「お勤めしてれば、誰かが気がついて——」

言いさして、直の方が先に理解した。顔が明るくなった。

「そうか。読唇術《どくしん》だね？」

ビンゴである。

「ある程度の年齢にまで成長していれば、聴力を失くしても、人と会話をすることはできるんだ。相手の言っていることを読み取ることさえできればね。そのために、読唇術という技術がある」

これはあとでわかったことだが、井口雅子は二十歳のとき、突発性難聴というやっかいな病気にかかって聴力を失くしたのだという。意志の強い彼女は、このハンディを克服するために努力して、読唇術を身につけた。さらにその上に、聴力を失っていることを他人に悟《さと》られないようにしてきたのだ。

その判断は、ある意味では正しかったろうと思う。それでなくても、若い女性が一人で生きぬいてゆくことは大変だ。弱みを見せたらたちまち食いついてくる悪い野郎が、世間にはごまんといる。

しかし、苦労だったろうな。立派だよ。

ウォークマンを愛用していたのも、そのためだ。たとえば、道の反対側から知人に声をかけられたとしても、彼女にはわからない。大声を出して呼びかけた知人は、(あれ?)と思うだろう。そんなとき、(ウォークマンをしてたから)と言えば、ああそうかと納得してもらえる。

そんな彼女に巨額の遺産が転がりこんできたのは、神様とやらが、彼女に(よく頑張ってるね)と、表彰状をくれたようなものだったのだ。

ところが、その金に目がくらんだ女がいた。

(言っておくが、我々は違う。いやその――違いますよ)

柳瀬の親父に頼んで調べてもらったのは、井口雅子の仕事仲間に、最近ふっつりと消息を絶っている女がいはしないか――ということだった。

答えはイエス。その女が、雅子を監禁し、彼女に成り代わろうとした女だった。我々が井口雅子だとばかり思い込んでいた女性だったのだ。

「井口さん、知らない土地に独りで来て、生活を始めようとしてたんだもんね」と、哲。

「すり代わろうと思えば、簡単だったよね」と、直。

「すり代わったのは、引っ越しの直後だろうと思うよ。ぐずぐずしてたら、近所の人たちが、本物の井口雅子の顔を覚えちまうからな。でも、少なくとも一度は、君らは彼女と会ってるんだ」

哲がぽんと手を打った。「挨拶しても無視されちゃったときだね？」

「ご名答」

井口雅子があんな鏡だらけの家を建てたのは、家のなかで誰かと一緒にいるとき、その人物に背中を向けていても、ちゃんと唇を読んで話をすることができるようにするためだったのだ。

「井口さん、その〈誰か〉に当てがあったのかな？」

あったのだということは、後日わかった。相手は現在の妻と離婚訴訟中の男で、それだから彼女とべったりくっついているわけにもいかなかったのだ。だが、彼女の災難を知って飛んできたくらいだから、真面目な気持ちでいるのだろう——と思いたい。

彼女に成り代わろうとした女が、わざわざ隣町で車を借りていたのは、井口雅子が免許を持っていないからだ。ボロを出さないように気を配っていたのだろう。また、彼女をすぐに殺さずに監禁していたのは、完全に彼女になりすますために、まだまだ情報を引き出す必要があると考えたからしい。周到なものである。

「でもさあ」と、直が不思議そうに言う。

「その女の人が井口さんに成り切るってことは、自分の家族や友達を捨てるってことでしょ? よく決心できたよね?」

何も言わないうちに、哲が代わって答えてくれた。

「ほかにうーんと欲しいものがあれば、そんなの、簡単に捨てられるんだよ、きっと」

双子はちらっと視線を合わせ——気のせいでなければ——淋《さび》しそうに笑った。

「でも、そんなことができる人は、なにかとっても大切なものが欠けてるんだよ」と直が言い、「そうだね、そう思うよ」と、哲が頷いた。

「クイズがある」と切りだすと、双子の表情が戻った。

「井口雅子が〈87分署〉とドルリー・レーンを好んだ理由は?」

双子はてんでに考えていたが、ほとんど同時に顔をあげてにっこりした。

「ドルリー・レーンは耳の不自由な名探偵だよ」

「それに、〈87分署〉のキャレラ刑事の奥さんは聾唖《ろうあ》者だけど、読唇術と手話でコミュニケーションできるんだ」

拍手してやると、双子は面白そうに顔を見合わせた。

「ねえ、もうひとつ言っていい？」

「なんだよ」

「キャレラ刑事の美人の奥さんは、双子を産むんだよ」

「関係ないね」

井口雅子から頂戴した現金は二千万円。親父に払う三割を除いた残り千四百万円のうち、思い切って半分を双子たちに渡した。

「銀行には入れるなよ」と、釘《くぎ》を刺《さ》してある。

「定期預金なんかして、親父さんかおふくろさんが帰ってきたとき問いつめられたら困るだろ？」

助けてもらったお礼という意味もあるし、これだけしておけば、後腐《あとくさ》れなく縁切《えんき》りできる。双子はびっくりしたように顔を見合わせていたが、約束は約束だと言ってやると、押し戴《いただ》くようにして受け取った。

「これでお別れかなぁ」

「そういうこと」と、立ち上がりかけたとき、インタホンが鳴った。ドアを開けると刑事が二人。隣家の事件のあと始末にやってきたのだった。

「偉かったね」と、ひとしきり双子を誉めあげてから、刑事はこちらを向いた。

「ええと、あなたは……」

双子が声をそろえた。「宗野正雄です」

ガキめら、今だけだぞ。しょうがない、刑事の手前、こう言うしかないじゃないか。

「はあ、この子たちの——父親です」

トラブル・トラベラー

Trouble Traveller

1

〈お父さんお元気ですか〉

と、書いてある。

〈僕も哲《さとし》も元気です〉

と、一行目とは違う筆跡で書いてある。

〈おかげさまでお金は足りてます〉

三行目の筆跡は一行目のと同じだ。

〈でも、今度はいつ来てくれるの？〉

と、二行目の筆跡が問いかける。

性懲《しょうこ》りもなく、あのガキめらは、手紙まで一行交替で書いているのだ。

喉《のど》がつまったような咳払《せきばら》いの音が聞こえたので、振り向くと、柳瀬《やなせ》の親父《おやじ》がこちらを見ていた。下からすくいあげるような目付きで、なおさら人相が悪く見える。

「手紙なんぞ、めずらしい」そう言って、にやりと笑った。「それも子供の字じゃないか。驚いたね」

「俺《おれ》だって驚いてるんだ」

実際、まさか本当に手紙が来るとは思ってもいなかったのだ。

差出人は、宗野直《そうのただし》、哲という名前の、双子《ふたご》の兄弟である。彼らとは、数ヵ月前、今《いま》出新町《でしんまち》という、どんな悪徳不動産屋でも「東京から通勤圏内ですよ」と言うには声が小さくなるような新興住宅地へ仕事に行ったとき、関《かか》わりができてしまった。

二人とも中学一年生、十三歳だ。二人きりで一軒家に暮らしている。両親はいない。所在が不明なのだ。二人とも、それぞれの愛人と手に手をとって駆《か》け落ちしてしまったのだから。息子たちの生活のことなど考えもせずに……。常人の理解を超えている。

しかし、この親にしてこの子あり、とはよく言ったものだ。残された子供のほうも常人じゃなかった。

〈春休みがきたら、僕と直は二人で旅行します〉

〈倉敷《くらしき》に行くんだよ〉

〈おみやげを買ってきますから〉

〈楽しみにしててね〉

〈このごろ、直はまた料理がうまくなりました〉

〈食べに来てね〉

〈じゃ、また手紙を書きます〉

〈ひとまず、さよなら〉

これではとても、保護者に遺棄《いき》された不幸な子供たちとは思えないではないか。断っておくが、俺は彼らの父親ではない。向こうが勝手にそう呼んでいるだけで、迷惑千万な話なのだ。

「何者なんだね、その子たちは」と、柳瀬の親父が訊《き》いた。

「俺のファンクラブだよ」

双子のことは、親父にも内緒《ないしよ》にしてある。話しても笑われるだけだろうから。

ポケットに手紙をしまい、立ち上がった。

「もしまた手紙が来たら、教えてくれよ」

親父はにやにやしながらうなずいた。

職業的な泥棒《どろぼう》は、映画や小説の世界にだけ存在しているものではない。現に、俺がここにいるのだから。

柳瀬の親父は、俺にとって、情報屋であると同時に元締めであり、世間に対する表向きの顔をつくるための方便でもある。廃業した弁護士であるこの老人は、今でも形だけ事務所を持っているので、俺もその雇用人という形をとることができるというわけだ。

だが、親父の事務所は、「よろず人生の悩《なや》みごと承《うけたまわ》ります」という、人を馬鹿にしたような看板をあげている。ごくまれに、興信所と間違えてやってくる者がいないではないが、ふりの客など、普通は入って来ない。俺と、ほかにも数人、親父と契約を結んでいるプロの窃盗屋《せっとうや》が出入りしていないときは、親父は閑古鳥《かんこどり》と仲良くしている。

泥棒と言っても、俺は「ないところ」からは盗《と》らない。「あるところ」からだけいただく。その「あるところ」がどこであるかを探しだすのが親父の役割である。獲得したものは、ほとんどの場合、親父と折半《せっぱん》する。成功報酬五割の契約だ。

親父は、自分の取り分のなかから、元になった情報を流してくれた顧問先に配当を払う。顧問先の数は、現在のところ十三。法律事務所や不動産屋、病院、あと、無認可の託児所もひとつ入っている。みな、金にはならないが、世のため人のためになる仕事に精を出しているところばかりだ。たとえば、不動産屋の場合、寝たきりの老人や、暮らしに困っている母子家庭に、身銭《みぜに》を切ってアパートを貸している——という具合。

おっと、言い忘れたが、俺の方も、親父にいくばくかの顧問料を払っている。親父が俺をただ利用しているのでも、俺が親父にコントロールされているのでもない、対等な関係であるという格好をつけるためだ。まあ、「形」だけでしかないのだが。

こういう仕組みだから、俺のやっていることも、回り回って多少は世の中の役に立っていることになるが、だからと言って、「義賊」などと自称するつもりはない。あり余っているところから、足りなくて困っているところへ、金を移動させ、その手数料をもらっているだけの話だ。運送屋と同じこと。

ただし、万が一どじを踏んで警察に捕まった場合には、誤配をした運送屋のように、ただ謝ればいいというわけにはいかない。俺の取り分が多いのも、そのための危険手当てが入っているからだ。

そんな形で親父と組んで、かれこれ五年がすぎている。多少のアップダウンはあるものの、そこそこの成果をあげてきたし、その五年のあいだには警察に目をつけられることもなくて済んでいる。窃盗のプロとしては、なかなかに充実した生活であると言っていい。

そこへ、あの双子がからんできた。

簡単に説明すれば、俺は彼らに助けられたのだ。仕事の途中で災難に遭《あ》い、人事不省でぶっ倒れているところを。それはいい。そこまではいいのだが、こちらの商売を知られてしまい、さらに、取引きを持ちかけられたのだった。

もとい、あれは「取引き」などというまっとうなものではない。

（僕たち、お金に困ってるんだ）

（プロの泥棒でしょ？　すごく稼《かせ》げるでしょ？　僕らの面倒ぐらいみられるよね？）

（僕たち、あなたの指紋をとっちゃった。前科、あるんでしょ？　また刑務所に入るのイヤだよね？）

そして、ぬけぬけと（お父さん）などと呼ぶ。この双子、一筋縄《ひとすじなわ》ではいかないお子さんたちなのである。

仕方《しかた》がない。そのときは、そのときの仕事で得た金の半分、約七百万円ほどを渡した。すると（今度はいつ来るの？）などと問う。とんでもない、もうお別れだと言うと、

（でもさあ、それじゃ寂《さび》しいよ）

（それに、連絡先ぐらい教えてほしいなあ）

冗談じゃない——と思ったが、双子たちは俺の指紋を握っているのである。その気

になればいつでも警察に駆け込むことができるし、彼らのほうは、俺と収穫を折半したことで罪に問われる心配もない。忌《い》ま忌《い》ましいことに、立派な未成年なのだから。

しかも、遺棄された児童だ。

というわけで、俺は渋々、柳瀬の親父の事務所を教えた。自分の本名も教える羽目になってしまったが、それを聞いた双子たちはこう言ったものだ。

(あんまり犯罪者らしくない名前だね)

(まともだもんね)

(でも、名前なんてどうでもいいんだ)

(そうだね。お父さんだもの)

俺も三十五年生きてきて、やっとわかった。「女が怖《こわ》い」などと言っているうちは、まだ修業が足らないのだ。本当に恐ろしいものは唯《ただ》ひとつ——

子供だけ。

2

このところ、商売が不振である。

親父のところに、さっぱり情報が入ってこないのだ。調べてみたら見込みがなかった、というのではなくて、最初から「ない」のだった。

「まあ、こんなこともあるわな」と、親父はのんびり構えているが、こちらはそうもいかない。生活のことを考えると、親父のように閑古鳥と仲良しになってばかりはいられないのだ。

プロの窃盗犯なら、一年か二年に一度大きな仕事をして、あとは遊んでいられるはずだと思われるかもしれない。が、それは大きな間違いだ。一回の仕事では、そこまで大きな実入りがないのである。

ちょっと考えて見れば、その理由はすぐにわかるだろう。昨今、億単位どころか、一千万円単位の現金を置いているようなところでも、すぐには見つからない。銀行の大金庫でも破らないかぎり、一攫千金《いっかくせんきん》とはいかないのが実情だ。

一般的に、盗みのしにくい世の中である。空き巣に入ったところで、普通の家庭には、現金などほとんど置いてない。あるのはカードばかりだ。商売屋にしても同じこと。俺の同業者で、これと目をつけた居酒屋に苦労して忍びこみ、レジを開《あ》けてみたら出てきたのはクレジットカード用の伝票ばかりだった――という経験をした男がいる。

「学生相手の居酒屋だから、絶対現金払いだと思ってたのに」と悔《くや》しがっていた。

何をするにも、ロマンのない時代になった。その男、腹が立ったので、伝票を全部盗みだし、公園のごみ箱に放りこんでしまったそうだ。気持ちはわかるが、感心できることではない。もとはと言えば自分のめがね違《ちが》いが原因なのだ。黙って帰ってくるだけにしておくべきだった。

さて、そんな次第《しだい》なので、することがなくてぶらぶらしている。親父との契約ばかりが仕事ではないのだが、今のところ、そちら方面にもいい標的がない。開店休業もいいところだ。

すると、手紙の到着から一週間ほどして、また親父から連絡があった。今度こそ仕事だろうと腰をあげてゆくと、一人でにまにま笑いながら待っていた。これで声をたてて笑っていたりしたら、医者へ連れてゆくところだ。

「今度は電報だ」と、言う。「また、このあいだのお坊っちゃんたちの名前だよ」

電報とはまたクラシックなものが来たものだ。そりゃ、たしかにここの電話番号を教えてはいなかったが――

「今朝の発信だ。急ぎの用件なんだろうよ」

開いてみる。とたんに、可愛らしい電子オルゴールの音色《ねいろ》が聞こえてきた。薄ねずみ色の壁や、コンクリートむきだしの天井《てんじょう》に反響する、場違いな「ハッピバースデー・ツー・ユー」のメロディだ。

「なんだ、おまえ、誕生日か？」と、親父が目をむいた。

「とんでもない」電報を閉じるとメロディも止まる。「なんだこりゃ」

「メロディ電報というやつだ」

「なんだって？」

「光センサーが反応してオルゴールが鳴るんだよ。結婚式や誕生日なんかに贈られる。まあ、とにかく開けてみろや」

開けると、また「ハッピバースデー・ツー・ユー」だ。うるさくて仕方ない。あの双子たち、いよいよどうかしちまったんじゃないのか。

文面は、〈タスケテタスケテ〉で始まっていた。

〈タビサキデ〉

〈オカネヲトラレチャッタ〉

〈クラシキエキマエデ〉

〈オキビキニアッチャッタンダ〉

〈コノママダト〉

〈ウチニモカエレナイシ〉

〈クーポンケンモトラレチャッタカラ〉

〈リョカンニモトマレナイ〉

〈タスケニキテクダサイ〉

〈タスケテタスケテ〉

〈エキマエデマッテマス〉

してみると、本当に二人で倉敷まで遊びに行っているのだ。

「すぐ行ってやらんのかね？」

ぎょっとした。いつのまにか、親父がそばにやってきて一緒に文面を読んでいたのだ。

「わざわざ行きゃしないよ」

「どうして」

「金を送ってやれば済む」

「どうやって送るんだね？　この子たちは駅前にいるって言ってるじゃねえか。ベンチにでも座《すわ》ってるんだろう。そこへ金を送る方法なんざないよ」

それはわかっているのだが——

とにかく面倒臭いのだ。倉敷まで、新幹線を利用しても四時間近くかかる。春休み中だから、混雑も激しいだろう。下手《へた》をすると、満員の車内で立っていかねばならないかもしれない。飛行機を使えば早いが、あんなものに乗るのはごめんだ。

「郵便局留《どめ》で金を送ればいいじゃないか。こいつらに、局へ行けと伝えてさ」

「だから、それをどうやって伝えるね？」親父は妙に同情的である。「ここの電話番号も教えておいてやりゃよかったのに」

「そんなことをしたら、しょっちゅうかけてくるぜ。うるさくてしょうがない」

「行ってやったらどうだ？」と、親父はしつこい。

「遠いよ。岡山だ」

「岡山じゃない」

「倉敷は岡山だろ？　それとも広島だったか。どっちにしろ西の果ての方じゃないか」

「西遊記じゃあるまいし」親父は笑い、「電報の発信地をよく見てみろや」

「クラシキじゃないか」

「本文を見るな。郵便局の消印を見ろ」

そこには、「暮志木中央郵便局」とある。

「暮志木《くらしき》？」

「読みは同じだがなあ」親父は顎《あご》をひねる。

「それにしても、つい最近、見た覚えのある地名だ。妙だね」

ちょっと待ってろと言って、親父は古新聞の山をかきまぜ始めた。ややあって戻ってきたときには、髪のあちこちに埃《ほこり》をくっつけていた。

「そら、これだ」

差し出されたのは、二週間ほど前の朝刊の地方面だった。つまり、関東近県で起こった出来事や話題をとりあげているページだ。

「暮志木町に新美術館オープン」

見出しにはそう書かれており、ちょうど名刺判ぐらいの大きさの写真が添えられていた。紋付袴《もんつきはかま》の頭の白い老人が、おそらく美術館の正面玄関なのだろう、円柱にはさまれた両開きの扉の前でテープカットしている。

「そこなら遠くはねえよ」と、親父は言う。

「美術館落成と同時に道路も整備したっていうから、車でスッと行けるだろう」

「暮志木」は、群馬と栃木の県境にある町の名前だったのである。

3

「歩いたって家に帰れる距離だ」

双子は食事に夢中で、顔をあげない。

「さもなきゃヒッチハイクするとかさ。なんとでもやりようがあったじゃないか」

哲がスパゲッティの最後のひと巻きを食べ終えると、言った。「お父さん、やってみたことあるの？」

「お父さんと呼ぶなって、何度言ったら――」

「だけどさ」直はグラタンの器《うつわ》を脇《わき》に押しやり、サンドイッチの皿を引き寄せる。

「腹ぺこでヒッチハイクは辛《つら》いよ」

「そこはうまくやって、飯もおごってもらうんだよ」

「女の子なら簡単かもしれないけど」

「僕らじゃ無理だよ」

「そうでもないぞ。可愛い顔をしてたりすると、男の子でも充分やれる」

双子はそろって目をぱちぱちさせた。一卵性双生児だから、それこそ瓜《うり》二つだ。笑ったとき、左の頰《ほお》にエクボが出るのが哲。右の頰に出るのが直。見分けるポイントは、それだけである。

「ホント？」

「そうさ」

「でも、それって――」

「紙一重《かみひとえ》じゃない？」

「まあ、危《あぶ》ないこともあるだろうな」

すると、双子はコーラスした。「じゃ、やっぱりお父さんに来てもらってよかったよ」

暮志木駅構内にある、レストラン「おかやま」のなかである。午後三時近いというのに店内は満員で、さんざん待たされたあげく、洗面所とピンク電話がすぐそばにある、やたら騒がしい席に通されてしまった。ピンク電話には、さっきから会社員ふうの男が一人へばりついていて、「今、暮志木駅のおかやまにいるんだ。え？　岡山の倉敷じゃないんだよ」と繰り返している。

「こんなシケた町に、なんでわざわざやって来たんだよ。ちゃんと岡山の方の倉敷に行きゃいいじゃないか。手紙にはそう書いてあったぞ」

双子はうれしそうに笑った。

「読んでくれたの？」

「ちゃんと届いてたんだね」

「なんで予定が変わっちまったんだ？」

「だって」

「新幹線のチケットが」

「とれなかったんだもん」

「そういうしゃべり方はやめろと言ってるだろうが」

双子はにこにこしながらデザートのチョコレートパフェにとりかかった。

もっとも、シケた町、と言い切ってしまうのは、少し不公平かもしれない。俺はまだ、駅の周辺しか眺《なが》めていないのだから。だが、それでも、おおよその見当はつく。目立つ建物のない、平たい町である。周囲をなだらかな山で囲《かこ》まれており、東側の山のふもとに駅がある。車で来たからわからなかったのだが、どうやら特急は停《と》まらないらしい。取り柄と言えば駅前の駐車場が広々としているという程度だ。逆に言えば、ここには土地だけは腐るほどあるのだろう。

過疎の町、とまでは言えない。そこそこ人口もありそうだし、小さなビルも立ってはいる。だが、それだけのことだ。保養地になるには東京に近すぎ、ベッドタウンになるには遠すぎる。まあ、新幹線でも通れば話は別だが、この町に新幹線をひっぱって来ようと思うなら、まず第二の田中角栄を生み出すことから始めねばならないだろう。たとえ、遠大な計画を立ててそれに成功したとしても、その頃にはもうリニア・モーターカーが主流になっていて、新幹線はマイナーな存在に堕《お》ちていることだろう。

「なんの取り柄もない町じゃないか」

そう言ってみると、双子はうなずいた。

「でもね、すごい努力をしてるんだよ」と、哲。

「僕たち、その努力の跡を見にきたの」と、直。

「ほかの観光客も、きっとみんなそうだと思うな」

「噂《うわさ》が広がってるからね」

「噂って?」

アイスクリームをなめなめ、双子は説明してくれた。

「この町はね、あの観光地・倉敷のコピーなんだよ」

「町全体がね、みんなで倉敷を真似《まね》してるんだ」

そもそもの発端は、例の「ふるさと創生の一億円」というやつである。暮志木町も、そのおこぼれにあずかったクチなのだ。

「お金をもらったとき、これを有効に使うにはどうしたらいいか、みんなで考えたんだってさ」

「わが町には特色がない。温泉も出ないし、スキー場もない」

「著名人の出身地でもないし」

「遺蹟のたぐいもなんにもない」

「湖もなければ海もない」

で、勇敢なる町長は考えたのだという。

「どこかの観光地をコピーしちゃったらどうだろうって」

「丸ごと、町全体をさ」

「それならもう、名前から言っても、倉敷しかないよね」

倉敷市の住人が聞いたらカンカンに怒るだろうが、町長は町議会でこう演説したのだそうだ。

「思うに、岡山県の倉敷市にしても、とりわけ大きな観光の目玉を擁《よう》しているわけではない。白壁づくりの町並みを誇示して観光客を呼び寄せているが、あの町並みが存在しているのは、ほんの一区画、美観地区に指定されている場所だけだ。それを、あたかも町全体があのような白壁づくりであるかのように宣伝しているのは図々しい限りである。しかし、現実にそれが多数の観光客を惹《ひ》き付けているのならば、我が町がそれを踏襲しても、なんら不都合はないはずではないか」

盗人猛々《ぬすっとたけだけ》しいとは、このことだ。

「呆《あき》れたな……それで、本当にそんなことをやったのか？」

「うん。駅から歩いて十五分ぐらいのところに、白壁の美観地区をつくったんだ」

「ちゃんとお濠《ほり》もあるんだよ」

「そこにあるお店とかの名前まで、みーんな同じにしてあるんだ」

「お土産もそうだよ。倉敷名物に『むらすずめ』っていうお菓子があるじゃない？」

「暮志木町の名物は『すずめむら』っていうの」

「『ままかり寿司』のコピーもある」

「『ままがり』ね。折のなかに、寿司飯《すしめし》とがりしか入ってないんだ」

「でね、この町に停まるときだけ、鈍行《どんこう》の列車は『ひかり号』と『こだま号』って名前になるわけ」

「駅員さんが、JRには無断で勝手にそう呼んでるだけだけど」

馬鹿らしいにもほどがある。

「帰るぞ」と言って、立ち上がりながら伝票をつかんだ。「こんなところまで、わざわざガソリンを無駄使《むだづか》いしに来たようなもんじゃないか」

「気が短いなあ」と、哲が言った。

「見所《みどころ》はあるんだよ」と、直も言う。

倉敷には大原美術館がある。だから、暮志木町長は、ここにも美術館をつくってしまったのだそうだ。

「小原《おはら》美術館ていうの。町長さんが小原さんだから」

俺は、新聞写真の銀髪の老人を思い出した。

「テープカットしてたじいさんだろう？」

「ああ、あの写真ね。うん、そうだよ。僕たちも見た」

「あそこね、もとは町役場があった場所なんだって」

「だから、役場を移して、美術館を建てたんだよ」

倉敷の大原美術館と美観地区との位置関係をそっくりそのままあてはめようとするならば、小原美術館はどうしてもそこに建てねばならなかったのだそうだ。

「町長は正気《しょうき》か？」

「わからない」と、双子は言う。「でも、美術館の最上階に町長の執務室をつくって、毎日通ってるんだって」

「館長も兼ねてるらしいよ」

「それでね、展示してある絵も、大原美術館と同じなの」

「もちろん、向こうは本物だけど、こっちのは複製」

そこまでいくと、鬼気迫《せま》るものがある。

「で、おまえら、その複製の絵を観《み》に来たの？」

双子はすぐに首を横に振った。

「そうでもないよ」と、哲。

「目的はあるんだ」と、直。

「一枚だけ」

「本物の絵があるの」

「十六世紀のスペインの画家で――」

「ただ『セバスチャン』っていう名前しかわかってないんだけど」

「最近、評判がうなぎ登りなんだってさ」

「まだ、発見された作品数が少なくて――」

「すごい値段がついてる」

「小原美術館にあるのは『陽光の下の狂気』という習作なんだけど」

「まだセバスチャンがそれほど有名にならないころに」

「小原町長が偶然手に入れて……」

「最近になって、そんな凄《すご》い画家の絵だったのがわかって」

「びっくりして展示したんだ」

「鑑定人もびっくりしてる」

「世界的に貴重な名画が」

「日本の田舎町にある！」

隣の席に座っている夫婦連れが、奇《き》っ怪《かい》な見せ物でも見るように、しゃべる双子を見つめている。俺がその視線に気付いたとき、双子も気付いた。にっこり笑いかけながら、

「こんにちは」

「おじさん、おばさん」

「僕たちに」

「なにか御用ですか？」

夫婦連れは席を立っていってしまった。

「だから、そういうしゃべり方はやめろと言ってるだろうが」

「でもさ」と、哲。

「僕たちは――」と、直。

「二人で一人っていうか――」

「一人分の空間に二人でいるっていうか――」

「だから、交替にしゃべらないと」

「不公平なような気がするんだ」

「とにかく」ため息をついて、俺は言った。

「その何とかいう絵を観るなら観て、さっさと帰ろう」

双子は、置き引きの被害にあったことを、警察に届けていなかった。うっかりそんなことをしたら、両親に遺棄された子供であることが露見してしまうからだ。彼らは、それなりに現在の生活に満足しているらしく、変化を望んでいないのだ。

よくよく間抜けな話だが、レジで精算しているとき、札《さつ》を見て、やっと気がついたことがあった。

「おい、おまえたち、電報の金をどうやって払ったんだ？」

双子は素直に答えた。「お札で」

「どの札だよ？」

「五千円」

「それだけは、置き引きが残していってくれたの」

被害にあったのは、二人で駅前の案内板を見にいって、荷物をベンチに置きっぱなしにしていた、ほんの二、三分のあいだのことだったという。戻ってきて、空《から》っぽのベンチの上に、たたんだ五千円札が一枚載《の》せられているのを発見したというわけだ。

「それですぐ、お父さんにＳＯＳしようと思って」

「電報を打つことにしたの」

「郵便局の人ったらさあ」

「お祝い電報だと思い込んでて」

「メロディ電報が喜ばれますよって、すごく勧《すす》めるの」

「だからそうしたんだけど」

「お父さん、気に入った？」

「ちょっと待った」

五千円札を残していく置き引きだと？

「その札、よく見たか？」

双子は顔を見合わせた。「どうかしたの？」

「その五千円、偽札《にせさつ》だ」

「え？」

「〈画聖〉が暮志木に来てるんだよ。たぶん、な」

どの世界も、いったんそのなかに入ってしまった人間にとっては狭いものだ。ちょっと動くと、すぐにそれが伝わってしまう。我々の業界も同じことで、誰それがどこどこで何をしているか、浮いているか沈んでいるか、だいたいは筒抜けだ。仕事の手口や傾向にしてもそうである。俺は暴力犯罪には関わらないことで知られているから、間違ってもその手の話は持ち込まれない。みんなちゃんと心得ているからだ。

そんな業界人のなかに、通称〈画聖〉と呼ばれる男がいる。もういい年齢《とし》で、まっとうな人生を歩んでさえいれば孫にも恵まれているはずなのだが、諸般《しょはん》の事情——初犯の事情と言った方がいいか。彼は、最初に手を染めた犯罪でパクられ、その時やっかいになった刑事にいじめぬかれて、逆に更生し損なったのだという噂があるから——そのために、ひとりで日本国中を流れ歩いている。

あだ名の由来は、彼の「趣味」にある。札を描くのが趣味なのだ。断っておぐが、偽札づくりに励んでいるのではない。あくまで趣味としてやっているのだ。画学生がドガの絵を模写するように、千円札や一万円札を「模写」するのである。

もちろん、本人がその札を使うわけでもない。彼の専門は、もっぱら置き引きだ。そして、その犯行の際、「趣味」の部分が顔を出す。自分の描いたものを他人に見てもらいたい。絵を描く人はみんなそうだろう。〈画聖〉にしても同じこと。で、彼は、置き引きでブツをいただいてゆく代わりに、自分で描いた札を残してゆくのである。おまけにその偽札には、彼のサインと、通しの作品番号が書いてあるという凝《こ》りようだ。〈画聖〉の描いた札は、見た目には本物そっくりだ。だが、よく見れば透《す》かしが入っていないし、彼は行き当たりばったりにその辺にある紙を使用するので、手に取ればすぐにわかってしまう。だいいち、町中《まちなか》で買うことのできる絵の具を使って描くのだから、雨が降ったらイチコロだ。

だから、彼の「作品」を置いていかれた被害者が、それを本物と思い込んで使ってしまったというケースは、今まで耳にしたことがなかった。もし、双子の荷物を盗んだのが〈画聖〉だったとしたら、これが初めてのことになる。

その辺《あた》りの事情を説明すると、哲も直もひどく驚いた。

「手触《てざわ》りは本物のお札そっくりだったよ」

「透かしまでは確かめなかったけど」

そうだったのだろう。金を扱うことに習熟している郵便局員でさえ気付かなかったのだから。

〈画聖〉の腕前なら、それぐらいのものが描ける。それは俺も信じよう。だが、問題は紙だ。どこから手に入れたんだろう？

その答えはともかくとして、〈画聖〉その人には、案外早く会うことができた。小原美術館の、セバスチャン作『陽光の下の狂気』の前に立っていたからである。

4

さすがの町長も、大原美術館と同じ規模の美術館を建てることまではできなかったのか、小原美術館はごく小さなものだった。石づくりではあるが、建物は三階建て、こぢんまりしているし、展示されている絵画や彫刻の数も、大原美術館の三分の一に満たないという。

ただ、本物の大原美術館でも、展示されている作品のすべてが名品だというわけではない。ゴーギャンの『かぐわしき大地』や、ピサロの『りんご採り』を始めとするいくつかの作品が、いわゆる名画なのだ。小原美術館は、そこのところを重く見た。つまり、大原美術館で客を呼んでいる名画の複製ばかりを集めて展示したのである。

それでも、館内は大入り満員だった。世をあげてコピー天国の時代だから、かえってウケているのかもしれない。それに、たしかに本物の倉敷よりは東京から近いし、電車も道路も空《す》いている。

考えてみれば、日本中のどこを探しても、個性のある観光地などなくなってしまった。活火山や流氷のあるところが、かろうじて特徴を残している程度で、あとはどこへ行っても似たような景色、似たような施設、似たような名物だ。それなら、遠方よりも近場の方がいいという選択の基準は納得できる。ひとつの観光地をまるごとコピーして「町興《まちおこ》し」をしようという小原町長のアイデアは、非常に鋭いのかもしれなかった。

しかし、それだけに、押しかけている見物客たちが、ここにある唯一の本物の名画、セバスチャンの『陽光の下の狂気』目指して階段をあがって行く光景に、なんとなくホッとさせられる。

「僕たち、一応は一階から順番に見ていくよ」

「お父さんはどうする？」

「お父さんじゃない」と言ってから、「三階へ行くよ。偽物をいくら観たってしょうがないからな」

「じゃ、あとでね」

問題の絵は、三階の中央の展示室に置かれている。さすがにここだけは別格という感じで、ガードマンが入り口に控えているし、絵を守っているケースは防弾ガラス製で、銀行の貸し金庫に預けてある正規の鍵を使って開けないかぎり、ほんの一ミリでも動かしたら、町中に聞こえるような警報ベルが鳴り響くという。そして、貸し金庫を開けるには、町長の許可と、他に二人の立会人が必要となる。

その旨《むね》を書いた注意書きが、麗々しく絵の脇にかかげてあるのだが、その注意書きの方が、絵の本体よりも大きいのだから失笑ものだ。『陽光の下の狂気』は、十四インチのテレビぐらいの大きさでしかない。

さて。

素直に言おう。俺の見るかぎり、セバスチャンは偏執《へんしゅう》的な変人である。

いやあ、細かい細かい。普通の感性では、あんな平凡な風景をあそこまで密に描きこめるものじゃない。説明用のパンフレットによると、彼は自分の眉毛を抜いてつくった筆を使っていたそうだが、実際、かなりアブない人物だったのだろう。

俺が惹かれたのは、ただ一点。価格である。この絵は、まだセバスチャンが評価されていなかったころに買ったものだから、ほとんど二束三文《にそくさんもん》だったらしいが、今売り出せば、おそらく五億円はくだらないだろうという。昨年の夏、これよりもずっと小さな作品が、ロンドンのサマーオークションで三億円で取引きされているのだそうだ。

画家というのも気の毒な商売だな、と思った。作品が一度自分の手を離れてしまったら、後々どれほど高い値がつこうと、一銭ももらうことができない。そんな採算など度外視しても「描かずにいられない」という衝動がなければ、とてもじゃないがやってられないだろう。

そんなことを考えながら振り向いたら、〈画聖〉がいたのだ。だから、正確に言えば、〈画聖〉は『陽光の下の狂気』を鑑賞している人だかりのうしろに立っていた──ということになる。

両手を腰に当て、背中をのばし、縁《ふち》なしの眼鏡の奥で、両目が輝いている。長身痩《そう》軀、顎の辺りまで届く長髪。これでもう少し身形（みなり）がよければ、美術評論家を詐称（さしょう）しても通りそうな知的な雰囲気の持ち主である。

声をかけるより早く、彼も俺に気がついた。やんわりと笑いながら近付いてくる。

「とんだところで会った」

「それはこっちの台詞《せりふ》だ」

近くに警備員がいたので、俺は彼を非常扉の脇へ引っ張っていった。

「頼みがあるんだが」

「なんだね？」

「今日の午前中、暮志木駅前で置き引きした荷物を返してもらいたい」

〈画聖〉の目が大きくなった。

「あれは、俺の知り合いの荷物だったんだ」

しばらくのあいだ、〈画聖〉は俺の顔をながめていた。やがて言った。「持ち主は、子供の二人連れだったと思うが」

「そうだよ」

「おまえ、いつ結婚した？」

「あん？」

「子供がいるなんて知らなかった」

俺は急いで首を振った。「話をよく聞いてくれよ。あの子たちは俺の知り合いなんだ」

〈画聖〉は怪《あや》しげな表情で顎を引いた。

「普通、いい年齢《とし》の男が子供と知り合いになるなんて考えられんな。あの子たちの親と知り合いになったのならまだわかるが」

〈画聖〉は理論肌というか――もう、要するに細かいことにうるさいのだ。

「どっちだっていいじゃないか。頼むよ。金はいいんだ。荷物だけで」

「よかろう」

案外あっさりと、彼は承知した。拍子抜《ひようしぬ》けしたほどだ。

「金も返そう。仲間内《うち》から盗るわけにはいかん」

「しかし……」

困らないのか、と訊く前に、〈画聖〉は笑って言った。

「俺は、今のところ、さほど貧乏していない。今朝も、無防備に置き去りにされている荷物を見て、本能が奔《はし》ってしまっただけのことだ」

よれよれのズボンや底の薄そうな靴を見ているかぎり、その口上に信憑性《しんぴようせい》があるとは思えない。だが、ここは〈画聖〉の顔を立てておくことにした。

「そうか。助かるよ」

「いっしょに行こう。俺の宿はすぐそこだ。荷物はそっくりそのまま保管してあるよ」

先に立って、〈画聖〉は歩きだした。その前に、左手にはめた腕時計にちらりと視線を落とした。子供でも欲しがらないような、玩具のように安っぽい時計だった。

俺もつられて時間を見た。四時十分前だった。

階段を使って、一階まで降りた。午後四時で閉館なので、入り口の入場券売場はもう閉められている。正面玄関にガードマンがいて、外へ出てゆく客たちに会釈《えしやく》をおくっていた。

それと入れ替わりに、銀髪の老人が、顔立ちのよく似た若い男を連れて、正面の階段をあがってくるのが見えた。俺が思わず足を止めると、〈画聖〉も立ち止まった。

「小原町長だ」

「そのようだな」

今日は紋付袴姿ではない。古ぼけたスーツを着込んでいる。いっしょにいる若い男も、同じようないでたちだ。ただ、右手に大きなアタッシェケースをさげている。

「町長の息子かな？」

訊いてみると、〈画聖〉はうなずいた。

「ひとり息子だよ。親父の秘書をしている」

「詳しいな」

「今日で一週間滞在しているから」

思わず顔を見てしまった。〈画聖〉はちょっと肩をすくめた。「セバスチャンの画風が気に入ったのでね」

なるほど。あの細密画のような細かさ。〈画聖〉の描く札のそれと似ているかもしれない。

「町長と秘書は、毎日ここへやってくるのか？」

「来る。『陽光の下の狂気』の展示室と同じフロアに、町長の執務室があるからな」

「ここは、もとは町役場だったそうだな。ほかの職員たちはどこにいるんだろう」

「駅舎の裏の空《あ》き地にテントを張ってるよ。まるでサーカスだ」

「役場を建てないのか？」

「町長は、倉敷市役所と美観地区と大原美術館の位置関係になぞらえて、町役場とこの町の即製美観地区と小原美術館を造りたいんだ」

「聞いたよ。ちょっとおかしいんじゃないのかね」

「町長は大真面目《おおまじめ》だ。そうなると、役場のあるべき場所はおのずと決まってくる。ところが、そこには農業用水池があるんでね。今、埋め立てているところだそうだよ」

「町興しもいいが、そこまで凝ったら、一億円じゃ足りるまい」

〈画聖〉は苦笑した。

「とっくに足が出ているさ。町長は自分名義の山林をじゃんじゃん売り飛ばしてるよ。売ってないのは『陽光の下の狂気』だけだ。あれは看板だからな」

開いた口がふさがらず、そこに鳥が巣を掛けてしまいそうな話だ。

美術館の広い庭を横切り、表通りに出ようとするところで、てんでにゴルフバッグを手にした三人の男とすれ違った。そのうちの一人が肩に担《かつ》いでいるバッグが、俺の肩にぶつかった。

「や、失敬」と、男は短く言った。そのまま早足で通りすぎて行く。

これからスイングの練習をしに行くのだとしたら、よほど熱が入っているのだろう。三人とも、揃《そろ》ってまなじりを決しているのが妙な感じだ。

通りに出たところで、〈画聖〉はまた時計を見た。まもなく四時になる。

「約束でもあるのか?」

「え？　ああ、そんなものはない」と、彼は笑った。「ただ、さっきからどうも時計が止まっているような気がしてね」

その時だった。背後で一発、銃声が轟《とどろ》いたのは。

5

〈画聖〉と一緒に、急いで美術館にとって返した。そのあいだにも、三、四発の銃声が続く。

館内には、まだ大勢の見物客が残っていた。その人たちが、怒濤《どとう》のような勢いで逃げだしてくる。そこへ野次馬が押し掛ける。ガードマンが駆け付けてくる。大混乱状態だ。人込みに翻弄《ほんろう》されているうちに、〈画聖〉ともはぐれてしまった。

見物客のなかには、双子がいるはずだった。大声で名前を呼んでみたが、返事がない。柄《がら》にもなく、自分の声が上擦《うわず》っていることに気がついたが、この際カッコをつけてはいられない。そのうち、パトカーが何台もサイレンを鳴らして到着したので、なおさら声を張り上げなければならなくなった。

やがて、遠くから「お父さん！」という声が聞こえた。人込みをかき分けて近付いて行くと、双子のうちの一人がいた。

「お父さん、僕、ここ！」

近寄って腕をつかむと、がたがた震えている。

「おまえ、どっちだ？」

「僕？　僕——僕——どっちだっけ？」

「ちょっと笑ってみな」

子供は歯をむきだした。右にエクボができた。「おまえ、直だ。哲は？」

「わかんない」

警官や私服刑事やらがわらわらとやってきて、人だかりを制御《せいぎょ》し、ロープを張り始めた。逃げてきた若い女性の二人連れが、直の顔を見ると、抱きつかんばかりに喜んで、

「ああ、よかった。君も無事だったのね。逃げだせたのね！」

直はびっくりした顔をしている。女性の方も驚いたのか、

「さっき、銃を持った男に人質にとられてたの、君じゃなかった？」

直の顔から血の気が失《う》せた。「それ、哲だ」

「いっしょにいなかったのか？」

「僕、トイレに行ってた」

現場がそれなりの秩序を回復し、事情がわかり始めるまで、さして時間はかからなかった。犯人が、館内の電話を使って警察に連絡をしてきたのだ。

あの、ゴルフバッグの三人男だった。バッグの中身はウッドやアイアンではなく、どうやら猟銃だったらしい。

三人組は、今、人質をとってたてこもっている。彼らの狙いは小原町長だったのだが、どうやらとり逃がしてしまったらしいのだ。そこで、人質を盾《たて》にして、「町長を連れてこい！」と要求しているのだった。

「町を私物化し、町民をたばかる町長を、もう許してはおけない！」

まあ、気持ちはわかる。だが、はいそうですかと町長を人身御供《ひとみごくう》に差し出すわけにもいかないではないか。

「どうしよう……哲が殺されちゃうよ」

直は蒼白《そうはく》な顔で、そのことばかり繰り返している。

「そう悪い想像ばかりするなよ」

警察の方も、犯人から「子供を人質にしている」と聞いていたのだろう。直がことの次第を話しに駆け付けると、すぐに保護してくれた。俺としては、どんな場合でも、できるだけ警察のそばには寄りたくない。だから、直の保護されているパトカーのそばに、野次馬の一人のような顔をして立っていた。

そこへ、当の小原町長がよろよろとやって来たのには驚いた。最初の銃声が聞こえたとき、一緒にいた息子の機転で、非常階段を通って逃げだしたのだという。彼が階段へ走り出たのと入れ違いに、三階の執務室に、犯人の一人が走りこんできたそうで、

「倅《せがれ》は逃げだすことができませんでした。どこかに隠れていてくれるといいのだが」

日本警察は、一般に、この種のテロ的な事件の収拾《しゅうしゅう》に慎重で、時間をかける。すぐに強行突破などということはやらない。「犯人が疲れるまで待とう」ということで、拡声器で呼びかけたりしながら時間をつぶした。そのうちにとっぷりと日が暮れて、森を背にした暗闇のなかに、美術館の窓明かりだけが浮かび上がる。と、それを嫌ったのか、犯人たちはカーテンを閉めてしまった。

緊張がゆるむことがないので、時間の感覚が失《な》くなっていた。そして――始まった時と同じように、事件は唐突に終わった。午後八時四十五分。警官隊が二手に別れて突入し、無事に人質を救出、犯人三人を逮捕したのだ。

突入の際、犯人たちを混乱させるためにと、電源を切って明かりを消した。この美

術館の建物は、なりは小さいが、設備はなかなか上等で、なんらかの事故があって電源が切れた場合、自動的に非常用電源に切り替わるようになっていた。その間、タイムラグが三十秒。

その暗闇の三十秒で、勝負がついてしまったのだ。発砲もなかった。警官隊に踏込まれたとたんに、犯人たちは手をあげて投降したのだから。

と、まあ、以上が公式発表である。

哲は無事に戻ってきた。人質はほかにも数人いたが、みんな怪我《けが》もなく、精神的にもそれほどのダメージを受けてはいなかった。

「犯人たちの言い分もわかる」と述べる者さえいたほどだ。

警官隊が館内を捜索すると、三階の執務室の物置きのなかに隠れていた町長の一人息子が、まったく無傷の無事な身体《からだ》で出てきた。じっと息を殺していたとかで、少しばかり血色は悪かったが、顔はほころんでいる。町長は息子を抱き、涙を流して喜んだ。

俺たち三人は、その光景を、駅の近くのホテルの部屋で、テレビ画面を通して観た。親子の対面はなかなか劇的で、泣かせるものがある。

のちの記者会見で、町長が、

「それでも、私の町興しは間違っていない！」と断言すると、拍手が起きたほどだ。

これだけの大事件だから、全国からテレビや新聞の記者たちが詰めかけている。町長の息子も、父親と並んで座り、彼らの質問に答えた。彼は見かけよりずっとしっかり者のようで、時には笑顔がこぼれることもあった。

そのあと、俺は双子を部屋に残して、〈画聖〉に会いに行った。荷物を返してもらうためだ。

彼は宿のロビーで新聞を読んでいたが、用件を話すと、すぐに荷物を持ってきた。

「すまなかったと伝えてくれ」

「ああ。ところで、あんたの作品は返さなくていいか？」

「俺の作品？」

「五千円札さ。子供たち、あれを本物だと思って使っちまったんだ」

とたんに、〈画聖〉は笑み崩《え くず》れた。「本当か？　そりゃあいい」

「あんたとしても、会心の作かい？」

「今までで最高の出来だ」

「じゃあ、返した方がいいよな？」

ところが、〈画聖〉はきっぱりとかぶりを振った。

「いいんだ。あのレベルのものなら、俺はまた描くことができる。何枚でも。だから、気にしないでくれ」

いや、大いに気になった。

「偽札づくりでひと儲《もう》けしようとしてるなら、やめた方がいい。あんたらしくないよ」

〈画聖〉は、今度は腹を抱えて笑った。

「俺が偽札でひと儲けする？　冗談じゃない。そんな必要があるものか」

「あんたの腕前はよく知ってる。でも、問題は紙だ。札と手触りが似ている紙なんて、そうそうあるもんじゃない。どこで手に入れたんだ？」

紙の問題さえ解決すれば、紙幣の偽造は八割がた成功したようなものだとさえ言われている。それほど、入手しにくい用紙なのだ。

〈画聖〉は、まだ楽しそうに笑っていた。

「紙はいくらでも手に入るよ。その辺に転がってるんだ。発想さえ転換すればいい……」

その夜、寝床に入っても、〈画聖〉の笑い声が耳から離れなかった。

うつらうつらしてからも、昔の出来事をやたらと夢に見た。

〈画聖〉が、車庫に入っている山手線の車両に落書をし、止めようとした係員を殴って捕まったことがある。あの時は、一度、面会に行った。当時の国鉄では〈画聖〉の落書がどうやっても消えないので、頭から湯気をたてて怒っていたっけ。

（俺に訊いてくれりゃあいいのに。いくらでも教えるさ。特製の『インク消し』の処方をさ）

あの時も、〈画聖〉は笑っていた……

6

翌朝、目を覚ましたとき、どうあっても〈画聖〉の描いた五千円札を見なければ気が済まない心理状態になっていた。朝飯を済ませると、双子と落ち合う場所を決めておいて、彼らが電報を打った郵便局へと足を向けた。

小さな町のことだ。たぶん大丈夫《だいじょうぶ》だろうと期待していったのだが、それは正解だった。昨日出し入れのあった金は、まだ局内の金庫にあるという。

「昨日、うちの子供が電報を打ちに来たんです。それはいいんですが、支払いに使った五千円札が問題で。私はそれに、うちの金庫の暗証番号をメモしてたんですよ。ええ、覚えられませんでね。ほかに書き写す前に、とりあえず手近にあった札にチョッチョッと書いてしまって。それがわからないと困るんです。なんとか探してもらえませんか」

窓口の局員は、電報を打ちにきた双子をよく覚えていた。

「あなたがお父さんですか？　若いですねえ」と驚いていたが、怪しんだ様子はない。親切に札を点検し、端の白いところに数字が書き込まれているものを探しだしてくれた。

「これですか？」

それだった。〈画聖〉のサインと、通し番号だ。

「ありがとう。これ、札ごと取り替えてください」

べつの五千円札を差出し、見付けてもらった札をポケットに入れて、急いで郵便局を出た。今まで誰にも偽札だと気付かれなかったのは、もっけの幸いだ。

明るいところへ出て、じっくりと観察してみる。

〈画聖〉は、さらに腕をあげていた。実に精巧に、精密に描いてある。紙の手触りも、信じられないほどに、本物そっくりだ。

（まさか透かしまで入ってるなんてことは——）

ありっこない、と思いながら陽《ひ》に透かしてみて、絶句した。

ちゃんと透かしが入っている。

札を手に持ったまま、走り回って水道のあるところを探した。やっと公園を見付け、そこの水飲み場で、全開にした蛇口《じゃぐち》の下に札を持ってゆき、アライグマよろしくじゃぶじゃぶやってみると——

インクがにじんで落ち始めた。

まぎれもなく、これは、〈画聖〉が描いた偽札なのだ。

(と、いうことは……)

結論は、ひとつだけ。

双子を待たせている駐車場へ行く前に、また〈画聖〉の宿へ寄ってみたが、彼は不在だった。フロント嬢が、

「朝からお出かけでしたよ」

「どこへ行ったかわからない?」

彼女は笑った。「たぶん、小原美術館ですよ。毎日いらしているんですから」

その推測は当たっていた。〈画聖〉は三階のフロアにいて、『陽光の下の狂気』の前

に立っていた。

さすがに、まだ客はまばらだ。〈画聖〉は名画を独《ひと》り占めしていた。

どういうふうに切り出そうか、しばらく考えてしまった。

ちょうどそこへ、学生風のカップルが入ってきた。『陽光の下の狂気』の方へ歩み寄って行く。〈画聖〉がどうするかと思っていると、彼はあっさりと移動して、そのカップルに場所を譲った。

そのまま、一歩脇に退いて、絵とそれを鑑賞するカップルを眺めている。その横顔が、今まで見たこともないほど晴れ晴れとしていた。

だから、黙って立ち去ることにした。

帰りの車のなかで、哲と直はずっとラジオを聞き、駅で買い込んだ新聞を読んでいた。哲は自分のことが書かれているので興奮している。二人で交替に記事を読み上げ、また盛り上がっていた。

「あの三人組が、絵を強奪しにきたんじゃないかって心配した人がいたみたいだね」と、哲が言った。

「無理もないよ。日本には一作しかないセバスチャンの作品だもの」と、直がうなずく。

「『コレクターというものはおかしなもので』」哲が記事を読み上げた。「『自分のものではなくても、貴重な作品が強奪されたり、傷をつけられるかもしれないと思うだけで、いてもたってもいられなくなるものだ』」

「そんなもんかなあ」

「『その反面、どんな汚《きたな》い手を使っても、欲しいものは欲しいという気持ちになることもある。一生他人の目に触れさせることができなくても、持っているだけで満足なのだ。だから、武装した人間が小原美術館に押し入ったと聞いたとき、とっさに「ああ、私と同じような人間が、辛抱が切れて強硬手段に走ったんだな」と思ってしまった』」

「おもしろいね。美術館にある絵なんだからさ、『ああ、あれは自分のもので、ここに貸してあげてるんだ』と思ってれば、それでいいのにさ」

俺が返事をしないので、双子は心配そうに首をかしげた。

「お父さん、どうしたの？」

考えてるんだよ、坊やたち。

相手は約束の時間を守った。

深夜の公園の、植え込みの陰だった。今度は父親に猟銃を持ち出されてはかなわないので、充分に注意を払ったが、その心配は無用だったようだ。小原町長は、金を詰めたボストンバッグひとつをぶらさげているだけだった。

「これで、本当に秘密を守ってくれるかね？」

暗がりのなかで、町長の銀髪だけが光っている。

「もちろん、守りますよ。バラしたところで何の得《とく》になるわけでもないんだし」

こちらがバッグを受け取ると、町長は芝生の上に座り込んでしまった。

「いったい……なんであんなことをしたのか……」

つぶやいて、頭を抱えている。俺は言った。

「あなたが町興しのために景気よく山林を売ってしまうんで、息子さんは危機を感じたんでしょう」

「町が発展すれば、それはあいつのためにもなるのに」

「息子さんは、もっと目先の利益を追ったんですよ」

町長はうなだれている。少しばかり、気の毒な眺めだった。

説明しよう。なぜこういうことになったのか。

あの日のあの大騒ぎ、人質をとっての発砲事件の目的は、町長の弾劾《だんがい》にあったのではない。三階のフロアから人を追い出し、「隠れていた」という口実で、町長の息子が一人きり、そこに残るために仕組まれたことだったのだ。

なんのために？　そう、『陽光の下の狂気』を、偽物とすり替えるためだ。

あの日、町長の息子が持っていたアタッシェケース。彼はあれに、まず偽物を入れて、父親と一緒に小原美術館にやってきた。そして、騒動が起こって一人きりになると、偽物を出し、じっと待っていたのだ。

警官隊が電源を切り、突入してくるのを。

電源が切れれば、『陽光の下の狂気』のガラスケースの警報装置も切れる。非常用の電源に切り替わるまでの三十秒間に、誰にも悟《さと》られずに絵をすり替えることが可能だ。あとは、またアタッシェケースを開けて、今度は本物をそのなかに隠し、警官たちが飛び込んできて「保護」してくれるのを待てばいい。

こっそり持ち出した本物は、美術コレクターに売却される。町長の息子がこの計画を練ったのではなく、コレクターの方で話を持ってきたのかもしれない。

永遠に日の目を見せることのできない本物だから、時価の五億円よりは安く売らねばならなかったかもしれない。逆に、「それでも欲しい」というコレクターだから、危険料も込みで、もっと高く買ったかもしれない。いずれにしろ、町長の息子は、手を組んだ猟銃三人男と等分に分けたとしても、一億円以上の金を手にしたことになる。

しかし、これは家庭内の問題だ。俺には立ち入る気もないし、その権利もない。町長に連絡して、ひそかに絵を再鑑定にかけ、それをもとに息子さんを追及してごらんなさいというアドバイスをしただけだ。そして、それに対し、応分の報酬をもらっただけのことである。

「それにしても、あの偽物を描いた男はいい腕をしている」と、町長が感嘆した。「鑑定人も呆れていたよ」

そうかな。〈画聖〉なら、あれぐらいやってもおかしくはない。

ヒントになったのは、例の五千円札だった。

あれは、間違いなく偽札だ。〈画聖〉が手で描きこんだだけの偽紙幣だった。

だが、紙は本物だ。なぜなら、本物の紙幣の印刷を消して使っていたのだから。

そんなことができたのは、〈画聖〉が、強がりでなく本当に「貧乏ではなかった」からだ。置き引き専門の彼が、あんなふうな使い方ができるほどに金を持っていた。

それはなぜか？　というところが出発点だった。

〈画聖〉は、町長の息子か、彼から絵を買ったコレクターに頼まれて、『陽光の下の狂気』の偽物を描いたのだ。そして報酬をもらった。その金を、ほかのことには使わず、実に純粋な目的のために使ったのだ。

自分の紙幣の模写力が、どの程度のレベルにあるかを確認するために。紙さえ同じなら、受け取った者がつゆほども疑いを抱かないくらい、完璧な模写ができているかどうか試すために。

だから俺が、双子たちが間違ってあの札を使ったと教えたとき、彼は喜んだのだった。

そしてまた、『陽光の下の狂気』を偽造することも、彼の自尊心を満足させることだったろう。彼は、本物が壁に掛けられているとき、何度も美術館に足を運んで、絵を鑑賞する人たちの反応を見ていた。そして、計画が実行され、自分の絵が壁にかけられてからも、同じようにしている。

そうやって、見る者の反応を知ることで、自分がどれだけ完璧な仕事をやってのけたか確認し、誇りにしたかったのだ。

あの計画には、言ってみれば〈画聖〉のプライドがかかっていた。巧《うま》くゆくかどうか気になって、あの日、そわそわと時計を気にしていたのも当然だ。チャンスは三十秒しかなかったのだから。

「〈画聖〉は偽造の天才ですよ」と、俺は言った。「だから、あのまま展示しておいたって、なんの心配もいりません」

「そうだといいがね」と、町長は肩を落とした。俺はそっとその場を離れた。

この件について、双子には真相を話してやった。俺にも多少の自己顕示欲というものがあるわけで、黙っているのはもったいないと思ってしまったのだ。

聞き終えると、双子は言った。

「それで良かったんじゃない？」

「コピーの町には」

「コピーの名画がぴったりだよ」

「観に行く人たちも」

「流行をコピーしてるだけなんだしね」

そして、二人揃《そろ》って、なんだかひどく深刻な顔をした。

「どうしたんだよ？」

「あのさ、僕、人質になったとき、テレビに顔が映ったじゃない？」

「ああ、映ったね」

「それを観てさ——」

「父さんと母さんが、それぞれ電話をかけてきたの」

俺もすぐには言葉が出なかった。

「——どこにいるか言ってたか？」

「うん」

「無事で良かったって」

「それだけだった」

「学校にはちゃんと行きなさいってさ」

「風邪《かぜ》を引かないように、元気でねって」

「父さんは、母さんに謝っておいてくれって」

「母さんは、父さんに『ごめんね』って言っておいてねって」

「二人とも」

「どっちかが僕たちと一緒にいると思い込んでるんだ」

俺が黙っていると、双子は小さな声で訊いた。

「どうしたの、お父さん」

考えてたんだよ。

君らは実の親を「父さん、母さん」と呼び、俺を「お父さん」と呼ぶ。
なぜ、俺には「お」がつくんだろう。
案外、深い意味があるのかもしれない——と。

ワンナイト・スタンド

Onenight Stand

1

「父母会に来いだと？」

「父母会だけじゃないよ。授業参観も」

「いいでしょう？　来てくれるよね？」

法律に触《ふ》れるような危《あぶ》ない仕事を生業にしていると、「耳を疑う」「自分の目が信じられなくなる」などといった慣用句には頷《うなず》けなくなる。ヤマを踏んでいるとき、頼りになるのは自分の五感だけだからだ。だが、この件に限っては、自分の耳の感度を疑わざるを得なかった。

父母会？　まったく信じられない。

「おまえら、正気《しょうき》か？」

「どうして」

「そんなに驚くの？」

「何が悲しくて俺《おれ》がおまえらの授業参観に行かなきゃならないんだよ？」

「だって、お父さんだもの」

「なんにも悲しいことなんかないよ」

「子供の成長を」

「自分の目で見れるんだもの」

「誇らしい――」

「ことじゃない？」

「そういうしゃべり方はやめろって。何度言ったらわかるんだ？」

すると、電話の向こうで笑い声が弾《はじ》けた。

「さすが」

「お父さん！」

「僕たちの声を」

「聞き分けられるんだね？」

「やっぱりお父さんだ！」

カッとして電話を切ろうとすると、まるでそれが見えているかのように、双子《ふたご》が声を揃《そろ》えてわめいた。「切らないで！　切らないで！」

「今度は何だよ？」

「明日《あした》でも明後日《あさって》でもいいけど、一度うちに来てほしいんだ」

「授業参観日は今週の金曜日だからさ」

「早いうちに打ち合せしなくっちゃいけないもん」

「何を打ち合せるんだよ」

「決まってるじゃない」

「父母会での、身の振り方」

「バカだな、哲《さとし》、それを言うなら身の処し方だよ」

「え、そう？　身の処し方ってのは身の立て方って意味だぞ」

「まあ、どっちでもいいや。お父さん、来てくれれば——」

「美味《おい》しいブイヤベースを」

「ご馳走《ちそう》するよ」

一方的にしゃべり続ける双子の声を断ち切るためには、今度こそ受話器を置くしか手がないようだった。だから、俺はそうした。背中を丸めてじっと俺を見ていた柳瀬《やなせ》の親父《おやじ》が、ひとこと言った。

「身の置き所のねえ話だな」

俺に電話をかけてきた良い子たち二人は、東京の郊外——「郊外」という文字だけ四倍角にしてもらいたいぐらい立派な郊外にある、今出新町《いまでしんまち》という新興住宅街に暮らしている、十三歳の双子の兄弟である。もっとも、彼らに言わせると、「僕たち、二人で一人っていうか、一人分の空間に二人でいるっていうか――」という感じなのだそうで、となると、「双子の兄弟」というより、「双子の兄兄」もしくは、「弟弟」と書いた方が正確であるかもしれない。

彼らは一卵性双生児であるので、見た目にはそっくり、掛け値なしにそっくりだ。笑ったとき、左の頬《ほお》にエクボが出るのが宗野《そうの》哲。右の頬に出るのが宗野直《ただし》。ポイントはそれのみ。これだけを拠《よ》り所《どころ》に百発百中に見分けるのは、きわめて難しい。

「あるものが右にあるか左にあるか？」というのは、かなり混乱を招きやすい、勘違いを起こしやすい事柄だ。「向かって右」「向かって左」という、かえってわかりにくくなる表現もあるし、とっさの場合、左右の判断というのはつきにくいものだからだ。俺は昔、本業の方が不振で金に困っているとき、ごく短期間だが自動車教習所の教官をしたことがあるのだが、教習生がアクセルとブレーキを踏みまちがったりしたとき、

「そうじゃないよ、右、右のペダル！」などと叫《さけ》んでも、まず通じなかった。「箸《はし》を持つ方！」と怒鳴《どな》る方がずっと効果的だ（但《ただ》し、相手が左利《ひだりき》きの場合はこの限りにあ

らず)。どっちにしろ、いちばんいいのは、指図《さしず》したい方の手もしくは足をひっぱたくか蹴《け》っとばすことだ。これなら百パーセント効《き》く(ただ、最近は、こういう教官はすぐ馘《くび》にされるという噂《うわさ》だが)。

話が逸《そ》れたが、要するに、俺が言いたいのは、彼らを見分けるのは難しいということだ。おそらく、周囲の人間が、あまりに頻繁《ひんぱん》に取り違えるからだろう、彼らの母親は、彼らの衣服の胸元に、イニシャルの縫いとりやワッペンをつけて、双子兄弟のアイデンティティが壊されないよう、心を砕いていたようである。

ようである、というのは、今現在、彼らの母親が行方不明の状況にあるからだ。よって、俺には憶測することしかできない。

では、父親はどうかというと、彼もまた所在不明である。彼らの両親は、それぞれの愛人と手に手をとって駈《か》け落ちをしてしまったのだ。双子たち一家が今出新町のマイホームに引っ越してきて、半年足らずの頃だったそうである。

酷薄非情な親だと思いますか？　実は俺も、双子たちと関《かか》わりができた当初にはそう思っていた。だが、現在は違《ちが》う。彼らの両親は、あの気のふれたお神酒《みき》どっくりみたいな双子を育てていると、自分たちのアイデンティティが壊れちまうと悟《さと》って逃げだしたのではなかろうか——と思っている。ことほどさように、あの双子さんは恐ろしい良い子たちなのである。

俺の本業は、職業的な泥棒《どろぼう》だ。窃盗《せっとう》のプロと言っていい。もちろん、そんな業種で電話帳に名前を載《の》せるわけにはいかないから、世間に対して申し訳の立つ、名ばかりの職業も必要だ。そこで、廃業した弁護士である柳瀬の親父が、俺の表面的な雇《やと》い主《ぬし》となり、親父が構えているこぢんまりした事務所を、俺の勤め先ということにしてあるわけだ。柳瀬の親父の事務所は、「よろず人生の悩《なや》みごと承《うけたまわ》ります」という、冗談すれすれの看板を掲げているのだが、税務署にも、賃貸事務所のオーナーにも、そして道を通りかかって看板を見上げる世間の人々にも、なんとなく「興信所か探偵事務所だろう」という感じで納得してもらえているのだから、世の中も渡りようによっては甘いものである。

したがって、柳瀬の親父の事務所の雇用人としての俺の肩書きは、「調査員」。まあ、盗みに入る前には必ず調査もするから、これはあながち嘘《うそ》とは言えない。それに、本業の窃盗の方でも、親父は俺の元締《もとじ》めであるから、「雇用人」ではないにしても、契約関係にあることも事実だ。俺のほかにも数人、親父からいい情報をとって仕事をし、それが成功したら、契約に則《のっと》って親父と報酬を分ける——という方法をとっている同業者がいる。もっとも、俺は顔を合わせたことはないが。

前置きが長くなったが、俺が今出新町の双子と出会ったのも、そんな仕事の最中だった。端的に言えば、俺はその仕事の最中にドジり、そこを彼らに助けられたのだ。しかし、命拾いしてムショ入りを免《まぬか》れた代《か》わりに、双子たちに裏稼業の正体を知られ、「警察に通報しちゃうよ。いいの？」と脅《おど》されつつ、親に遺棄《いき》された彼らのために生活費を稼《かせ》がねばならなくなった——という次第《しだい》である。

また、それと同時に、彼らが便宜上「父親」の存在を必要としたときに、俺が、いなくなった彼らの父親の代理を務《つと》める——という約束もある。二人は、妙に世間の関心を惹《ひ》かず、遺棄児童として扱われることもなく、二人だけで静かに安穏《あんのん》に暮らしたがっているので、たとえばこういう父母会とか、町内会の集まりとかがあると、表向きをとり繕《つくろ》うために「親」の存在が必要になるのだ。

そんなとき、俺は便利な存在だ。新興住宅地で、近所付き合いもほとんどなかったし、共働《ともばたら》きだった彼らの両親は、都心にもうひとつマンションを借りていて、今出新町の家の方には、週末にしか帰ってこなかったというから、入れ代わりを見抜かれる危険もきわめて少ない。

ただ、言っておくが、俺は、中学一年生の子供がいるような年齢ではない。いや、まあ、純粋に生物学的には、そのくらいの子供がいたっておかしくはないのだが、社会的には、三十五歳になったばかりで、もうじき十四歳になろうとする子供がいるというのは、かなりめずらしいケースだろう。

それなのに、双子は、どこまでも俺を「お父さん」呼ばわりする。そして、そんな必要がないときでも、「お父さん」らしくふるまうことを要求するのだ。俺が、自宅の住所や電話番号だけは口が裂《さ》けても教えなかったので、仕方《しかた》なく、彼らも柳瀬の親父のところに連絡してくるのだが、「父母会と授業参観があるんだよ」などというふざけた電話をかけてきた翌日の夕方には、ファクシミリを送り付けてきた。

俺としては、柳瀬の親父がファクシミリの受け方を知っていたということも胸囲——もとい、驚異だったし、親父の事務所の隅《すみ》でほったらかしにされて埃《ほこり》を被《かぶ》っていた大層な機械の正体がファクシミリであったということにも仰天《ぎょうてん》したし、そのファクシミリがちゃんと動いたということにも感動してしまった。ここでファクシミリが使われているという事実をＮＴＴは把握《はあく》しているのだろうか、などと、余計な心配をしたくらいである。親父のことだから、回線だってもぐりのを使っている可能性が大なのだ。

送られてきたファクシミリには、双子の手書きの文字で、

〈今日は来れなかったみたいだね〉

〈がっかりだよ〉

〈明日にでも来てくれないと〉

〈打ち合せができないよ〉

〈ブイヤベースも〉

〈食べそこなっちゃうよ〉

〈父母会と授業参観は〉

〈あさっての金曜日なんだから〉

〈来てね〉

〈来るときまでに〉

〈このアンケートに何を書くか〉

〈考えておいてね〉

〈用紙を送ります〉

と、書いてある。懲《こ》りないガキめらは、手紙まで一行交替で書いてやがるのだ！

「ほう、おまえさん、あの子たちの字を見分けられるのか？」と、柳瀬の親父が訊《き》いてきた。「俺には同じ字に見える」

「老眼鏡があわなくなってきてるんじゃないのか？」と、俺は言った。「直の方が、角をきっちりとめて、はねもきちんと撥《は》ねた字を書くんだ。哲はいいかげんだけど。ほら、すぐわかるじゃないか」

眼鏡をかけなおし、ファクシミリをじっくり見て、親父は再度、首を横に振った。

そして、大きな歯をむいてニヤニヤした。齢《よわい》七十五になろうというのに、全部自前《じまえ》の歯だ。これだけでも人間業《わざ》じゃない。

「やっぱり、さすがは父親だ」

「冗談じゃない」

「親はなくても子は育つが、子供がいないと親は育たねえ。おまえ、立派に成長しつつあるな」

俺は親父の正気を疑った。梅雨明《つゆあ》けしたばかりなのに、もう暑気あたりだろうか。俺を脇《わき》において、双子たちといやに仲良しになっている様子があるのも恐ろしい。そのうち、今出新町の家を訪問するなどと言い出すんじゃないか。「親父、大丈夫《だいじょうぶ》か？」

「なんのなんの、元気だよ」七対三の割合で白髪の多い顎髭《あごひげ》をしごきながら、けろりとしている。「おまえがあの子たちの父親なら、俺はおじいちゃんだ。そう思うと楽しくてよ。俺も、じじい愛に目覚めたんだろう。おまえもパパの愛情に開眼したらどうだ？」

このところ裏の商売が好調で、続けて大金が入り、親父も親父の顧問先である貧乏で良心的な法律事務所・託児所・不動産屋も、みんな潤《うるお》っているので、安堵《あんど》のあまりボケが始まったのかもしれない。俺は早々に退散した。

近くの喫茶店へ避難したところで、送られてきた「アンケート」なるものを検分してみた。担任教師から生徒の父兄への——もとい、父母だ(最近は、こう書かないとフェミニズム団体が怒るらしい。しかし、それにしては、ワープロで「父兄」が一発で変換できるのはおかしくないかね?)——質問状だった。

「お子さんは、家で学校のことを話しますか?」

「友達といっしょに外出したり、友達が遊びに来ることはありますか?」

「お子さんは、夜よく眠っていますか?」

「ご両親の目から見て、お子さんの長所は?」

「同じく、短所は?」

などなど、ずいぶんと質問事項が列挙してある。担任教師の自筆だ。右肩あがりの、かなりクセの強い文字だが、やはり教師だ、読みやすい筆跡である。

それにしても、近ごろの公立中学校は親切になったものだ。俺が通っていた中学は、夜ちゃんと眠っているかどうかまで心配してはくれなかった。いや、逆に言えば、そんな心配をしてやらねばならないほど、脆《もろ》い子供が増えているのだろう。

しかしなあ……俺は考えた。哲も直も健康だし、殺されても死なないでニコニコしているような良い子たちだから、なんの心配もないが、このアンケートに回答するというのは気が進まない。

字を書かねばならないからだ。

自慢じゃないが、俺は本当に字が下手《へた》なのである。だから滅多《めった》に書かない。そんなチャンスも少ない。よんどころなく書くことがあるのはホテルの宿泊カードぐらいだが、それだって、フロント係が「なんとお読みするのですか」と慇懃《いんぎん》無礼《ぶれい》に尋《たず》ねてくるくらいの代物《しろもの》なのである。昔いっしょに暮らしていたことのある女に、「死んだ虫がいっぱい浮いてるみたいに見える」と言われたこともあった。

双子の父親である宗野正雄《まさお》という人物は、退職して秘書と駈け落ちする前には、大手の不動産会社の営業部長を務めていたという人物だ。学校の方も、生徒の父母についいて、当然その程度の情報は得ているだろう。となると、そんな人物になりすますためには、死んだ虫を並べたみたいな文字を書いていては、かなりまずい。

それに、多くの家庭で——おそらくは九割がたの家庭で、こうした学校関係の書類に記入をするのは、母親の方だろう。父親が自《みずか》らペンをとって書くなんて、よほど教育熱心の家か、父子家庭にしかありえまい。授業参観に行く父親もめずらしいが、こうした書類にまともに向きあう父親には、もっと希少価値があるだろう。

まずいよなあ、俺が書いちゃ——などと考えて、ハッとした。いつのまにか、俺はすっかり双子の術中にはまっているじゃないか!

一人でぷんぷん腹を立てながら、喫茶店を出て駅へ向かった。ところが、電車に揺られているあいだに、ふと(ワープロで書くっていう手はあるな)などと考え始め、気がついたら秋葉原《あきはばら》で降りていて、閉店間際《まぎわ》の電気店に駆け込んでいたのである。

というわけで、俺はずっとワープロの練習をしている。以前にもぽちぽち売って——じゃない打ってみたことがあるので、さほど難しくは感じないが、なにせ、肩が凝《こ》る。それに結構打ち間違いや変換ミスが多くて、アンケートの答えを書くのには、かなり時間がかかりそうだ。

そして、考えている。あの双子もあわてんぼうだ。肝心《かんじん》なことを言っていなかった、と。

哲と直は、別々の中学に通っているのである。これも、学校側の混乱を避けるための予防策だ。哲は隣町の学校へ越境入学し、直は今出新町の新設校にいる。

父母会も授業参観も、いったいどっちの学校のだろう? それによって対処の仕方が違ってくる。それに、あと半月で夏休みというときに、しかも平日を選んで授業参観をやるというのも妙な話だ。なにか事情が――

なんだって？　そんなことを考えるなんて、また術中にはまってるって？　そうなんだよ。認める。だから、これぐらいのことはやりたいね。


クソ！

2

翌日、双子の家に到着したときには、午後五時ごろになっていた。夕方になっても蒸《む》し暑いし、昨夜遅くまでワープロの稽古《けいこ》に熱中していたので、いささか寝不足である。生欠伸《なまあくび》を噛《か》み殺しながらチャイムを鳴らした。

すぐにドアが開いて双子の一人が出てきた。

「あ、お父さん」とにっこり、右の頰にエクボをつくったので、それが直であるとわかった。

キッチンの方からいい匂《にお》いがする。「夕飯にはまだ早いんじゃないか？」

「うん。でも、哲がおなかすかせて帰ってくるころだから、おやつをつくってたんだ」

「へえ。何を？」

「菓子パンと、あと、共食いでもしようかと思って」

思わず顔をしかめてテーブルの上の皿に目をやると、こんがり焼いたソーセージと、卵ひとつだけの目玉焼きが載っている。一卵性双生児《ソーセイジ》。

「座布団《ざぶとん》をやるよ」

直は首をかしげた。「うちの椅子《いす》、お尻が痛い？」

「なんでもない。忘れろ」

最近の子供は、『笑点』の大喜利《おおぎり》コーナーを知らないのだ。

「お父さんも食べる？」

「いや。ブイヤベースが楽しみだから、今は遠慮しとく」

ダイニングキッチンは心地よい感じに片付けられている。簡単なものだとは言え、今料理をしたばかりなのに、流し台もテーブルコンロもピカピカだ。双子は家事を公平に分担しているが、料理だけは、もっぱら直が受け持っている。これほど料理上手《じょうず》できれい好きであれば、いいお婿《むこ》さんになれるだろう。

この家を訪ねるのは、二ヵ月ぶりのことだ。リビングの方に移動すると、発見がひとつあった。サイドボードの脇にかかっていた水彩画が消え、代わりに、同じぐらいの大きさに引き伸ばした写真が飾ってあるのだ。ちゃんとパネルにしてある。駅の夜景である。駅舎は間違いなく今出新町の隣の駅のものだが、停車している電車の車両は、通勤電車のそれではなく、なにやらSF映画に登場してきそうな形のものだ。流線型の車体に、広い窓ガラス。写っているのは展望車のようだが、くりの大きい窓ごしに、リクライニングのききそうな座席シートがうっすらと見える。

「これ、哲が撮《と》ったのかい？」

尋ねると、ドアの陰から直が顔を出し、ぱっと明るい表情になった。

「うん、そうなんだ。よく撮れてるでしょう？　あんまりよく出来たから、ずっと写真部の部室に飾られてたのを、やっと引き取ってきたんだよ」

「なかなか上手だ。夜間撮影は難しいのに、あいつ、腕をあげたな」

哲が写真部に入っていることは知っていた。直の方は、文芸部だ。二人とも、それほど鈍いほうではなさそうなのに、運動部には縁がなかった。（ヘンな規律がいろいろあって、おかしいんだよ）と言っていたっけ。

「その電車、カッコいいでしょう」

「まあな。新しいということは認める」

「それ、今年の秋から導入される新型特急なんだよ。試験車両が、組み立て工場から東京の車庫に運ばれていく途中に、隣町の駅を通ったんだ。それで、哲がわざわざ撮影にいったの」

「これ、夜中だろう？」

「うん。終電のあとだよ。だから僕たち、お弁当つくって、濃いコーヒーも持って出掛けたんだ。ずいぶん長く待たされたよ。線路の脇の草っぱらでさ。寒くて凍《こご》えそうだった」

それでも、哲の行くところには直も行くのだ。いいコンビである。

「写真部のほかのメンバーは？」

「夜間撮影用の器材が揃わなくて、あきらめたんだって。哲は、東京まで出ていって、レンタルしてくれる会社を探したの」

おや、買ったわけじゃないのか——と思って、俺はなんとなくうれしくなった。

助けてもらったこともあるし、双子たちには、かなりまとまった金を渡してある。今のところ、まだ、家のローンを払い生活費を支出しても、たっぷりおつりの来る額が残っているはずだ。買おうと思えば、高感度レンズでもなんでも買える。

それなのに、無駄遣《むだづか》いをしなかったのは、偉《えら》い。俺の教育がいいから——おっと危ない。今の台詞《せりふ》は取消し。

授業参観と父母会があるのは、左エクボの哲の方だった。隣町の中学である。

「この辺りの町は、ほら、みんな新興住宅地だから、春は転勤とか引っ越しが多くて、かなりザワザワしてるんだよね。だから、普通は春にやることになっている授業参観とかを夏休みの直前にやって、二学期の始めに、落ち着いたところを見計《みはか》らって、家庭訪問をするようにしてるんだってさ」

夕食のあと、リビングの方で手足を伸ばしながら、哲が説明を始めた。子供二人には贅沢《ぜいたく》な家だが、こうしていると、この双子が家の主人であるように見えてくるところが不思議だ。

「なんだって平日を選んでやるんだろうな。来られない親の方が多いんじゃないか?」

「僕らもそう思うんだけどね」

「校長先生が代わったんで、方針も変わったんだってさ。ね?」と、直が口をはさんだ。

「そうなんだ。日曜日にわざわざやる授業参観じゃ、お芝居みたいで不自然だし、意味がないっていうんだよね。本当に子供を大切に思っているなら、一日会社を休むくらいなんです！　って、校長先生は思ってるみたい」

まあ、一理あると言えばある。

「それでも、俺が行くことはないような気がするな。アンケートは書いたから、それだけ提出すればいいじゃないか。担任の先生だって、おまえらの親が共働きで、週末しか家に帰ってこないことは知ってるんだろ？」

哲と直は顔を見合わせた。

「うん……」

「でもね……」

「最近」

「ちょっと危ないんだ」

「近所で」

「僕らが二人だけで暮らしてるんじゃないかって」

「噂が立ってるみたい」

「それはすごくまずいから」

「このへんで、お父さんに」

「登場してもらえないかな？」

そして、二人でまたそうっと視線をあわせ、気をそろえたようにうつむいてしまった。

なんだかわからないが、俺はどうも、うさんくさいものを感じた。双子が急に、俺の嫌がる「分割話法」を使い始めたのが、なにか引っ掛かるのだ。ただ、その「なにか」がわからなかった。

「そういうことなら、しょうがないか」

そう言ってみると、彼らはパッと元気になった。

「ホント？」

「ありがとう！」

「せっかく行くんだから」

「いっぱい目立ってよね！」

「たくさん先生と話しして」

「僕の良いお父さんなんだからさ」

とどめの一発、哲が叫んだ。「僕の担任の先生、美人だよ！」

それでなくても緊張しているのに、余計なことを聞かされたものだから、なおさら寝付きが悪くなってしまった。哲が用意してくれたベッドの上で、一時間ほど虚《むな》しくゴロゴロしてから、あきらめて起き上がり、リビングの方へ戻った。

煙草《たばこ》を吸いながら、こんな質問にはこんな回答――という感じで、双子と打ち合せたことを頭のなかで反芻《はんすう》してみた。幸《さいわ》い、父母会はクラス単位のもので、個人面談ではないから、担任教師とじかに対話する可能性は少ない。質問を向けられたら、一般的な当たり障《さわ》りのない答えをしておけばいいのだ。

大丈夫、バレやしない。何度も自分に言い聞かせた。

それにしても、いっこうに眠気がさしてこない。なにか読むものでもないかと、廊下の物入れを開けてみた。この家を仕切っている双子は、几帳面《きちようめん》で、物を大切にするタイプだから、この物入れは、空《あ》き箱や包装紙、きれいに束《たば》ねてちり紙交換に出すばかりにしてある新聞と雑誌の山でいっぱいになっている。悲しいかな、ちり紙交換の業者の数がめっきり減ってしまい、めったに巡回してきてくれないので、どんどん溜まるいっぽうなのである。

直も哲も、硬派、軟派にかかわらず、大人向きの雑誌には、まだ手を出していないようだ。かといって、俺は漫画には興味がない。なにか出てこないかなと、いちばん手前の、まだ紐《ひも》でくってない山をがさごそやっていて、妙なことに気付いた。

古新聞の紙面のあちこちに、穴が開いているのだ。文字を切りぬいた穴が。

さかのぼって確かめると、被害にあっているのは、先月の末ごろの朝夕刊だけのようだった。そして、残っている文面から解釈すると、どう見ても、あまりよろしい感じのしない熟語が切り抜かれているのである。

「脅迫」「警察」「警告」

そして――「殺人」。

古新聞の山をもとに戻しながら、俺は頭上を見あげた。双子がスヤスヤ眠っているはずの部屋を……。

3

担当の先生は、本当に美人だった。くすんだ灰色の地味なスーツを着ているが、それでも、彼女のいるところだけ、パッと明るく見えるほどだ。哲はいろいろと問題のあるお子さんだが、審美眼だけは歪《ゆが》んでいない。

灘尾《なだお》礼子《れいこ》先生という。二十五、六歳というところだろうか。小柄で、どちらかと言えばぽっちゃりしたタイプである。だが脚はすっきりと細いし、足首なんて、ほんとに華奢《きゃしゃ》だ。首のまわりにふっくらとまつわりつくようにカールした髪は、枝毛など一本もないのだろう、そっけない蛍光灯の明かりの下でも、見事に輝いていた。

そういうことになると、俺にとっては、担任教師としての彼女の力量など、どっちでもいいことになってしまった。どのみち、哲も直も、学校の教師が多少上等だろうが品下《しなくだ》ろうが、委細関係なく図々《ずうずう》しく成長していく子供たちだから、いちいち気にしてやることはないのである。

スケジュールとしては、午前十時に子供たちが登校、それから二時限分授業があって、それを父母が参観する。そのあと、子供たちは給食を食べて下校、午後一時から二時間の予定でクラス単位の父母会があり、三十分の休憩をはさんで、午後三時半から体育館でＰＴＡの総会が開かれるという次第になっていた。

俺は、哲に、ひいては双子に、ちゃんと親が存在している――というアリバイづくりのために出席してきたのだから、スケジュールの最後まで顔を出していなければならない。哲が言うには、

「ここでお父さんが一度顔を売っておけば、あとはずっと学校行事に参加しなくても、誰もへんには思わないよ」

なるほどその通りであろうし、どうせ危ない橋を渡りに出てきたのだ、俺としても、一度で充分効果があがるようにしておきたい。ただ、直のときも、もう一度こんなことをしなければならないかと思うと、かなり気が滅入《めい》った。

それというのも、率直に言って、俺は、参観にやってきた父母の間で「スター」になってしまったからだ。実際、あちらからもこちらからもぶしつけな視線を浴びせられて、じっと立っていることが辛《つら》いほどだった。

商売上やむをえない時にしか身につけないスーツを着て、髪をきちんと撫《な》で付け、直がリキを入れて磨き上げてくれた革靴を履《は》いて、しゃっちょこばって立っているのである。それでも、居並ぶ父母たちのあいだでは、異質な人間として見られているらしい。仕方ないのだ。人間、かっちりした衣服を身に着けたときの方が、年齢の差がはっきりわかってしまうのだから。

俺にとって幸いだったのは、やはり平日の参観ということがあって、出席した父母の数が少なかったことだ。もともと、子供の数も、俺の中学校時代に比べたら、はるかに少ない。人口の多い新興住宅地だというのに、たったの三十人だ。この町は、双子の暮らす今出新町に比べると、ずっと規模が大きいので、それでもまだ四クラスあるが、これが今出新町の新設校となると、二クラスに減ってしまう。子供の絶対数が少ないのだろう。

参観者のなかで、男親は俺を含めて三人しかいなかった。一人は、出入口のところに立っている。目付きのよくない中年男で、どういうわけか、授業が始まったときから、灘尾先生の方ばかり見ていた。

俺の知っている範囲内で、あれほど目のきつい人間というのは、刑事ぐらいしかいない。本能的にピンと来た。なんだろう？　と思った。

俺のすぐうしろには、四十五歳ぐらいの、シェイビング・クリームの匂いをぷんぷんさせた父親が立っていた。ゆったり大きめのスーツを着こなし、タイを緩《ゆる》めに締めている。さて何の商売だろうかと考えていると、彼の方から軽く身を寄せてきて、

「宗野くんのお父さんですね？」と訊いてきた。

「はあ、そうです」

「いや、驚きました。たしか、中央不動産本社の営業部長をなさっておられるはずだが、あまりにお若く見えますのでね」

俺は、声を出さずに——いや、声を出せずに、顔だけ笑ってみせた。喉《のど》がカラカラだ。窓際の中央あたりの席に座《すわ》っている哲が、素早く肩ごしに振り向いて、目元だけで微笑《ほほえ》んだときにも、そういう痙攣《けいれん》に似た笑いを浮かべていた。そのためか、哲と一

緒に、ほかの子供たちもクスクス笑いだした。

「私は脇坂一彦《わきざかかずひこ》の父親です。脇坂外科病院の」と、うしろの男が続けた。

ははあ。この男は医者なのだ。してみると、この薬臭い匂いもシェイビング・クリームのせいではないかもしれない。

「どうも……その、いつも哲がお世話になっております」

俺がつっかえつっかえそう言うと、相手はちょっと右手をあげて笑顔をつくった。哲の父親の職業・役職まで知っているということは、このお医者、その手の情報にうるさいご仁なのだろう。町の有力者になろうとして、今からじっくり根回しをしているのかもしれない。平日の子供の授業参観にやってくる父親には、ただそれだけで、なんとなしにうさんくさい匂いがつきまとうものだが、これは穿《うが》ちすぎではないと思う。

十時からの授業の科目は、現代国語だった。宮沢賢治の『オッペルと象』が題材で、灘尾先生は、生徒たちを端から指名して、くぎりのいいところまで朗読させては、質問を投げるという方法をとった。

質問事項は、あらかじめ大きな模造紙に書いてあり、先生はそれを広げた。哲と、彼の近くに座っていた女子生徒が立ち上がって、小柄な先生が背伸びして、紙を黒板の木枠に画鋲《がびょう》で止め付けるのを手伝った。俺は意外に思ったが、壁に貼られている、各係の分担表を見て納得がいった。哲はクラス委員なのである。

「いつもなら板書《ばんしょ》するのですが、本日は時間を節約するためにこの方法をとらせていただきます」

緊張気味に、灘尾先生が断りを入れると、父母の何人かが頷いた。

暇《ひま》つぶしにミステリーを読むことがある程度で、およそ文学とは縁のない人間がこんなことを言うのはおかしいかもしれないが、俺にはどうも、現代国語という科目が滑稽《こっけい》に思えて仕方《しかた》ない。少なくとも、詩や小説を題材にして教えるということに関しては、絶対におかしい。どうかしている。

灘尾先生が、あの右肩あがりの独特な筆跡で書き出した質問を見ると、

「次の部分のオッペルの気持ちを説明してみよう」

「これらの言葉にはどんな感情がこめられているか考えてみよう」

などとある。ちゃんちゃらおかしいではないか。

そもそも、文学作品や小説、物語は、考えたり説明したりするために味わうものではない。まず楽しんで、次に解釈——それも自由な解釈をしてこそ意味があるのだ。

俺が育ったころの教科書には、「説明しなさい」「考えなさい」と書いてあった。今

の教科書は、「いっしょに考えてみよう」などと、猫なで声を出している。だが、どっちにしろ、最後に「テスト」というものが待っていることを考えたら、出口はひとつ、結果は同じだ。自由に解釈し、自由に感動することは許されない。子供たちはみんな、テストで丸をもらえそうな答えを探すだけだ。そして、本を読むことが嫌いになる。そういう意味では、なまじっか、親切そうな「考えてみよう」などという提案口調の教科書の方が、ずっと始末が悪いかもしれない。こういうやり方を、教育亡国という。

そんなわけで、俺は、授業内容などどうでもよく、何も聞かず、ただ、生徒たちを指したり、教科書のページをめくるときに、灘尾先生の真っ白な指がひらひらと動くさまを、ぼんやりと眺《なが》めていた。

次の時間は社会科――いや、今は「公民」と「歴史」に分かれているのだそうで、その「公民」の方だった。いろいろな意味で公の民ではない俺としては、肩身が狭い科目である。今日は第六節の「寛容」がテーマだそうで、またまた灘尾先生が貼りだした模造紙には、「自分の意見にばかり固執せず、人の意見にも耳を傾けることの大切さ」と大書してあった。俺は、今度は先生の脚線美を観賞することにした。

ところが、人がせっかく忘我の心境にひたっているというのに、教室内がなんとなく騒がしい。国語の時間にもそんな雰囲気があったのだが、今はもっとひどくなっている。目をあげてみると、生徒たちの何人かが、クスクス笑いをもらしている。素早く顔を寄せて話をしている者もいる。

そして、その生徒たちはみんな、なぜかしら哲の方に注意を向けているのだ。当の哲は知らん顔、上機嫌で授業を受けている。

どうも、キナくさい。

このおかしな出来事の真相を突き止めないうちに、終業のベルが鳴ってしまった。眉根《まゆね》を寄せて、机の上を片付けている哲を観察していると、彼は澄ました顔をして、わざと親たちと視線をあわせないようにして教室を出てゆく級友を尻目に、俺の方へ近付いてきた。そして、顔いっぱいに笑いながら、こう言った。

「来てくれてうれしかったよ、お父さん」

その顔には、右の頬にエクボがあった。

哲じゃない。直だ！　そう悟った瞬間、直が身を翻《ひるがえ》して逃げだし、廊下で彼を待ち受けていた級友たちが、いっせいに歓声をあげていっしょに走りだした。

「どうやら、ほかのクラスメートたちと賭《か》けをしていたようです。二人が入れ替わっても、参観に来るお父さまを騙《だま》すことができるかどうか……。賭けといっても、お金じゃありませんが」

午後からの父母会で、まっさきに話題にのぼったのも、双子のしでかした悪戯《いたずら》のことだった。灘尾先生は、恐縮赤面している俺に、実にやさしい言葉をかけてくれたのだ。

「直くんのことは存じませんが、哲くんは、授業態度も真面目《まじめ》だし、成績も優秀です。今度のことでは、お父さまも、あまり強くお叱《しか》りにならないでください」

「そうそう。まあ、いいじゃないですか」と言ったのは、シェイビング・クリームの脇坂医師である。「子供らしい稚気《ちき》ですよ」

父母会まで残った父親は、俺と彼だけだった。目付きの鋭い男はいなくなっていた。

脇坂医師は、俺に対して、ずいぶんと親しげにふるまっている。俺と連帯して、またひとつ地元に太い根を張ろうとしているのかもしれないが、だとしたら生憎《あいにく》なことだ。

ひとつだけ、双子に感謝してもいいかなと思ったのは、彼らがあんな悪戯をしてくれたおかげで、気詰まりだった父母会の雰囲気がほぐれ、俺が芝居しやすくなった

――ということだ。参加している父母たちは、みんな笑《え》みを浮かべている。苦笑、失笑もあるが、全体としては悪い感じじゃない。緊張していたのか、表情が硬く声が小さかった灘尾先生さえ、笑顔を浮かべるようになった。

俺自身、双子のしたことを謝《あやま》ったり、自分の子供にしてやられたことを恥じ入ったふりをしていればいいのだから、ぐっと楽になった。実際、この話題だけで、二時間の大半をすごしてしまったくらいだ。

「なかなか油断はならないけど、可愛らしいお子さんですねえ」と、一人の母親が声をかけてきたので、俺は言ってやった。

「まったくです。ときどき、気のきいたことを言いますしね」

そして、例の「一卵性ソーセージ」の話をしてやると、みんな大笑いをした。楽しそうに微笑んでいた灘尾先生が、

「まあ、でもそれは、うちの――」と言いかけ、急にバツの悪そうな顔になると、

「いえ、わたしも聞いたことがありますよ。哲くんから」と言い直した。

「そっくりな双子のお子さんを持っていると、大変ですな」脇坂医師が話を締めて、真顔に戻ると、「ねえ、灘尾先生。このクラスでは、いじめの問題などはないのですか?」

急に話がシリアスになったので、笑いが失速してしまった。灘尾先生も少しひるんだような感じになり、椅子に座り直した。

「いいえ、今のところそういう気配は感じておりませんが――どうしてでしょうか」

脇坂医師は乗り出した。「いえ、ほかでもない、例の脅迫状の件ですよ。あれは、ああいうことをして騒ぎを起こせば学校が休校になるかもしれない――そうすれば学校に行かないで済む――と考えた、いじめられっ子の仕業《しわざ》ではないかと、私は考えているんですがね」

例の脅迫状の件――俺は、物入れで見た、文字を切り取られた新聞を思い出した。

「どういうことです？」

「おや、ご存じないのですか？」脇坂医師は大仰なそぶりで驚いてみせ、それから説明してくれた。

二週間ほど前から――つまり七月の始めごろからだが、学校の職員室あてに、おかしな脅迫状が舞いこむようになったというのである。内容は、この学校の教育方針には大きな間違いがある、早急に改めろ、さもないと、こちらとしては、改革のためには殺人も辞さない、警察には通報するな――というようなものだった。ほぼ三日おきに全部で三通届いたが、内容は大差なく、具体的な事件に発展する様子もまったくないので、地元警察も、単なる嫌がらせと判断したという。

その説には、かなり有力な根拠があった。今年の四月に新しくやってきた校長は、温和だった前任者と比べると、かなり厳しい人であるらしい。校則も強化し、破った場合の罰則も重く改めた。生徒たちのあいだでは、不平不満が渦を巻いているらしい。警察は、それを考慮して、校長を標的とした一種の文書攻撃だと見ているのである。

校長は、生徒ばかりか教師にも厳しく、服装や勤務時間、勤務態度など、細かいところにまで実にうるさいのだという。そういう人物にはありがちなことだが、強引で独断専行。今回、日曜日が通例だった授業参観日を平日に移し、具体的に今日という期日を決めたのも、彼一人でやったことだった。現場の教師たちがこれを知らされたのは、六月末日のことだったという。だから彼らは、準備にてんてこまいをさせられてしまった。

「しかし、校長に対する反対派の仕業なら、抽象的な文章じゃなくて、もっと具体的にして、はっきり校長の名前まで書くんじゃありませんかね」と、脇坂医師は力説した。「だから私は、むしろ、いじめられっ子のやったことだと思いたいな。どうです？」

灘尾先生ははっきり答えなかった。ほかの母親たちも、めぼしい意見は出さない。

脇坂医師は一人、意気揚々としていた。

「私の説が正しいと思うがなあ」

俺としては、哲と直に訊いてみないことには、なんとも言えない。ただ、さっきの目付きの鋭い男が、公務中の刑事であったことだけは、確かなようだと思った。


さすがに疲れてしまったので、三十分の休憩時間には、一人で校舎の裏側の目立たない場所に隠れ、煙草を吸った。校内は禁煙なのである。

隠れ煙草をすると、学生時代を思い出す。幸い、ほかには誰も来なかった。休憩時間の終わりごろに、派手なプリント柄《がら》のパンツスーツを着て、肩に大きなバッグをさげ、ミラーグラスをかけた小柄な女が、裏庭のはずれにある通用門を通って外へ出ていったのを見かけただけだ。やっぱり、若い母親なのだろう。

それにしても派手な服を着て来たものだ。あれじゃ子供が恥かしがったんじゃないかね、などと考えているうちに、時間がきてしまったので、あわてて煙草を消した。

体育館でのPTA総会では、黙って座っているだけでよかった。熱弁をふるう父母は、ほかにいくらでもいるのだ。脇坂医師も、一度だけ俺に「私はあの校長が大嫌いでね」とささやいたきり、あとは黙っている。教師たちも沈黙している。学校側で多弁なのは、一人、校長だけだった。

俺も、ひと目見て嫌いになった。話を聞いて吐き気《はけ》をもよおしそうになった。倫理観だの正義感だの規律正しい学校生活だのと言っているが、あれは選別思想以外のなにものでもない。学校での落ちこぼれは社会の敵、ひいては人間のクズになるという、乱暴きわまりない断定と、学校内で自分の意見に従わないものは落伍者になるという、自信過剰な思い込みが、背広を着て歩いているだけの爺さんだ。

総会がお開きになるまで頑張《がんば》っていたのは、ただただ、もう一度灘尾先生に直接挨拶《あいさつ》をしたかったからだ。会のあいだじゅうずっと目を伏せていた彼女は、俺が近寄っていったときも、すぐには硬い表情を崩《くず》さなかった。

「宗野哲と直の父親です」と名乗ると、やっと目元が和《やわ》らいだ。

「今日はうちの息子どもがバカな悪戯をしまして、本当に申し訳ありませんでした」

「どうぞ、もうお気になさらないでください」彼女は小さな声で言った。「ちょっとした悪戯です。本当に」

軽く手をあげて、俺の謝罪を押し戻すような仕草《しぐさ》をした。その右手の親指に、授業のあいだも、父母会のあいだにも見当らなかった、真っ黒なインクのしみがついていた。

4

双子たち、何を企《たくら》んでいたのだろう？

この疑問を、俺はどうしても独力で解きたかった。だから、敢《あ》えて、古新聞を見付けたことも話さず、どうして学校に脅迫状を送り付けたのかも尋ねなかった。双子は双子で、まったく変化のない、明るい良い子の生活を送っている。勝手に入れ替わって俺を引っ掛けようとしたことは謝ってきたが、

「ああしておいた方が、騒ぎにまぎれて、お父さんがお芝居をしやすいと思ったんだ」

と言われると、事実その通りだったのだから、怒りようがない。

ひょっとすると――と思ったので、柳瀬の親父を問いつめてみると、あっさりと白状した。

「そうだよ。俺が、あの子たちの脅迫状の原文を考えてやったんだ」

「ファクシミリで送ったわけだな？」

親父は面白《おもしろ》そうに笑った。「あの子たちが、電話で、機械の使い方を教えてくれた

んだよ」

そして、上目遣いで俺を見た。「あの子たちには、おまえには内緒にしておいてくれと頼まれたんだがな」

「うるわしいね」

それでなくても食えないこの爺さんと、あのそら恐ろしい双子に連合されたら、俺はどうやって太刀打《たちう》ちしたらいいんだ？


しかし、腹立たしいことに、解決の糸口をくれたのも柳瀬の親父だった。正確には、親父の事務所を訪れていた来客が、俺に天啓を与えてくれたのだ。

親父の知人の知人という程度の人物だが、やっかいな民事訴訟に巻き込まれ、現在、親父の顧問先のひとつである法律事務所の弁護士を頼んで、法廷闘争中だという。世話になった親父に、戦況を報告に来たのだった。

俺は、事務所の隅の机に落ち着いて、彼と親父の邪魔《じやま》にならないようにしていた。しかし、クーラーの利《き》きの悪い事務所のなかで、しきりとハンカチで額を拭っている来客の右手の親指に、真っ黒なインクのしみがついているのを見付けたとき、思わず立ち上がって詰問していた。

「その指のしみ、どうしたんですか？」

来客は愛想よく答えてくれた。「実は、今日、私は証人として出廷したんです。証言をする前には、宣誓《せんせい》をさせられますよねえ。紙に書かれたものを読み上げて、そのあとに署名捺印《なついん》をする。ところが、私は、緊張しすぎていたせいか、三文判を忘れましてね。それで、指にインクをつけて押したんです。このインクはなかなか落ちませんねえ。手を洗ったくらいじゃ、ダメですわ」

来客が帰るまで、俺は頭を抱えて考え込んでいた。そして、親父と二人だけになると、言った。

「頼まれてくれるかい？」

「なんだね」

「ふたつあるんだ。ある人物の家族構成と、その人物が、今現在、なにかの裁判にかかわっているかどうか……」

一週間で、親父は答えを持ってきた。手数料と引き替えに（こういう依頼ごとは、厳密に別勘定だ）簡単な報告書と、戸籍謄本のコピー、スナップ写真の入った封筒を受け取って、俺は言った。

「親父って、牛乳みたいな元弁護士だな」

「どういう意味だね？」

「腐っても役に立つ」

スリッパが飛んでくる前に、俺はドアを閉めていた。

5

突然訪問すると、双子は大歓迎してくれた。直はシーフード・オムレツをつくり、哲は隣町の高級食料品店まで自転車をとばして、上等のワインを買ってきた。週末のことだったし、話を始める前に、彼らにもアルコールが要《い》りそうな気がしたので、グラス一杯ずつ飲ませてやった。

「灘尾礼子先生の双子の妹は、どんな仕事をしてるんだ？　まさか女優じゃないよな？」

おもむろに切りだすと、哲がむせてしまった。直があわてて背中をさする。二人が息を整えるのを待って、俺は続けた。

「全部わかってるんだよ。おまえら、俺をひっかけただけじゃない。クラスメート全員と、参観に来た親父さん、おふくろさんたち全員を騙したんだ」

双子はゆっくりと口を開いた。

「どうして――」

「わかったの？」

「PTA総会のあと、灘尾先生の右手の親指についてた黒いインクでね。あれは、証人として法廷に出廷したとき、宣誓書に署名して、三文判の代わりに拇印《ぼいん》を押したときについたんだろう？」

哲が目をくるりと回し、天井《てんじょう》を見上げた。

「そんなの見てたんだ……」

「見たさ。それだけじゃない、おまえらが学校あての脅迫状をつくるために切りぬいた古新聞も見た。で、いろいろ考えあわせて、ちょっと裏付け調査をしたら、結論が出たんだ」

結論から言えば、これはもう、探偵小説で使われ尽《つ》くした「双子の入れ替えトリック」だったのだ。あの授業参観の日、直と哲が入れ替わったように、灘尾礼子先生も、彼女の双子の妹と入れ替わっていた。礼子先生が、どうしても日延べのできない、欠席することのできない裁判に出廷するために、妹がアリバイづくりをしたのだ。

最初におかしいと思ったのは、俺が「一卵性ソーセージ」のジョークを話したときの、「灘尾礼子先生」の反応だった。あのとき、彼女はこう言った。

（まあ、でもそれは、うちの――）

そして、急いで言いなおした。（わたしも聞いたことがあります――）

あれは、本来はこうだったのではないか。

（でもそれは、うちの姉がよく言っていたジョークなんです）

「僕、あの冗談を、先生から聞いたんだ」と、直が言った。「面白かったから、覚えてた。それに、先生にも一卵性双生児の妹がいて、子供のころからよく間違われて困ったって話を聞いて、すごくびっくりしたよ」

この計画がよく考えられているのは、直と哲が、単に先生と妹を入れ替わらせることだけで満足せず、二重、三重に目くらましの手をうったことだった。顔形や姿が似ているというだけでは、見抜かれてしまう恐れが多分にあるからだ。

その煙幕のひとつが俺の存在。もうひとつが彼ら自身の入れ替わりである。

授業参観の前に、哲は級友たちに、当日双子の弟と入れ替わってみせる、と宣言する。当然、級友たちはみな、授業などそっちのけで、その企みの成否やいかんと見守っているはずだ。だから、教室はざわついていた。先生の様子が少しばかりおかしくても、誰もまともに受けとめはしなかったのだ。

そして、父母の方には、俺がいる。双子の父親としてはそぐわない年齢と雰囲気で、二時限の授業のあいだぐらいは、父母の気を散らしておくことができるだろう。演技に慣れない俺がそわそわしていることも注意を惹く。そして、授業が終わって、直と哲との入れ替わりを暴露してしまえば、今度はそれが話題になり、俺がピエロ役になる。笑いに紛《まぎ》れてしまえば、「灘尾先生」が教室で生徒たちと昼食をとっているあいだや、午後の父母会のあいだに、多少ぎこちない態度をとっても、周囲の疑惑を呼ぶほどのものにはならないだろう。

そして、三時半からのPTA総会——同僚教師たちに囲《かこ》まれ、いくら双子でも、どうにもごまかしがきかなくなるときまでに、本物の灘尾礼子先生が学校にやってきて、妹とタッチ交替する。

当てずっぽうではあるが、かなり確信を持って、俺は訊いてみた。

「礼子先生の妹は、先生と入れ替わって学校を出ていくとき、ど派手なパンツスーツに着替えてなかったか？」

双子は顔を見合わせた。

「なぜ」

「知ってるの？」

やっぱりそうか。

「見かけたんだよ。偶然な」

派手な服装は、人目を惹く。学校内という、すべてが地味なトーンで統一されている場所では、とりわけ目立つ。あのパンツスーツの女が、裏門から外へ出るまでに、何人かの父母や学校関係者とすれ違ったとしても、誰も彼女の顔なんか見なかったろう。じっくり顔をつきあわせたならともかく、通りすがりにちらりと見るだけだ。みんな、洋服の方に目を奪われていたはずだ。

そのための、派手な服だったのだ。礼子先生の妹は、校内を抜け出すまでに、誰かとすれ違ったとき、間違っても（おや、灘尾先生によく似た女性がいるな）などと思われないように、あんな服装をしていたのだ。

「板書しないで、模造紙を黒板に貼ったのも、筆跡の違いを気付かれないためだな？」

哲はうなずいた。「筆跡はよく似てたし、先生、クセ字だから真似《まね》しやすいけど、念のためにね」

タネをあかして見れば、なんということもないじゃないか。俺も、哲と入れ替わった直も、灘尾先生姉妹も、みんな身代わり、みんな一日限りの芝居《ワンナイト・スタンド》をうっていたというだけのことだ。

「先生がどうしても出廷しなければならなかった裁判の内容を、おまえたちは知ってるのかい？」

哲と直は、黙って頷いた。だから、俺も黙っていた。

調べてもらった資料には、耳触りのよくない言葉が書かれていた。「強姦」である。そう、先生はただの証人として出廷したのではなく、当事者として尋問を受けたのであり、これは刑事事件の「公判」なのだった。

「すごく辛《つら》くて、気が進まなくて――」と、哲が言った。「先生、過去三ヵ月に二度、出廷を延期してもらったんだって。だから、今度だけはどうしても出なくちゃならなかったんだって」

この種の公判で、被害者が直接尋問を受けるのは異例のことだと、柳瀬の親父は言っていた。犯人の男が、検察側の提出した調書を全面的に否認して、争う構えをみせているのだろう。だから、被害者を法廷に引っ張りださないわけにはいかなくなった――

そうなると、被害者が何度も出廷を延期するのは、検察側にとっては有り難くないことなのである。ウソをついているから、後ろ暗いことがあるから出てこられないのではないか——という心証を与えかねないからだ。

「校長先生が、強引に授業参観日を平日にしちゃったでしょ？　それが、運悪く、今度の公判期日とぶつかっちゃった。ほかのときなら休暇もとれるけど、そういう行事のときはそうはいかない。かと言って、裁判に行くんだなんて話したら、あの校長先生が、灘尾先生を放っておくわけないよね？」

「そんな犯罪に巻き込まれるなんて、あなたにも隙《すき》があったからだ！　そんな人間は教職にふさわしくない！」校長の独善的な口調を真似て、直が言った。

「すぐに馘《くび》だよ。それにね、先生はほかのことも恐がってた。お医者さんの脇坂さんって、お父さん、わかる？」

「ああ、わかるよ。外科病院の先生だ」

哲は顔をしかめた。「あの人、ゆくゆくは町会議員に立候補するつもりらしいんだ。うちの校長先生も、その腹積《はらづも》りがあるらしい。だから、潜在的なライバルなんだよ。校長先生が灘尾先生を『素行が悪い』とか言って追い出すようなことがあったら、脇坂さんは、校長先生に反感を持つ人たちを惹き付けるために、灘尾先生を徹底的に利用するだろうね。灘尾先生は、それを恐がってたよ」

「一生を台無しにされちゃうもんね。だから、公判に出廷するってことを、絶対に知られちゃいけなかったんだ」

それでも、最初から「入れ替わりトリック」など使うつもりはなかったのだという。

「手がこみすぎてるし、危ないからね。だから、脅迫状を出したんだ。あれが原因で、授業参観が一週間でも延期になってくれたら、万事解決だから」

「でも、そうはいかなかった——」

「そう。だから、一か八かの博打《ばくち》をうったの。地方裁判所は、隣町から一時間あれば行ける距離にあるしね。公判は午前十時からだから、長引かなければ、三時半までには、灘尾先生は戻ってこれると思ったから」

俺は黙って頷きながらワインを飲んだ。双子はワイングラスをもてあそんでいる。

「最後にひとつだけ教えてくれ。これだけは、俺にはわからなかったんだ。おまえたち、先生がそんな困った状態にあることを、どうして知ったんだ？」

ちょっと唾《つば》を飲み込むような仕草をしてから、哲が答えた。

「リビングにある、駅舎の夜間写真ね」

「うん」

「あれを撮りにいった帰りに、僕たち、駅の近くの花畑のなかに倒れてた先生を見付けたんだよ」

ひとつ頷いて、直が付け加えた。「呼吸がおかしかった。睡眠薬をたくさん飲んでたの」

「自殺しようとしてたんだ。冬枯れの花畑で」

「最初は、なんにも事情がわからなかった。でも、担当の刑事さんが出てきて、宙ぶらりんにしておくと、君たちも悩んでしまうだろうって言って――」

「説明してくれたんだ」

「直接的な言葉じゃなかったけどね」

「だから、事情は全部知ってた」

「それが、事件が起こって一週間後のことだったんだ。捕まった犯人が、『女の方から誘ったんだ』って主張して……先生、それで死のうとして……」

思ったとおりだ。なんて野郎だろう。

哲は目を伏せている。「それ以来、僕が教室にいると、先生、すごく辛いだろうと思ったけど、へたに担任を代わったりしたら、余計におかしいじゃない？　刑事さんにも説得されて、先生、頑張ってくれたよ」

刑事か。俺は、父母のなかに交じっていた、鋭い目付きの中年男を思い出した。あれは、脅迫状事件のために警備にきていた刑事ではなくて、灘尾先生の事件の担当者だったのかもしれない。灘尾先生に、それほど信頼されている刑事なら、今度の入れ替わり芝居のことも打ち明けられていた可能性がある――

きっと、心配で様子を見に来ていたのだろう。もちろん、担当刑事個人の判断だったのだろうが。

それにしても――

あらためて、俺は双子の顔を見つめ直した。直は、あの駅舎と電車の写真を撮ったとき、「寒くて凍えそう」だったと言った。「花畑は冬枯れ」だった。つまり今年の一、二月か、去年の十二月あたりのことだったのだろう。

双子が俺と知り合ったのは、春雷とどろく三月の初旬である。二人とも、俺を「お父さん」と呼びながら、これほど大きな秘密については、ぴったり口をつぐんでいたのだ。

こういうのを「石の口」というのだろう。

「ねえ、お父さんがさ」

「古新聞をいじってくれたおかげで」

「見落としてた宝くじの発表を見付けたよ」

「一万円当たってたんだ！」

「何に使おうか？」

好きなものを買いなさい——と、俺は言った。それぐらいのご褒美《ほうび》があってもいい。

そして、少しばかり真面目な気分になって考えていた。この子たちの両親を探しだし、連れ戻す算段を、本気で始めよう。

なんとなれば、本物の父親が戻ってきてくれない限り、俺はずっとこの双子の疑似《ぎじ》親父で居続けなければならないわけで、その立場にいては、息子の担任の先生を口説《くど》くわけにはいかないからだ。

灘尾礼子先生は、ホントに美人だった。それに、芯《しん》も強い。立派なものだ。タイプなのだよ。

「お父さん？」

「なにをニヤニヤしてるの？」

なんでもないよ、坊やたち。

ヘルター・スケルター

Helter-Skelter

1

運命はかくのごとく扉を叩《たた》く――というのはベートーヴェンの台詞《せりふ》だ。というか、彼がそういう名言を吐《は》いたという説があると、小学六年生のとき、音楽の教師に教えられた覚えがある。

なにも、高尚な音楽談義を始めようというわけじゃない。半年ほど前から、俺《おれ》は、三十五歳という年齢で、十三歳の双子《ふたご》の兄弟の疑似《ぎじ》親父《おやじ》みたいな役割を演じる羽目に陥《おちい》ってしまい、その結果、自分の学校時代の記憶をたどる機会も増えたりしたもので、あの夜、とんでもない形で「運命」を耳にしたときも、ふと、昔教わったことを思い出した――というだけのことだ。

何時ごろのことだったか、はっきりしない。というのは、寝ていたからだ。普通の人間なら寝ていて当然の時間帯に、当たり前のように熟睡していたからだ。それなのに叩き起こされてしまったのは、俺の住んでいる、かなりがたのきた中古マンションの階上の部屋から、突如、大音量の「運命」が聞こえてきたからなのである。

俺は窓を開《あ》けたまま眠っていた。五階建てのマンションの四階を選んで棲《す》みついたのは、好きなときに気がねなく窓を開けっぱなしにして寝ることができるからだ。それ以下の階では、外部からの侵入者を防ぐために、ちゃんと戸締まりをしないとまずい。

いやに用心深いと思われるかもしれないが、べつに痴漢が恐いというわけじゃない。いい年齢《とし》の一人暮らしの男が痴漢に狙われるほど、まだこの東京は乱れていない。用心しなければならないのは泥棒《どろぼう》だ。ただし、それは、俺が金持ちだからではない。忍びこんでくる空き巣が、自分と同業者であるからだ。

そう、俺は職業的な泥棒なのである。腕はいい。かなり上等だ。したがって、戸締まりに気を使う。この業界ばかりは〝紺屋《こうや》の白袴《しろばかま》〟ということがない。同業者同士で喰いあいをするなんて、不名誉きわまりない話だからだ。

説明が長くなったが、そういうわけで、俺は窓を開けたまま眠っていた。九月半ばから十月の末ぐらいまでの間は、都会でも、部屋のなかに外気を入れて生活することに最適な期間である。だから実に気持ちよく眠っていた。実際、その前の一週間ほど、ひどく手強《てごわ》い仕事にかかりきりになっていたものだから、疲れてもいたのである。俺にとっては久方ぶりの、まともな時間にとることのできるまとまった睡眠だった。そこへ、ベートーヴェンが殴り込んできたのである。

目が覚めるのと同時に、耳がわんわんした。なんじゃこりゃ、と起きあがろうとした。悲劇はその瞬間に起こった。

話は変わるが、爪《つめ》という代物《しろもの》ね、あれはなんの必要があって生えてくるものなんだろう。あなた、考えてみたことがありますか？

あんなもの、要《い》らないんじゃないかという気がするのだ。手の指の爪はまだしも、足の爪なんて、なくてもちっとも不便じゃないでしょう。

そんなわけで、俺はちょいちょい爪を切ることを忘れる。とくに、足の指の爪を。それが長くのびて、端の方がちらっと割れてきたりするまで放っておくことが多い。

これが第一ポイントだ。

次に、また話が変わるが、シーツという代物ね。あなた、どういうのを使っていますか？　綿製のすべすべした平らなヤツか、それともタオルの——パイル地というヤツのだろうか。

あとの方のを使っているかたは、注意した方がいい。新しいうちは大丈夫《だいじょうぶ》だが、古くなってヨレヨレになり、あのパイルのひとつひとつのループがゆるんできたりすると、もういけない。捨てた方が安全だ。なぜかというと、俺はそういう状態のパイルのシーツを敷いていて、こういう目に遭《あ》ったのだから。

まず、眠っているあいだに、ささくれて割れた右足の小指の爪の端っこに、ゆるんだパイルのループのひとつが引っ掛かっていた――という状況を想像してほしい。勘のいい人なら、もうここで顔をしかめておられるかもしれない。

その状態で、熟睡している。テレビドラマのシーンではないから、本当に熟睡している。したがって、ちゃんと上を向いて眠っていたりしない。横を向いているか、うつぶせになっているか、とにかく、自由な姿勢で寝ているわけだ。

その時、時ならぬ騒音に驚かされて、ガバッと起き上がったとする。物凄《ものすご》い勢いで飛び起きたのだ。当然、足も激しく動く。しかし、パイルのループというのは、なかなか見縊《みくび》ることのできない強度を持っている。しかも、相手は足の小指の爪である。この、小指というところがミソだ。さて、どうなるか。

見事に剥《は》がれたんですな、生爪が。

商売が商売だから、俺はそれほどひ弱な方じゃない。しかし、これには参った。起き上がった次の瞬間には、満月の夜の狼男よろしく吠《ほ》えていた。布団を撥《は》ね除《の》けて、ぶらぶらしている右足の小指の爪と、そこからどっと吹き出してきた――オーバーな表現じゃない。その時は、本当にそう見えたのだ――真っ赤な血を目にすると、また喚《わめ》いた。

だいたい、人間の男というものは、血に弱い。慣れていないからだ。自分の爪先から真っ赤な鮮血が流れ出し、パイルのシーツにしみこんでゆく様を見せつけられて、俺は本当に目を回してしまいかけた。痛いのも痛いが、それ以上にショックの方が大きかった。そういうとき、逆に笑ってしまうものだということも発見した。笑いながら吐き気がしてきた。しかもその間にも、「運命」が大音量で攻めかかってくるのである。

まさに、「運命はかくのごとく扉を」叩いた。まったくもって、クソいまいましい。まったく！

2

電話がかかってきたのは、俺がようやくショックから立ち直り、止血をして包帯を巻き、床にへたりこんでいるときだった。シーツの上は、まだ流血の大惨事だ。ただ、近所の誰かの「馬鹿野郎！　何時だと思ってるんだ！」というきわめて適切な罵《ば》倒《とう》一発のおかげで、「運命」は止んでいた。

俺は文字どおり這《は》って行って電話に出た。相手は柳瀬《やなせ》の親父だった。

「悪いな、こんな時間に」と、神妙な口調で言った。「寝てたろうな」

「いや、死にかけてた」

「あん？」

「生爪を剥がされたんだ」

親父は沈黙した。やがて言った。「最近の刑事《デカ》は、逮捕に来たついでに拷問までやるのか？　いやに手早いな」

「縁起でもないことを言わないでくれよ」俺は事情を説明してやった。柳瀬の親父は笑いだした。

「一人でいるときで良かったな。女が一緒じゃ格好がつかねえ」

他人《ひと》ごとだと思いやがって。「とにかく、取り込んでるんだ。何の用だよ」

親父はまた妙に真面目《まじめ》な口調に戻った。

「あの子たちから電話があった」

「い、あの子？」

「とぼけるな。おまえの双子ちゃんだよ。電話をかけてきたのは哲《さとし》って子の方だ。直《ただし》って子が盲腸で緊急入院したんだと。あたりめえのことだが、病院の連中は、親はどこにいるって不審がってる。とりあえずは、共働きの遠距離通勤なんで、二人とも、週末以外は東京のマンションで暮らしてるって説明してあるそうだが、それだって、子供の急病と聞いて駆けつけてこねえ親はいねえだろう？　なんとか、明日《あした》の朝までに、おまえさんに来てほしいって言ってるんだよ。当然だな。パパとしては、行ってやらねえとおさまりがつかねえんじゃねえのかい」

「パパじゃない」俺はうなった。「その電話、いつかかってきたんだ？」

「ほんのちょっと前さ。今、直は手術中だ」

それはまた災難だ。だが、俺にはちょっと腑に落ちないことがあった。

柳瀬の親父は引退した弁護士で、俺と一種の契約を結んでいる相手でもある。親父は自分の立場を利用して情報を集め、俺はその情報を元に仕事をして、獲得した報酬を分けるという契約だ。それに、表向きには、俺は、親父の経営している調査事務所の調査員ということになっており、その肩書きで世渡りをしている。

だから、俺と「疑似父子」の関係になっている双子の兄弟にも、親父の事務所の電話番号を教えてあった。だが、親父が、神田多町《かんだたちよう》の古い共同ビルのなかにあるその事務所にいるのは、平日の午前九時から午後六時まで。あとは、松戸《まつど》にある自宅に帰っている。普通なら、こんな時刻に——その時やっと時計を見た。午前三時四十分だ——事務所にいるというのは大いにおかしい。

「親父、なんでこんな時間帯に事務所にいたんだよ？」

ところが、親父はあっさり答えた。「誰も事務所にいるとは言ってねえ」

「なんだって？」

「家からかけてるんだよ。哲も、ここに電話をかけてきたんだ」

絶句してしまった。このところ、親父と双子たちが妙に仲良しになっていて、嫌《いや》な予感がしていた矢先だ。

「親父らしくもないな。簡単に自宅の電話番号を教えるだなんて」

親父はフンと鼻で笑った。そして説教口調になった。「おめえな、ひとつ心しておいた方がいい。子供ってのは、いつ怪我《けが》をするか、病気になるか、わからねえもんなんだ。夜中だって安心できねえ。仮にも父親役を務《つと》めるなら、そういう突発的な事態にちゃんと対応できるようにしておいてやらねえと、可哀相だぞ。だから、俺が中継役をしてやってるんじゃねえか。有り難く思え」

全然、有り難くない。「そこまでの義理はないよ」

「そんなことを言ってられる立場か？」親父はぶっきらぼうに言った。「とにかく、すぐに病院へ行け。場所は――」

「この足じゃ動けない」

「タクシーで行けばいいだろうが。俺が呼んで、そっちへ差し向けてやる。嫌でも出てかなきゃいけねえようにな。金がねえとは言わせねえぞ。ひと稼《かせ》ぎしたあとだ」

「でも……」

「親なら、這ってでも病院に駆けつけるところだ」

「俺は本当の親じゃない。それを忘れてるんじゃないのか？」

「四の五の言うな。あの子らと約束してるんだろうが。いいじゃねえか、ついでに、その病院で診《み》てもらえばいい。剝がれた爪を忘れずに持ってけよ。医学は進歩してるからな。元通りくっつけてくれるかもしれねえ」

「冗談じゃない」

シーツにくっついたままの小指の爪のことを思い出すと、また吐き気がしてきた。ああ言った以上、親父は本当にタクシーを差し向けてくるだろう。仕方なく、俺は起き上がって仕度にかかった。もう二度と見たくもないが、部屋を空《あ》ける以上、血だらけのシーツをそのままにしておくわけにはいかない。顔をそむけながらひっぺがして丸め、ゴミ袋のところまで持っていった。ちょうど、明日は生ゴミの回収日だ。

ところが、パイル地のシーツというのは、ぐしゃぐしゃと丸めるとかさばるもので、ゴミ袋に入らないのだ。重ね重ねいまいましい。

そこで、ちょっと考えて、思いついた。発想を逆にすればよろしい。血に染まった部分を内側にして、シーツでゴミ袋を包み、風呂敷よろしく縛《しば》ってしまったのだ。おまけに、これなら持ちやすくなる。

足を引きずりながらエレベーターを降り、丸々としたシーツの包みを、ゴミの集積場である電柱のところまで、えっちらおっちらと運び終えたとき、タクシーが到着した。

「今出新町《いまでしんまち》までですってね」長距離なので、運転手はホクホクしている。「足をどうしたんですか？」

「盲腸だよ」俺はむっつりと言って、あとは何を訊《き》かれても返事をしてやらなかった。

直の担ぎこまれた病院は、双子たちのマイホームのある高台から、私鉄線の駅のある町中へちょこっと下っただけの場所にあった。なにせ、町には一軒しかない総合病院だから、間違えようがない。

明るいライトが点《とも》っている救急入り口を通りぬけ、夜間受付で問い合せると、手術室は二階だと教えられた。左足には革靴、右足は包帯にスリッパという格好で、足を引きずりながらあがってゆくと、ぴたりと閉ざされた「手術室」の扉の前のベンチに、哲が頭を抱えるようにして座《すわ》り込んでいた。

「あれ、お父さん」足音に気がついたのか、顔をあげた。手術しているのは直の方なのに、哲も、どこか痛いところがあるかのような、青ざめた顔をしている。

「足、どうしたの？」

俺はやっとこさベンチに腰を落ち着けた。

「ベートーヴェンが歯の生えたシーツに乗って襲ってきたんだ」

哲はまじまじと俺を見つめた。「熱があるんだね？」

「そうだよ。だから気にするな。うわごとだ」俺は上着のポケットを探って煙草《たばこ》を取り出し、火を点《つ》けた。「直はどんな具合だ？」

哲は、絨緞《じゅうたん》の上に粗相をして叩かれた飼い犬のように、身を縮《ちぢ》めた。「僕がもっと早くお医者に連れていってればよかったんだ」

「そんな顔をするなよ」

「だけど、お腹が痛いって言い出したのは、もう三日ぐらい前のことなんだよ。それなのに、寝相が悪いから冷えたんだろ、なんて言って――」

三日前か。ちょっと嫌な感じだ。盲腸だけならたいしたことはないが、腹膜炎を起こしてしまっていると、かなりまずい。俺自身、十四歳の時にそれで死にかかった経験があるので、ヒヤリとした。

俺の顔色を読んだのか、哲はますます小さくなった。俺はあわてて慰めた。

「そうしょげるなよ。おまえに直の腹のなかの様子がわかるわけはない」

だが、ふっと、(わかるのかもしれないな)と思った。彼らは一卵性双生児で、外見は掛け値なしにそっくりだ。笑ったとき、エクボのできる位置が違《ちが》うというだけ。二人を観察するに、彼らの実の親も、ちょいちょい見分けがつかなくなっていたらしい。二人の衣服には、ほとんどすべてに、イニシャルの縫い取りがついている。

双子のあいだにはテレパシーが働く——そんな話を聞いたことがあった。

俺たちは二人で、畑に置き去りにされた茄子《なす》のようにしおれていた。ストレッチャーに乗せられた直が出てくるまで、三十分ほど待っただろうか。

哲はベンチから飛び上がり、すっ飛んでいった。実をいうと、俺もそうしたい気分になった。そして、そうできなくて幸いだった。コーヒーの受皿みたいな白い顔をして横たわっている直を見た途端、心臓がぎゅうっとねじあげられたような気分になったからだ。

「まだ麻酔が効《き》いているからね」

淡いブルーの手術着姿の医者が、哲の肩を軽く押し戻しながらそう言った。俺に目を留めると、「お父さんですかな?」

「はあ、そうです」

医者は気さくな感じで哲の肩をぽんぽんと叩き、「大丈夫《だいじょうぶ》だよ。だいぶ化膿が進んでいたけど、破裂してなかったからね。そうだな、一週間もすれば元気になるよ」

哲は泣きだしそうな顔になった。「ホント?」

「本当だとも」医者はにこにこしている。まだ若そうだが、面長で、額がきれいに禿《は》げあがっている。なにかに似てるな——と、俺は思った。そう、南京豆だ。ドクター・ピーナッツ。

「入院の事務手続きの方は、明日になってからで結構ですが——」ドクター・ピーナッツは、言いさして、素人臭い巻き方をしてある、俺の足の包帯に気がついた。

「おや、どうなさいました?」

俺が事情を話すと、医者は平気な顔をしていたが(まあ、当然)、哲はまた青ざめてしまった。「大丈夫なの、お父さん?」

「大丈夫さ」と、ドクター・ピーナッツが言った。「どれ、診てあげましょう」

一階にある救急外来の処置室で、彼は手当てをしてくれた。新たな血が流され、俺はまたちょっと——ちょっとだけ——ギャッと喚いた。そして、当直の看護婦が俺の足に新しい包帯を巻いてくれているときに、救急車のサイレンが聞こえてきた。

「やれやれ、今夜は大繁盛だね」ドクター・ピーナッツは、看護婦にむかって苦笑しながら立ち上がった。

もう処置室を出ていこうとする彼に、俺は急いで尋《たず》ねた。「あの、輸血はしなくていいんですかね？」

ドクター・ピーナッツは天井《てんじょう》の方を向いて笑った。「トマトジュースでも飲んでみたらどうです？」

3

翌日の昼すぎには、直は俺や哲と普通に会話をかわすことができるくらいにまで回復していた。

「あわてさせちゃったね」と、申し訳なさそうな顔をした。「哲にも迷惑かけてさ」

「お互い様さ」と、哲は澄ましている。「ひょっとすると、僕も近いうちに盲腸になるかもしれない」

「僕たちって――」

「生き方が」

「シンクロしてるからね」

「だけど」

「お父さんにいてもらえて」

「ホントに心強かったよ」

「治《なお》る早々そういうしゃべり方はやめろ」

「はあい」双子は声をそろえて言い、クスクスと笑いあった。

三人部屋のなかである。直は窓際のベッドに横になり、真ん中にひとつ空きのベッドをはさんで、怪我人が一人眠っている。昨夜の救急車で運びこまれてきた、二十歳ぐらいの若者だ。交通事故だったという。お気の毒に。

一対になっていられることを喜びあっている双子を病室に残して、俺はいったん一階へ降りていった。足の包帯を替えるので、午後になったら外来へ来いと言われていたのだ。

事務局の方では、俺たち父子三人を――一応、父子ということになっているから――ちょっと変わった一家だと思っているらしい。それもそのはずだ。俺は保険治療を拒否し、費用はすべて自分で払うと言ったのだ。

「主義ですので」と主張して。

もちろん、そんな主義主張などあるわけがない。俺は親父のところでちゃんと健康保険に加入している。だが、それを使うわけにはいかないでしょう。俺は、この今出新町にいるあいだは、愛人兼秘書だった女と駈《か》け落ちしてしまった彼らの父親、宗野正雄《まさお》という男なのだ。

そして、宗野正雄の名前では、健康保険がないのである。いや、現実にはあるのかもしれない。逃避行の落ち着き先で、彼だってまた就職して働いているだろうから、そこで加入しているはずだ。だが、とにかく宗野正雄名義の健康保険証がないのだから、どうしようもない。

哲と直の両親は、それぞれ結構な勤めを持っていたが、駈け落ちをする前に、二人とも辞《や》めてしまっている。だから、彼らの行き先をたどることもできないし、こういう場合に、会社の総務や人事管理部みたいなところに泣き付いて、なんとかしてもらうこともできないのだ。

混みあう外来の待合室でベンチに腰掛け、双子たちと知り合って初めて、俺は憮然《ぶぜん》としていた。もうちょっとで腹を立てるところだった。

それぞれに駈け落ちするとき、双子の両親は、てんでに「たった一度きりの人生に後悔を残したくない」と言ったそうだ。そして愛に生きるために家を捨てていった。

だが、こうして突然、十三歳の子供二人の父親になってみて、俺はつくづくと考える。人生なんてものは、ドラマチックな恋愛や激情でできているものではないのだ。それは、期限の切れていない健康保険証や、住宅ローンの支払いが、今月もまた無事に銀行口座から落ちたことを報《しら》せる通知や、そんな細々としたものから成り立っているのである。

「宗野さんのお父さん、こちらだったんですか」

声をかけられて、見上げると、ほんの一メートルくらいしか離れていないところに、灘尾《なだお》礼子《れいこ》先生が立っていた。

彼女は哲の担任の教師である。学校はこの町でなく、隣町にある。双子たちが、無用の混乱を避けるために、別々の学校に通っているからだ。

つい二ヵ月ほど前に、俺は、哲の授業参観に出掛けて行って、初めて彼女と顔をあわせた。そして、早いところ双子たちの両親を見付けだし、連れ戻し、疑似親父の役割から解放されたいものだと思った。生徒の父親という立場では、担任の女先生を口説《くど》くわけにはいかないからだ。

つまり、灘尾礼子先生は、それほど魅力的な女性であるというわけだ。

「はあ……しかし、先生はどうかなすったんですか？」

病院に来るのは調子の良くないところがあるからと決まっている。だからそう尋ねたのだが、すると彼女は吹き出した。

「まあ、わたしはお見舞いに伺《うかが》ったんですよ。直くんはいかがですか？」

礼子先生は、ちょっとした事情があって、直の方とも知り合いになっている。なるほど、それでわざわざ出てきてくれたのだ。

「哲が報せたんですか？」

「はい。弟の具合がはっきりするまで心配だから、今日は一日お休みさせてください、と。お母さまがお仕事でニューヨークへいらしてて、お戻りになれないそうですね？　なにかわたしにお手伝いできることがありますかしら」

俺もこういう立場に慣れてきて、だいぶ芝居がうまくなっているから、顔には出さなかったが、内心、（ほう）と感心していた。哲のやつ、ニューヨークとはよく言ったものだ。俺の年代だと、すぐに出てくる台詞ではない。せいぜい「大阪に出張で」ぐらいが関の山だ。「まあ、完全看護ですからね。不自由はないみたいですよ」俺は彼女の心遣いに感謝しながら言った。「顔だけ見てやってください。二人とも喜ぶと思います」

「そうですね。でも、宗野さんは——」

彼女が言いかけたとき、呼び出し係が俺の名前を呼んだ。礼子先生はちょっと目を見張り、それからようやく、俺の包帯とスリッパに気がついた。

「お怪我なさったんですか？」

「ええ、まあ」まさか、シーツに喰いつかれましたとは言えない。「ちょっとした事故でして」

「いけませんね。お大事に。じゃ、わたしは病室の方へおじゃましています」

歩み去ってゆく彼女のうしろ姿を、俺は未練たらたらに見送った。

「灘尾先生が、宗野くんのお父さんはびっくりするほどお若いわねえって言ってたよ」

双子たちの家に向かうタクシーのなかで、哲が言った。口調は明るいが、目元は大真面目だ。

「へえ、そうか」俺はちらっと哲の顔を見た。

「怪《あや》しまれているようだったか？」

「全然。先生、お父さんのこと好きみたい」

「まさか。そんなことがあるわけないだろう？」

礼子先生は良識ある教師である。生徒の父親に横恋慕――本当はそうじゃないのだが――するような女性ではない。

だが、哲は真顔で言った。「そうかな。だけど、好きになっちゃえば、相手が結婚してようが子供がいようが関係ないんじゃない？」

そして、口をつぐんだ。その厳しい線をつくっている口元が、（だけど僕はそういう考え方って好きじゃないな）という、語られざる本音を、しっかりと表していた。

だからこう言ってやった。「関係なくないさ。少なくとも、俺は、自分さえ良ければいいという考え方は嫌いだな」

タクシーの運転手の耳があるので、車のなかでは、それ以上のことを話せなかった。だが俺は考えていた。いい機会だ、家では哲と、病院では直と、じっくり膝《ひざ》を突き合わせて話し合ってみよう。彼らだって、未来永劫《えいごう》、俺を疑似親父にして生活してゆくことなど、まず不可能だとわかっているはずだ。今後の方針をどうするか、彼らは両親に帰ってきてもらいたいと思っているのかどうか、ちゃんと確かめてみなくては。

ところが、タクシーから降りたとたん、俺の頭から、そのような殊勝で建設的な考えは消えてなくなってしまった。家の玄関の前に、ひと目で刑事とわかる二人連れが陣取っていたからだ。ひとりは年配、ひとりは若者。

「宗野正雄さんですね」と、年配の方が話しかけてきた。ちらりと黒い手帳を見せる。俺は、耳元で手錠が鳴る音を聞いたような気がした。哲が俺の肘《ひじ》にしがみついてきた。

「まことに恐縮なのですが、捜査にご協力を願いたいと思いまして、伺いました」

手帳をしまいながら、刑事は言った。

「昨夜遅く、今出湖畔で乗用車の衝突事故があったことはご存じですか？」

夜中に運びこまれてきた、交通事故の怪我人のことだろうか。おや？と思いながら、俺はうなずいた。

「はい。詳しい事情は知りませんが」

「そうですか。いえ、あの事故そのものには問題はないのです。酔っ払った若者のグループが二台の車に分乗してドライブに出掛けて、まあ、お定まりのコースで事故を起こしたんですな。一台は今出湖のなかに真逆さまです。二人死亡しました」

今出湖というのは、今出新町の中心部から二十キロほど北の山中にある人造湖である。十年ほど前、ダムの建設に伴ってできたものだそうで、この地域一帯の水源となっている。秋には紅葉がきれいなところだそうで、哲と直も、小学校の遠足で連れて行かれたといっていた。

ダムに塞《せ》き止められてできた人造湖であるから、相当深い。もともとは山間部だったところだから、周囲の山肌の傾斜は急だ。そこから落ちたとなれば、まず助かるまい。

「気の毒な話ですね。でも、それが何か？」

刑事は小鼻の脇《わき》をかいた。少なからず困惑しているような顔をしていた。

「実は、昨夜の事故のあと、転落した車を引き上げ、死亡者の遺体を回収する作業をしたのですが、その際、湖底に沈んでいるもう一台の車を発見したんですよ」

哲がびっくりしたような声をあげたので、俺は思わず彼の顔を見た。哲は刑事の顔を見つめていた。

「それでですな、その車を引き上げてみましたら、ちょっと不思議なほどぺちゃんこに潰《つぶ》れてましてね。ただ、それだけならまあ、転落のはずみということで、別に不審な点はないのですが」

「何がいけないんです？」

「なかから白骨死体が二体出てきたのです。まったく意外ななりゆきでして……。で、まあこんな小さな町のことですからな、我々も、こうして一軒一軒足を運びまして、それらしい行方不明者の出ている家庭はないかと、聞き込んで歩いているというわけなんですよ」

4

今出湖から引き上げられた二体の白骨死体の身元は、なかなか判明しなかった。それも当然、残っているのは骨だけだ。おまけに車は盗難車ときている。一年ほど前に、今出新町よりも二駅東京寄りにある、風間《かざま》という町の駐車場から盗みだされたものだったのだ。

骨格——ことに骨盤の形から、白骨死体のひとつは成年男子の、もうひとつは成年女子のものだと、これはすぐにわかった。ただ、二人の推定年齢は、二十歳代前半から四十歳代半ばまでと、非常に幅を広くとられている。歯の磨耗度を詳しく調べれば、もっとしぼることができるのだが、それにはかなり時間がかかると、刑事は説明した。

「ただ、二体とも、死後一年程度を経過していると思われます。車の盗難時期から考えても、これは妥当な線でしょうな」

二人の刑事は、「ずいぶんお若いお父さんですな」という台詞を吐きはしたものの、俺と哲の関係に、まったく疑惑を抱いていないようだった。先に聞き込みに行った家のなかに、直の同級生の家があり、そこで、彼が盲腸で入院していることを聞かされていたらしい。共働きだとこういうときが大変ですな、実はうちも同じようなものでして——などと、年長の刑事の方は、ひとしきり愚痴《ぐち》をこぼした。その間、若い方の刑事は、興味なさそうな顔つきでぼんやりしていた。こんなシケた町の警察に勤めるんじゃなかった、やっぱり自衛隊に入ってればよかったなあとでも思っていたのかもしれない。

実際、二人の刑事だけでなく、今出新町を管轄している今出警察署自体が、この水没車とふたつの白骨死体を、重大事件として受けとめてはいないようだった。なんでも、今出湖ができて半年もたたないうちに、立て続けに二件も車の転落事故があり、五人も死者が出ているのだそうだ。たまりかねてガードレールを補強し、あちこちに注意を促す看板を立てたが、今でも、年に一件くらいは、こういう事故が起こるのだそうだ。

「古い住人たちのなかには、あんなところに湖をつくったから、山の神様が怒って、毎年いけにえを求めているんだ、と言っている連中もおりますよ」

つまり、昨夜の事故で、今出湖としては、今年の分のノルマを果たしたということになる。いや、不気味な表現をして、失礼。

「昨年は事故がなかったんで、うちの交通課でも喜んでたんですがな、なんのことはない。事故が起こっていたことに気づかなかったというだけの話なんですわ。いや、参った、参った」

発見が遅れると身許《みもと》の確認に手間がかかる。二人の刑事は、ひたすらそれだけを億劫《おっくう》がりつつ引き上げていった。疑問点など何もない。あれは不幸な事故である——と、頭から思い込んで。

だが、俺は違った。そして、有金を賭《か》けてもいいが、哲も違っていたと思う。

料理好きの直がいないものだから、その晩の夕食は、半月ほど前にやっと駅前にできたばかりだという、あまりサービスのよくない宅配ピザ店のオリジナル・ピザというう、栄養学的に感心できないものになった。俺と哲は、お通夜でもするような顔つきで、黙々とそれを平らげた。

「なんだかくたびれちゃった。僕、もう寝るよ。お父さん、ベッドはつくってあるからね」

哲がそう言って自室に引き上げたのは、夜十時になったばかりのことだった。普段なら、まだまだ元気いっぱいに起きている時間帯だ。とりわけ、俺のいるときに、双子がこんなに早々と部屋に引っ込んでしまうことなど、前代未聞だった。

「ああ、ご苦労さん。明日からは、病院には俺が行くからな。おまえは学校へ行きな」

うん、とうなずいて、哲は階段をのぼっていった。

すぐに眠るはずはないなと、俺は思った。そして、考え事をしていることを悟《さと》られないために、テレビをつけ、面白《おもしろ》くもないニュース番組にチャンネルをあわせて、居間の肘掛け椅子《いす》に腰を据《す》えた。

一人きりになると、柄《がら》にもなく、動悸が早まった。ロクでもないことを考えていたからだ。

今出湖の白骨死体。あれは事故ではなく、殺人だったのではないかと考えていたのだ。

そして、さらに——もう、はっきり言ってしまおう。あの男女二体の白骨死体は、哲と直の両親のものではなかったのか、と考えていたのだ。

根拠はいくつか挙げることができる。ひとつ、刑事が湖からもう一台の車を発見したと告げたときの、哲のあの驚きよう。俺の知っている双子は、たいていのことならニコニコ笑ってやりすごしてしまう恐るべき良い子たちだったはずだ。あんな、ほとんど恐怖に近いような表情を、俺は初めて見せてもらった。

ふたつめには、あの白骨死体の推定年齢。双子の両親のそれに当てはまる。そして、彼らがそれぞれの愛人と駈け落ちし、この家から姿を消したのは、ちょうど一年ほど前のことだった。あの死体の推定死亡時期と重なりあう……。

俺も、こんな商売で世渡りをしてきて、ずいぶんとびっくりするようなことを見聞きした。だから、初めて双子に出会い、両親がてんでに愛人と駈け落ちしたので、遺《い》棄《き》されてしまっている――という彼らの説明を、わりとすんなり受け入れてしまった。世の中、身勝手な連中ばかりだ。そういう阿呆《あほう》な親もいるのだろう、と。

だが、冷静になって考えてみると――そして、その説と比べることのできるもうひとつの説が登場してみると、そうそううなずいてばかりもいられなくなってくるのだ。

あなたなら、どっちの方がより「ありそうな話」だと思う？　両親が、二人いっぺんに、それぞれの愛人と手に手をとって家出してしまうということと、てんでにそういうことをしようとしている身勝手な親に腹を立てて、子供が両親を「始末」してしまうということ。

どっちも等しくありそうにない。だが、現実に双子の両親は姿を消しているのであり、先の説を受け入れたことのある俺としては、後の説の方も公平に検討してみる義務があるというものだ。

それに、気になるのは、過去数回に亘《わた》り、双子が俺に「父さんが電話してきた」とか「母さんと電話で話したよ」とか報告したことがありはするものの、俺自身は、一度として、彼らの両親が元気でピンピンしているという証拠を見せてもらったことがないということだ。

家出して、すでに一年。たとえ駈け落ちしたとしても、そっちの生活も、そろそろ落ち着いてきたころだろう。一度か二度は、家に残してきた子供の様子を見に戻ってきたってよさそうなものだ。双子たちは、

「二人とも、勝手に、父さんは母さんが、母さんは父さんが、僕たちと一緒に生活してるって思い込んでるんだ」と説明しているが、じっくり考えると、これも解せない話だ。

だってそうじゃないか。そういう行き違いの事態が発生するためには、「夫が妻に、妻が夫に、それぞれ愛人がおり、駈け落ちまで考えているという気配を、互いに

まったく悟っていなかった」という前提条件が必要になってくる。

そんなことが、現実にあり得ますかね？

俺はまだ結婚したことはないが、女と暮らした経験はある。そこから推《お》してみても、寝起きをともにしている男女が、どっちかの浮気に気がつかないなんてことは、まずないと思う。特に女は鋭い。俺は一度、缶ビールを、それまでは缶からじかに飲んでいたのに、グラスに注いで飲むようになったというだけのことで、ほかに女がいるのを見抜かれたという経験がある。そりゃあもう、半端《はんぱ》じゃない。物凄《ものすご》く鋭いものだ。

もしも双子の両親が、双子の言うとおりの能天気な家出をしているのだとしたら、彼らはよっぽど鈍感なのか、よっぽど冷めてしまっていて、相手のことなど、玄関マットと同じくらいの存在だと思っていたということになる。いや、もとい、後者の説は撤回する。たとえ、何年間も、夫を、妻を、玄関マット同様に扱ってきた男でも、女でも、相手に別の異性がいると勘付いた瞬間から、一八〇度趣旨を変えて、嫉妬の炎を燃やし始めるものだ。悲しいかな、それが人間の性《さが》というものなのだ。

双子の両親のどちらかに、もしくは両方に愛人がいたのなら、彼らは絶対に、家庭内で、そのことについて醜い言い争いをやってのけているはずだ。

そして、双子はそれをつぶさに観察していたはずだ。景気の悪い話題ばかりを取り上げているニュース番組を眺《なが》めながら、俺は一所懸命に考えた。

直も哲も頭がいい。実際、恐ろしく切れる。おまけに、あれでなかなか底の知れないところがある。俺は想像した。勝手な諍《いさか》いを繰り返す両親に呆《あき》れ果て、兄弟二人だけの静かで幸せな生活を求めて、彼らは頭を寄せあって相談する――

（どうしようか？）

（二人まとめて始末しちゃえば？）

（車ごと今出湖に落としちゃえば簡単だね）

（まあ、簡単には見つからないからね）

（だけど、それでもやっぱり、うちの車を使っちゃまずいよ）

（そうか。引き上げられたとき、すぐに身元がわかっちゃうもんな）

（うちの車は、僕らが町の外まで運転していって、どこかほかの場所に捨てようよ）

（手ごろな湖はいっぱいあるもんな）

（で、父さんと母さんは）

（どっかから車を盗んできて、それに乗せて湖に落とそう）

（運転なんて）

（カンタンだしね）

（そうだね）

（そうだよ）

（だけどさ――）

い、い、い、どうやって殺す？

俺が身震いしながら椅子の肘を握り締めたとき、哲が呼び掛けてきた。

「お父さん？」

ぎょっとして、俺は椅子から立ち上がった。明らかに逃げ腰で、傷めた小指の爪のことも忘れて足に力を込め、当然の帰結として、みっともなくよろけて床に尻餅《しりもち》をついた。

「やだな、大丈夫《だいじょうぶ》？」

哲が駆けよってきて助け起こしてくれた。心配そうにのぞきこんでくる。

「真っ青な顔してるよ。やっぱり、少し貧血になってるんじゃない？」

「そうかな……」俺は額の汗をふいた。冷汗と普通の汗を、外から見分けることができないということに、心の底から感謝した。

「眠れなくてさ、ミルクをあっためて飲もうかと思って降りてきたんだ。付き合わない？」

「あ？　ああ、いいな」

ごまかすように笑ってやると、哲はにっこりして台所へ消えた。しばらくして、厚手のマグカップをふたつ持って戻ってきた。

「はい、どうぞ」

俺にカップを差出し、自分はテレビのそばのソファに腰掛けた。「あちち」などと言いながら飲み始める。

それを見守りながら、俺はまたとんでもないことを考えた。

非力な子供が大人二人を一度に殺そうというとき、いちばん選びそうな方法はなんだ？

毒を盛るという手があるな。

俺は結局、ミルクを飲まなかった。飲めなかったのだ。

5

例の死体についての情報をどうやって集めるか——警察に近寄りたくない俺としては、これが難問だ。ところが、ついているというべきかその逆というべきか、これがあっさり解決した。

ドクター・ピーナッツである。白骨死体の鑑定を依頼された大学が彼の母校で、親しい後輩がいるという。

「僕も昔、法医学を志したことがありましてね。あんな儲《もう》からないもんをやるなと親父に止められて諦《あきら》めたんですが、今でも興味あるんですよ」

というわけで、彼はいろいろと聞き知っていた。俺の失われた爪のあったところを検分しながら、それを話してくれたのだ。

「きれいに白骨化してしまっているんで、死因がはっきりしなくて困っているそうです」

「身元はまだわからないんですか？」

「なかなかね。根仕事ですよ——痛みはまだありますか？」

「いや、力を入れさえしなければ大丈夫です。あの……車のなかの二人は、生きたまま湖に落ちたんでしょうかね？　それとも死んだあとに落ちたんでしょうか」

ドクター・ピーナッツは意外そうに眉《まゆ》をあげ、広い額にしわを寄せた。「そうそう、いい質問です。それが問題でね。なにせ、残されているのが骨ばかりですから、その判断がつかないんですよ」

ただね――と笑って、「理論上はいろいろ考えられますが、まあ、あれは事故でしような」

「しかし、誰かが死体を車に乗せて、湖に突き落としたということは考えられるんじゃないですか？」

「はは」ドクターは笑った。「なるほどね」

「生きていたとしても、たとえば縛られて自由を奪われていたとか――」

「もしそうだったなら、何か残っているでしょう。ロープとか、ビニールテープとかがね。最近は、ああいうものは腐食しにくくなってますからね。一年ぐらい水に浸《つ》かっていても、溶けて失くなったりしません。そんなものは見当らなかったそうですよ」

じゃあ、薬で眠らされていたというのはどうだろう。

「ねえ先生」俺は恐る恐る尋ねた。「睡眠薬というのは、簡単に手に入りますか？」

ドクター・ピーナッツは首をかしげた。

「眠れないのですか？」

「知人に不眠症の者がおりまして」

「医者に処方箋《しょほうせん》を書いてもらえばいいんです。簡単ですよ」

「薬局では？」

「売りません。いろいろ事故が多かったのでね」そう言ってから、ちょっと顔をしかめた。

「非常に危ないことですが、市販の頭痛薬をアルコールで服用して睡眠薬代わりにしている人がいます。二度と目が覚めなくなる可能性があるんですがね」

病室にあがってゆくと、直がベッドの上に起き上がり、検温に来た看護婦とおしゃべりをしていた。

「あ、お父さん」と、笑顔になる。「経過はすごくいいんだ。もう安心だって」

俺は看護婦にぼそぼそと礼を言い、彼女が出ていってしまってから、直のそばに腰をおろした。

例の交通事故で入院している若者は、うつらうつらと眠っている。俺は声をひそめて直に話しかけた。

「隣の患者、なんで入院したか知ってるか？」

直はうなずいた。「交通事故だってね。看護婦さんに聞いたよ」

「その車を引き上げるときに、もう一台、別の車が発見されたんだよ」

「うん。それも聞いた。一年間も沈んでたんだってね」

直の目はぱっちりと澄んでいる。俺はいっちょうかまをかけてみた。

「一瞬、どきりとしたよ」

「何が？」

「その車に乗ってた白骨死体がさ、おまえたちの親父さんとおふくろさんだったんじゃないかと思って」

直の顔の、皮膚の薄皮の下から、すうっと血の気が引いていった。俺は、血管のなかを血が流れてゆく音を聞いたような気さえした。

「そんなバカなこと、あるわけないじゃない？」

「そうかな」

「そうだよ。父さんと母さんは元気だもの」

「最近、連絡は？」

「あったよ。電話が」

「そうか」俺はうなずいた。「そうか」

直は、じっと俺を見つめた。俺のまつげの数を数えようとでもしているかのように、じいっと。

「お父さん、何を考えてるの？」

「なんでもない」俺は乱暴に目をこすった。「なんでもないよ」

それから十日間、俺は今出新町の双子の家に腰を据えていた。情報が欲しかったので、あえてとどまっていたのだ。

入院から八日後に、直が退院してきた。盲腸炎としてはかなり重い状態だったので、四、五日は自宅で静養しなくてはならないという。俺は一日の大半を彼と一緒に過ごした。哲は元気に学校へ行っている。

直があまり動き回ることができないので、食生活は貧困だ。俺にも哲にも、直ほどの料理の腕はない。それでも哲は、ときどき長い時間台所にこもってゴトゴトやっているが、出来栄えには、あまり感心できなかった。

「センスの問題だね」と、直はまんざらでもなさそうな顔をして笑っている。

例の白骨死体について、新しい情報は、まだ何も入ってこない。足の傷がよくなってきたので、そうしばしばドクターに会いにゆくこともできない。俺は苛々《いらいら》していた。

そのせいか、双子はなんとなく俺を遠巻きにしているようだった。ときどき、二人でヒソヒソ話している。そして、ちらっと俺を盗み見る。イヤな感じだった。

あんな騒ぎを起こしたのも、そういう手詰まりの状態にいて、鬱憤《うっぷん》が溜まっていたからだ。

夕食時のことだった。台所には哲がいて、直は居間のソファに横になっていた。手伝ってやることでもないかと、何の気なく、声もかけずに、俺は台所に足を踏み入れた。

スープだかポタージュだか、物がなんだったかよく覚えていない。その時、俺の目に飛び込んできたのは、テーブルの上に並べられた皿の上にかがみこみ、手にした小さな壜《びん》のなかから、何かをふりかけている哲の姿——ただそれだけだったのだ。

「おい！　何をしてるんだ！」

俺の怒声がすごかったからだろうか、哲は壜を取り落とし、それは床に落ちて砕けた。なかに入っていた細かな粉末が、床の上に飛び散った。俺は部屋を横切って哲の腕をつかまえ、あとで考えてみると恥ずかしいような形相で詰め寄った。

「おい、何を入れてたんだよ？　答えろ。え？　食い物に何を混ぜてた？」

騒ぎに驚いて、居間から直が飛んできた。俺と哲のあいだに分け入り、夢中で引き離しにかかる。

「やめてよ！　やめてよ！」

俺は息を切らしながら哲を解放した。すっかり動転しきってしまって、自分で自分をコントロールすることができなかった。

双子は互いに寄り添って、青白い顔で俺を見つめている。俺はそのまま家を出て、その夜はもう、戻らなかった。今出新町にも、一晩中開いている飲み屋が、一軒や二軒はあるのだ。

そして、考えていた。

双子は俺に疑われていることに気づいたのではないか。そして、今度は俺を——

そんなことを考えながら、俺はしたたか飲んだ。気分が悪くなっても、まだ飲んだ。

そして、翌朝早く、駅前のスタンドで買った朝刊の紙面に、あの二体の白骨死体の身元が判明したという記事を見つけたのだった。

6

手がかりとなったのは、女の方の首に巻きついていた、細いネックレスだった。十八金の鎖に小さなダイヤをつけたそのネックレスは、止め金のところに店名の刻印が打ってあったのだ。

女の名は相馬《そうま》美智子《みちこ》、三十五歳、独身。発見された車の盗まれた駐車場の近くにあるマンションで一人暮らし。都心にある銀行に勤めていた。

男の名は佐々木《ささき》健夫《たけお》、四十歳。美智子と同じ銀行の渉外課長だ。都下の団地に暮らし、妻と十二歳になる一人娘がいる。

二人とも、一年ほど前から行方が知れなかった。そして、この二人が愛人関係にあることは、職場の連中にとっては周知の事実だった。二人が揃《そろ》って姿を消したときには、みな即座に「駈け落ちだ」と判断したという。

しかし、驚いたことに、佐々木は遺書を残していた。

彼の妻が、訪ねてきた刑事に渋々提出したその遺書は、社用箋に万年筆で書かれた

もので動揺する心中を反映してか、かなり乱れてはいたものの、部下たちの証言で

も、筆跡鑑定でも、佐々木本人が書いたものに間違いがないと断定された。

「このような不始末を起こし、まことに申し訳なく思っています。死んでお詫《わ》びをするしか道がありません。美智子は、私がいなくては生きてゆけないと言っています。だから、一緒に連れて参ります。二人で、見苦しくないように死んでゆきます」

残された妻君としては、こんな遺書、表向きにしたくなかったのも当然だ。

この遺書には、切手も消印もなかった。妻君が言うには、朝起きてみたら、郵便受けに入れてあったのだという。

「ああ、あの人が来て、こっそり入れていったんだなと思いました」

佐々木は、姿を消す三ヵ月も前から、妻君と娘を捨てて、美智子のアパートで同棲していたのである。

「それであたし、驚いて、美智子さんのマンションへ行ってみたんです。だけど、二人の死体が転がってるというわけじゃなかった。だから、こんなのは嘘《うそ》っぱちで、二人で逃げだしたんだろうと思っていました。まさか本当に死んでたなんて、夢にも思いませんでしたよ」

遺書に書かれている「不始末」というのは、失踪の一週間ほど前、佐々木がある接

待の席で、しこたま酔っ払い、接待相手の偉《えら》いさんに散々からんだ上、頭から水割用のミネラルウォーターをぶっかけてしまった――ということを指しているらしい。

彼は無能な男ではなかったが、たったひとつだけ欠点があった。無類の酒好きのくせに、飲むと呑まれてしまい、突拍子《とつぴようし》もない事をしでかすのである。妻君とぎくしゃくしてしまったのも、もとはといえば、この酒癖が原因だった。一度など、停車してあったパトカーに乗り込んで騒ぎ、逮捕されかけたことまであったそうだ。

愛人の美智子は、妻君とは違い、エリート行員のこういう弱点を大目に見ていた――というより、そこに惚《ほ》れていたようであったという。彼女自身も女にしては酒豪の方で、いろいろと武勇伝があるらしい。二人そろって酔っ払い、大騒ぎをしては楽しんでいたのだ。

妻君としては、まったく不愉快なことだったことだろう。遺書を握り潰してしまったのも無理はない。世間は納得した。俺も納得した。

そして、双子に対して、まともに顔をあげて話をすることができないような気持ちになった。

それでも、放っておくわけにはいかない。なかなか足が動かず、午後も遅くになってから、ようやく家に戻ってみた。ところが、庭先にぽつんと立って俺を待っていたのは、哲でも直でもなかった。

礼子先生だったのだ。

「あまりお叱《しか》りにならないでくださいね」と、リビングのソファにかしこまって、彼女は言った。「責任は、わたしにもあるんです」

「責任？」

「ええ」

あの時、哲が料理の皿の上にふりかけていたのは、漢方薬だったというのである。

「わたし、昔から少し貧血気味なんです。それで、知人に勧《すす》められまして、漢方薬を飲んでいたことがあるんですね。煎《せん》じ薬なんですが」

「ははあ……」

「あの日、直くんをお見舞いに行ったとき、哲くんが、『直は手術をしたし、お父さんは足の爪を剝がしちゃって、二人とも血の気が少なくなっちゃった。レバーをたくさん食べさせなきゃ駄目かな』なんて言うもので、その漢方薬の話をしてあげたんです。そしたら哲くん、それを買いにいったんですね。だけど、彼、直くんと違って、台所の細かい仕事は嫌いでしょ？　煎じるのが面倒だから、そのまま料理に——」

なんとも言いようがなかった。そんなことだったのか。

「昨日の夜、うちに電話をかけてきて、この世の終わりみたいな声を出してました。悪いのはわたしなんですから、どうぞ勘弁してあげてください」

そうすると、俺は約束した。そしてその夜、約束を果たした。

「湖から車が見つかったと聞いたとき、僕がショックを受けたのは、ほら、今出湖には、いけにえがどうこうなんていう変な怪談話があるからね。それを思い出したからだったんだ」と、哲が説明した。

「僕の方はさ」と、直が続ける。「お父さんがあんまりヘンなことを言い出すもんだから、びっくりして顔色が変わっちゃったよ」

俺は赤面した。なんという周章狼狽《ヘルター・スケルター》ぶりであったことか。

断っておくが、俺が双子を勘弁したのではない。二人が俺を許してくれたのだ。

バチというのはちゃんと当たるもので、大量のアルコールを摂ったために、生爪を剝がした痕《あと》が、また痛みだした。翌日、俺はまたドクター・ピーナッツに診てもらいに行った。

「例の白骨死体の件、解決しましたね」

切りだしてみると、彼は満足そうにうなずいた。「我が町の警察も捨てたものじゃないですな」

「お見事でしたよ」

「ほら、あの事故を起こした若者のこと、覚えていますか？」

直と同室になっていた若者だ。

「ええ」

「彼が話してくれたんですけどね。彼らのグループは、道がガラガラでレースのような気分で飛ばせるものだから、事故現場になったところを、ちょくちょく走っていたんだそうです。で、一年ぐらい前に、あの転落現場で車を停《と》めて仲良くしている中年のカップルを見かけたことがあったそうですよ」

「へえ」俺は笑った。「自殺した二人のお気にいりの場所だったんですかね」

美智子はこの近くに住んでいたのだから、その可能性はある。

「まあ、人けのない場所ですからな。さあ、もう大丈夫ですよ」

翌日、俺は東京へ戻った。ところが、マンションの正面玄関に足を踏み入れるや否や、おっかない顔で飛んできた管理人につかまって、散々叱られてしまった。

「人騒がせなことをする人だ。まったくもう、あたしゃ、一一〇番しちまったんですからね！」

例のシーツの一件なのである。俺は仰天《ぎょうてん》したが、言われてみると、いちいちもっともなことなのだ。

俺としては、やましいところがなかったから、なんということもなくポイと捨てて置いたのだが、第三者の目には、そうは映らない。血のにじんだシーツに、何かが包まれて、ゴミ集積場に放置されている——ということになる。人間というのは、物事を大げさに考えたがるものだから、なおさらだ。

でも、悪いのは俺じゃない、常識はずれのベートーヴェン野郎の方だ。そう言ってやりたかったが、その時、はっと思った。

俺はシーツを捨てたかったのに、他人の目にはそう見えなかった。シーツに包んだ中身の方を捨てたがっているように見えてしまったのだ。

それが頭に引っ掛かった。がっきりと。

今出湖の白骨死体。あれは自殺だった。疑いの余地はない。遺書も確認されている。しかも彼らは、あの現場をデート・スポットにしていた形跡がある。

彼らは二人とも、酒癖が悪かった。そして——

発見された車は、ちょっと不自然なほど、車体の前後がぺっちゃんこになってい
た。

「なあ、親父、また調べ物を頼みたいんだがね」

「なんだ？」

俺は事件の概要を説明し、

「美智子が車を持っていたかどうか、その車が、一年前、彼らが失踪した当時、故障
していなかったかどうか」

「それから？」

「佐々木の妻君が、運転免許を持っているかどうか。亭主の死後、彼女がその車を、
修理に出していなかったかどうか。たぶん、前の方を何かにぶつけたと言ってたと思
う。それと――」

「まだあるのかい？」

「ちょっと厄介なことなんだ。一年前に、今出新町の近辺で、いまだに犯人があがっ
ていない轢《ひ》き逃げ事件が起こっていないかどうか――それを調べてくれないか？」

親父は調べてくれた。答えはすべて、イエスだった。

それから一週間後、俺は匿名で佐々木の妻君に電話をかけ、こっちは証拠を握っている、事実をばらされたくなかったら、金をもって指定の場所に出てこい――と要求した。そして、その指定の場所で待っていた。

彼女はやってきた。重いものでも背負っているような顔をして。

俺はそっとその場を離れた。

そう遠くないうちに、今度はこっそりと彼女の部屋にお邪魔《じやま》して、彼女が今日、俺の要求に従って用意した現金を頂戴することになるだろう。脅迫者が現われた以上、一度や二度すっぽかしを食らわされても、彼女としては、金を手元に持ち続けるはずだから、易《やさ》しい仕事だ。

嫌な話だ――と思った。

あの白骨死体の事件の真相は、警察が考えているものと、ちょっと違う。まず、佐々木が遺書を書き残した「不始末」とは、接待の席での失態などという可愛いものではない。

轢き逃げだったのだ。

佐々木も美智子も酒癖が悪かった。そして彼らは、よくあの事故現場へ車を飛ばし、深夜のドライブを楽しんでいた。

あの夜も、そうだったのだ。但《ただ》し、美智子の車は、故障してしまって動かない。酔っ払って気の大きくなった二人は、十代の不良少年みたいに他人の車を盗みだし、酔った勢いですっ飛ばし、そして事故を起こした――

酔いが覚めて正気《しょうき》に戻った二人は、ことの重大さに震えあがった。だから自殺したのだ。それが佐々木の書いた「不始末」の意味だったのだ。

あの遺書の文章は、妙に唐突な始まり方をしている。それは、あれが二枚目で、一枚目が別にあったからなのだ。そして、佐々木は、一枚目のなかで自殺の理由を説明していたのだろう。

佐々木と美智子がどういう手段で死んだのか、それは俺にはわからない。ドクター・ピーナッツが言っていたような方法かもしれないし、排気ガスを車内に引き込んだのかもしれない。いずれにしろ、外傷が残るような方法ではなかったのだろう。

そして、彼は死ぬ前に、妻君に電話をかけた。驚いた妻君は、とるものもとりあえず現場へ走った。そして、轢き逃げの痕も生々しい車と、二人の死体、詳細な遺書を発見することになったのだ。

佐々木の妻君は、そこで考えた。頭を働かせた。そして決心した。

幸い、人目のない場所だ。誰もまだ、この車を発見してはいない。妻君は、彼女が運転してきた車を使い、事故車をガンガンおしやって、湖に突き落とした。そして、遺書を握り潰してしまったのだ。

つまり、彼女は死体を隠したかったのではない。本当に隠したかったのは、車の方だったのだ。

彼女としては、残された娘の将来を考えたのだろう。佐々木は死んでしまうからいい。だが、娘はどうなる？　轢き逃げ犯の子供として生きていかねばならなくなってしまう。

だから、彼女は夫の死体をうっちゃった。子供のためだと思えば、それぐらいのことは平気でする。それが親という存在だ。正しいか間違っているかは別として、親とはそういう生きものなのだ。

証拠はない。だから、俺は警察に届けるつもりもない。脅迫に怯《おび》え、彼女が自首を考えるなら、それもまたいいだろう。

数日後、俺は首尾よく彼女の家に入りこみ、失敬した金を、轢き逃げの被害者の家に、匿名で郵送した。ただし、そのなかから、柳瀬の親父に支払う手数料だけは差し引いたが。

そして、自腹を切って、双子を外食に連れ出した。直と哲は、おそろいの、新品のシャツを着てきた。

だが、胸ポケットには、ほかの衣服にあるのと同じようなイニシャルの縫い取りがついている。

俺の視線に気がついて、双子は言った。

「母さんが」

「小包みで送ってくれたんだよ」

「風邪《かぜ》を引かないようにって」

「手紙がついてた」

親という存在は、俺の理解の範疇《はんちゅう》を超えている。複雑すぎるのだ。

不可解なものだよ、まったく。

ロンリー・ハート

Lonely Heart

1

正月をどのように過ごすか。

独《ひと》り者にとっては、こんな問題は本来存在し得ないものである。ひとりなんだから、寝て過ごそうが飲みあかして過ごそうが日本にいなかろうが山にこもろうが新宿の高層ビルの壁をよじ登っていようが、誰もなにも気にしない。どうぞ、ご自由に。

しかし、俺《おれ》にはガキが二人いる。問題はそれだ。

まず、東京というこの大都会圏に盲腸のようにくっついている新興住宅地があると思ってください。で、そのなかに、築一年と少しの天窓のあるちょっと洒落《しゃれ》た一軒家があると思ってください。さらに、その家のなかに、陽《ひ》当たりのいい洋室がひとつあり、窓際に寄せて机がふたつ据えてあると思ってください。

その机に向かって、そっくり同じ手編みのセーターを着た男の子が二人、腰かけていると思ってください。彼らは頬杖《ほおづえ》のつき方までそっくり同じ。肩の角度まで測《はか》ったように同じである。

そして彼らは、「せえの！」で振り向く。

「お父さん」

「お正月休みには」

「どうやってすごすの？」

などと言って、ニコニコ笑う。その顔もまったく同じまったくそっくり。そういう夢を見て夜中に飛び起きてごらんなさい。怖《こわ》いよ、これは。

長い話なのでかいつまんで説明すると、俺はこの直《ただし》と哲《さとし》という一卵性双生児の疑似親父《ステップファザー》という立場にあるわけなのだが、それは好んでしたことではなく、要するにこの油断のならないお子さんたちに弱みを握られていまして、しょうがないから渋々生活費を渡してやり、彼らが親父《おやじ》の存在を必要とするときは出かけていって並んで笑っているというだけのことで、そういう弱い立場に置かれているものだから、夢にうなされたりしているわけなのである。で、このお子さんたちがなぜ疑似親父を必要としているかと言えば、それは、本当の両親がてんでに家出していなくなってしまっているからで、いなくなった両親はどこかでそれぞれ元気に暮らしているらしいのだけれど、反省して帰ってくるという様子は今のところまったくなく、現世の不倫な関係を清算するべく（彼らはそれぞれ愛人と駈《か》け落ちしているのだ）どこかで心中《しんじゅう》して子供に詫《わ》びるという根性もないようで、今のところはまだ死体も発見されていない。ところが残された双子《ふたご》さんたちは誰にもちょっかいをかけられずに兄弟二人で暮らしたいと思っているようで、したがって、生活費を稼《かせ》いでくれて必要なときだけいてくれる親父が欲しいなあと思っていたわけで、そこに飛んで火に入る夏の虫のように俺が彼らの隣家の屋根から落ちたりしたものだから、彼らは俺を拾ってうちに持ち帰り、ねちねち看病して生かしてくれた挙《あ》げ句《く》に前述のようなヒレツな取引を申し出てきたと、こういうわけである。わからない人は前の回を読んでください。毎度説明するのは面倒でしょうがない。

この項いつになくセンテンスが長いのは俺が鼻風邪《はなかぜ》にかかっているからである。ひどい鼻づまりなので、ワープロのキーを打ちながら普通に息をすることができない。しかし、口で息をしながらものを書くというのは、なかなか至難の業《わざ》なのだ（嘘《うそ》だと思ったら試しにやってご覧なさい。できないから）。口を開《あ》いていると集中できない。で、仕方なく、「スーッ」と息を吸って一気に書けるところまで「ワーッ」と書いては顔をあげ、「ぶはー」と息をついているのである。小学一年生の水泳のようなものだ。

ちょっと失礼して薬を飲んできます。

──で、戻ってきて読み返してみると、なんでこんな手記を書き始めたのかという、そもそもの目的を思い出した。やはり、インターバルというのはとってみるものである。俺は頭を整理しようとしていたのだった。

あの気のふれたお神酒《みき》どっくりみたいな双子とどうやって正月を過ごすか？

彼らの両親がまともに家にいたならば、家族四人でおせち料理を囲《かこ》み、とりあえず新年の挨拶《あいさつ》をかわしたりして過ごすのだろう。近所の連中が年始に来たりもするかもしれず──そういう麗《うるわ》しくも煩《わずら》わしい風習は、ああいう新興住宅地にはないかもしれないが──一家で初詣《はつもうで》に行ったりもするかもしれない。

いろいろあるが、確かなことはただひとつ。いかな遠距離通勤週日別居の週末夫婦であろうとも、正月休みくらいは自宅に戻り、子供たちと一緒に過ごすに違いないということだ。

したがって、そういうときに家に両親の存在していない一家というのは、かなり不自然で目立ってしまうということだ。

双子の父親が消防士だとか、母親が世界を股《また》にかけて活躍するデザイナーだとか、そういうめったにない立場にある人々だったなら、正月ごときのために家にいることはできない場合もあるであろうが、残念なことに彼らは二人とも当たり前の会社員である。正月に家にいないのは、どう考えたっておかしい。怪《あや》しまれることになるだろう。

その結果、遺棄《いき》児童であることが世間にバレたら、双子はどこかの施設に入れられてしまうかもしれず、その場合、彼らとしては俺との疑似親父契約関係を終了しなければならず、行き掛けの駄賃に俺の弱みを世間に公開してゆくということは充分に考えられ（あいつら性格悪いからな）、俺は刑務所のなかから彼らに検閲印つきお手紙を書き送るということに——

なりたくない、なりたくない。

と、いうことは、俺は今出《いまで》新町《しんまち》にまで出かけてゆき、三が日を双子と三人でニコニコ楽しく暮らし、一緒に初詣に行かねばならない。それどころか、彼らの母親役をしてくれる女性をひとり調達して連れていかねば帳尻《ちようじり》があわないということにもなってしまう。

恐る恐る、この可能性を柳瀬《やなせ》の親父に話してみたところ、俺と契約関係にある元弁護士のこの食えない親父は、あっさりこう言った。

「おまえが女装して母親役もすりゃあいいじゃねえか。その方が簡単だ」

今年も一年なんとか無事に暮らすことができた——食うことに追われる一年だった

けれど、とりあえず「食うこと」に追い越されはしなかったなあ――という安堵《あんど》感で、親父は気がヘンになっているのだと思って、俺は聞き流すことにした。

双子と正月をどう始末するか？

今出新町を出ていればいいじゃないの、とおっしゃいますか？　正月に家族旅行。よくあることじゃないの、ねえ。

双子たちも、そのことはとっくの昔に思いついている。旅行ガイドを山ほど買ってきて、温泉がいいの遊園地がいいの山小屋がいいのキタキツネが来るのどうのこうのと楽しげにさざめいている。

「ねえ」

「お父さんは」

「どこに行きたい？」

しかし、ここに問題がある。大問題が。

だから、俺は悩んでいるのだよ。

2

双子には、まず、「金がないからどこにも連れていけないよ」と言ってみた。今出新町の彼らの家の、ぴかぴかに磨き上げられたキッチンのテーブルに向き合って座《すわ》り、足元をホットカーペットで温めながら。

するとと彼らはあっけらかんと、

「僕たちが」

「お金出すよ」

案の定、口々にそう言った。哲と直の場合、本当に「口々に」言うのだ。

「貯金なら」

「まだあるし」

「住宅ローンのことを」

「考えても」

「余裕たっぷりさ」

「だから」

「大丈夫《だいじょうぶ》だよ」

「東京ベイヒルトンにだって」

「泊まれるよ」

俺は双子を横目で見た。「誰も東京ディズニーランドに行くなんてひとことも言ってないぞ」

正月早々大の男がディズニーランドに行くなんて、ましてそこで泊まるなんて、アルマーニのスーツの下にフリルのパンティを穿《は》くのと同じくらい恥ずかしいことだ。

双子は澄ましている。

「たとえばの」

「話さ」

と、にっこり笑う。

「それとも」

「フェリーに」

「乗るのはどう？」

「新年の」

「パーティを」

「洋上でさ」

「いいなあ」

「ポセイドン」

「アドベンチャーみたい！」

「ね？」

俺は双子の顔を見比べた。「おまえら、今日は特にしゃべりの分担が細かいね」

「風邪を」

「ひいてるんだ」

「だから」

「長く」

「しゃべると」

「キツイんだ」

「ハクション！」と、二人でくしゃみをした。一卵性双生児は、本当に、風邪をひくときまで一緒である。

「お父さんも」

「鼻づまり」

「みたいだね」

「呼吸器とかに」

「よく効《き》く温泉に」

「行かない？」

「風邪を」

「治《なお》しにさ」

「そんな温泉があるかね」

「探して」

「みるよ」

えくぼの位置が違《ちが》うだけの、ホントの本当にそっくりな顔をふたつ並べて、双子は楽しそうにニコニコしている。俺は直がいれてくれた麦芽飲料（風邪によく効くそうで）の入ったマグをひねくりまわしながら、ゆっくりと切りだした。

「おまえら、さ」

「うん」

「正月だぞ」

「そうだよ」

「本当の親父さんとおふくろさんに戻ってきてもらいたいと思わないのか？」

双子はお互いの顔を見た。これ、実感としてはどういうものなのだろう。鏡を見ているような気がするのかね、やっぱり。

「お正月は」

「不倫の関係には」

「辛《つら》い季節らしいけど」

「僕らの両親は」

「もう駈け落ち済みだから」

「幸せ」

「なんじゃない？」

コンコンコン、と、咳《せき》をした。

「だから」

「いいんだよ」

「おまえらは淋《さび》しくないの？」

「全然」と、コーラスで答えた。「だって、お父さんがいるもの」

彼らがお父さんと呼ぶのは、もちろん俺のことである。それなんだよなあ、問題は。

「あのな、俺は思うんだけどな」

「なあに？」

「なあに？」

「やっぱり、こういう関係は不自然じゃないか？　正月とか、クリスマスとかさ、一般的な行事というんですかね、そういうのがあると、ことがはっきりする。だから、いい機会かもしれないから、言っておきたいんだけど——」

双子はそろって沈黙した。空《から》になった彼らのカップに目を落とし、きれいなカーブを描いたまつげを並べてうつむいている。

やがて、哲が言った。

「お父さん？」

「なんだよ」

「僕らのこと」

「嫌いになった？」

女に「あたしのこと嫌いになった？」と問われたら、嘘だろうとごまかしだろうと、じらして楽しむためだろうと、「うん」と答えることはできる。

「最初っから嫌いだよ」「好きになったことなんかないよ」と言うことだってできる。だがしかし、同じことを子供に問われたら、腕をもがれても「うん」とは言えないものだ。それができるのは、身体《からだ》のなかに、血液の代わりに絶対零度の液体窒素が流れている人間である。

こんなふうに急に十三歳の男の子二人の父親になってみて、俺はふと思うことがある。男は女にはなれないし、女も男にはなれない。だから、男は女に、女は男に、時には平気で残酷なことをすることができる。だが、男も女も、誰でも必ず一度は子供であったことはあるわけで、だから子供には残酷な仕打ちをすることができないのだ。もしも前世というものが本当にあって、たとえばあなたが、そこでは鳥だったということがはっきりしたなら、あなたは鳥を撃ったり、鳥を籠《かご》にとじこめたりすることはできなくなるだろう。それと同じことである。

双子を傷つけると、俺のなかの昔子供だった部分が一緒に傷つく。だから俺は覚悟を決め、慎重に言葉を選んで話した。

「嫌いになったわけじゃないよ」

双子は目をあげて、四つの瞳で俺を見た。

「じゃあ――」

「どうして？」

「おまえらさ、こんなふうに暮らしてて、本当に幸せか？」

双子はうなずいた。

「このままで何年もやっていけると思うか？」

「そうしたい」

「そうしたいよ」

「親父さんとおふくろさんは、どうする？　たしかにひどい親だけど、親は親だぞ。見捨てるのか？」

俺は両親に見捨てられた遺棄児童に向かって「親を見捨てるのか？」と訊《き》いている。それは滑稽《こっけい》な質問であり、同時に真実でもある。人は、自分が捨てたものから捨てられるのだ。それを承知していながら、俺はあえて突っこんだ。

「親父さんが帰ってきたら？　家には入れないのか？　おふくろさんがおまえたちを心配して戻ってきたら？　もうこのうちのなかには母さんのいる場所はないって言ってやるのか？」

「そんなこと……」

「言えないけど……」

「そうだよな。言えないよな。親父さんたちが戻ってきたら、受け入れる。また元のように家族四人で楽しく暮らす。最初のうちは、そりゃ多少はギクシャクするかもしれないが、なに最初のうちだけさ。家族だもんな？」

これから言おうとしていることを心のなかで整理しているうちに、それだけで俺は滅入《めい》ってきてしまった。気がくじけないように、双子の顔を、目を見ないようにして続けた。「ところがさ、その場合、考えてみてくれよ。俺はどうなる？　俺も一緒に親父さんたちと暮らすか？　そうはいかないよな？　家族四人が——いや、三人でもさ、揃《そろ》ったら、俺は余計者だ。外様《とざま》だ。レギュラー選手の怪我《けが》が治って先発メンバーに復帰してきたら、控えの選手はまた二軍に戻るんだよ」

下からすくうような目で俺を見て、双子はゆっくりと尋《たず》ねた。

「お父さん」

「何を言いたいの？」

俺はまだ顔をあげることができなかった。

「俺が言《い》いたいのはな、俺だって淋しいと感じるってことさ。除者《のけもの》にされたなら。もう要《い》らないよと放り出されたなら。おまえらは俺を、実の親の代用品、取り替えのきく部品だと思ってるらしいけどな、俺にだって感情はあるんだぞ。だから、おまえら

と楽しく正月旅行をするのもいいさ。仲良くなるのもいいだろう。お父さんごっこを
しようや。だけど、それをどこで止《や》めにする？　おまえらと仲良くなったら、いつか
どこかでごっこ遊びを止めたとき、俺がどんなふうに感じるか——おまえら、それを
一度でも考えたことがあるか？」
　俺はまだ頑固《がんこ》に下を向き続けていたから、テーブルの上に乗せられた、直と哲の指
先しか見ることができなかった。その指が震えているので、俺は、自分が、地上に出
てお天道《てんとう》さまの光を浴びたら一秒で死んでしまう目も鼻も手足もない虫になってしま
ったような気がした。いや、そういう虫になってしまいたいと思った。そして、死ぬ
まで自分で自分のクソを食って暮らし、仲間なんて一人もできないのだ。
「だから言ってるんだ。お父さんなんて呼ぶな。馴々《なれなれ》しくするなって。俺とおまえら
は、純粋に契約関係を結んでるだけなんだ。わかるか？　契約だ。その契約には、楽
しい正月旅行なんて含まれてない」
　ようやっと、俺は顔をあげて双子の顔を見据《みす》えた。双子は顔を見合わせていた。き
っと、曇った鏡をのぞきこんだように見えているに違いない。俺の方を向き直ったと
き、二人とも泣きそうな目をしていたから。
「じゃ、僕たち——」

「どうしたらいいの？」

「どうもするな」と、俺はきっぱり言った。

このへんで手綱《たづな》を引き締めておかないといけない。そう思って言い始めたことだ。やりだした以上はやりとげないといけない。

「正月は、都内のホテルでも過ごせよ。それともディズニーランドがいいならそうしてやる。予約してやるよ。でも、俺は抜きだ。おまえらだけの正月だ。これからだってずっとそうだ。もう俺を巻き込まないでくれ」

それだけ言ってしまうと、沈黙が俺の耳に襲いかかってきた。鼓膜がわんわんするような沈黙だった。両手で耳をふさぎたくなるような沈黙だった。

やがて、身を乗り出さないと聞こえないような小さな声で、哲が言った。

「わかったよ」

直が唱和した。「わかったよ」

そして、二人で言った。「ごめんなさい」

生まれてこのかた、俺はこれほど悲しい「ごめんなさい」を聞いたことはなかったし、二度と聞きたいとも思わない。

子供なんて、大嫌いだ。

3

柳瀬の親父が連絡してきたのは、暮れも押しつまった十二月二十八日のことだった。事務所はもう御用納《ごようおさ》めをしていたので、親父は自宅からかけてきていた。

「急な用なんだ。なんとか身体を空《あ》けてもらえねえかな？」

「いつの話だい？」

「今夜だ。ちょっとわけ在《あ》りの依頼人でな。義理があって断れねえ。俺が昔えらく世話になった男の従弟《いとこ》の娘の妹の嫁ぎ先のおっかさんの姪《めい》っこの娘なんだ」

「じゃ、女だ」

「当たり」

双子とのあの会見のあと、俺はすっかり気落ちしてしまって、日がな一日部屋でごろごろして過ごしていた。それまではそんな習慣はなかったのに、絶え間なく隙間風《すきまかぜ》に吹かれているように薄ら寒くて心細くて、観《み》もしないテレビを一日中つけっぱなしにしているようになった。親父から電話をもらったときも、ぼやっと年末特番のニュースショーを観ていたのである。

「いいよ。どうせ暇《ひま》な身体だ」

職業的な泥棒《どろぼう》には御用納めも仕事始めもない。仕事のある時が、即勤務日・勤務時間である。

「メモをとりながら聞いてくれや」と、親父は切りだした。

「いいよ。ただ、その前に頼みがあるんだが」

「なんだね？」

「親父のそばに孫ちゃんがいるだろ。声が聞こえる」

親父には七人の孫がいるのだ。いちばん小さい子は、今年やっと一歳になったくらいのはずだ。

「ああ、いるよ」

「どこに」

「膝《ひざ》に入ってきて動かんのよ」

どうりで、赤ちゃん語がゴニョゴニョとBGMで入ってくるはずだ。

「頼むから、余所《よそ》にやってくれ」

「捨てるわけにはいかん」

「大げさな。隣の部屋に追っ払えばいいじゃないか」

親父はなにかぶつぶつ文句を述べていたが、孫ちゃんをあやしながら、どうにかこうにか部屋から追い出したようだ。

「これでいいか？」

「ありがとう」

何か言いたそうな感じの間《ま》をおいてから、（まあ、いいか）という様子で親父は本題に戻った。

「依頼者の名前は本田美加子《ほんだみかこ》、三十五歳。結婚して七年目の、ごく普通の家庭の奥さんだ。旦那《だんな》は東洋鉄鋼の社員で、財務の係長をしている。稼《かせ》ぎはあるが、忙《いそが》しい」

「よくあるパターンだな」

「そうだ。で、かまってもらえない女房は、毎日が退屈でしょうがなかったんだろうな」

「子供は？」

「いない」

現在の俺の心境では、その方がいいと思える。

「暇でしょうがないし、淋しいし。で、女房は文通を始めた」

音を消してはあるが、テレビの画面は映しているので、注意力の半分はそっちにとられているのだろう——と思った。だから、親父の言葉を聞き違ったんだろう、と。

「女房が何をしたって？」

「文通だ」

俺は目を細めた。テレビではニュースが始まった。トップニュースはまずソ連の件。社会科の時間に白地図を塗り、都市の名前を覚えたソ連が、スパイ映画の悪役ソ連が、世界中に刺客を放って自国からの亡命者を葬《ほうむ》ってきた（と言われている）ソ連という国が、地球上から失《な》くなってしまう。そういうご時世だから、亭主にかまってもらえず淋しい女房が何をしたって驚いちゃいけない。

「浮気じゃなくて、文通か」

「筆まめな女なんだよ」

「…………」

「相手は雑誌の『文通相手求む』のコーナーで見付けたんだ。もちろん、男だぞ」

「うん」

「ただ、具体的な手紙のやりとりは女の名前でしていたから、亭主にはまったく気付かれていない」

「じゃ、いいじゃないか」

「よくねえんだ。どうしてかって言うとな。美加子は、その文通がよっぽど楽しかったらしくて、いろいろと明け透《あす》けに書いたわけだよ」

「明け透けに――」

「過去の浮気の経験から、亭主の悪口までそりゃもうしこたまに」

ははあ……話の筋が読めてきた。

「手紙ってのは、あとで後悔するために書くようなもんだからな」

「あとで公開するつもりで書いてりゃ問題はねえんだよ。非公開だと思って書くから困るんだ」

公開と後悔の違いだが、親父も俺も言ってることは同じである。

「その手紙、相手はがっちり押さえてるわけだ」

「そのとおり」

「で、脅迫してきた？」

「冴《さ》えてるなあ」

「要求は？」

「金」

「へえ……ホテルで会ってくれとかいうんじゃないわけだ」

「そうだ。物書きでもないのに文通を趣味にするような男がいるとは思えねえからな。これはこいつの手なんだろう」

「常習犯か」

「そうだよ。相手の女が、ついつい内輪の話を書きたくなるような手練手管《てれんてくだ》を持ってるんじゃねえのかなあ」

新手《あらて》の脅迫だ。

「いくら要求してきたんだい？」

「二百万」

そりゃまた、こぢんまりしている。

「頭がいいよ。今のご時世、みんな金持ちだからな。その程度ならなんとかなる。女の方も、手紙を買い取って泣き寝入りしよう——と割り切ることができる」

その金の受け渡しが今夜の零時。

「三鷹《みたか》の方に、森林自然公園というのがあるだろう。あの遊歩道のなかなんだ」

「そんな時間帯に入れるところか？」

「入れる。アベックのメッカだ」

「で、俺の役割は？」

「相手の男を尾《つ》けて、途中のどこかで金を取り返して欲しいってんだな」

「二百万円やらないのか」

勉強料だと思ってあきらめればいいのに。

「美加子はな、ちょっとその——世間に振りまわされやすいというのかねえ。バブルが膨《ふく》らんでるときに、一緒に舞い上がっちまってな。株に手をだして、夫婦名義の預金をごっそり使い込んでるんだ。だから、二百万円も工面できない。実は、今夜用意する金は、全額借金なんだよ」

だから取り戻せないと困るというわけか。

「株のことは、旦那には？」

親父はうなった。「話してないそうだ」

「でも、手紙には書いた」

「大当たりだ」

「八方塞《ふさ》がりじゃないか」

「本人も反省してるよ。ただ、旦那がもうちょっとしっかりしてくれてたら、自分だってこんなふうにフラフラしなかったって言うんだな」

「それは公平な言い分じゃないな」

「夫婦のことはわからんよ」

「でも、その旦那に手紙の件がバレて離婚されたら困るから、脅迫者に金を払うんだろ？」

「今の快適な生活を手放したくないんだそうだ。旦那は金を運んでくる機械だから、割り切って暮らす分にはかまわないというんだな」

あんまり引き受けたくなってきた。

「勝手な女だ」

「だが、旦那は彼女を愛してるらしい。大甘《おおあま》なんだから」

俺には無縁の話だな、と思った。

「とにかく、いいよ。引き受けた。親父の義理じゃ、果たさないわけにはいかない」

「恩に着るよ」

と言った親父の言葉尻にかぶって、電話の向こうでガラスの割れる音が響いた。きゃ！と誰かが悲鳴をあげた。

「もしもし？」

しばらくのあいだ、受話器の向こう側で、テレビだったら「このまましばらくお待ちください」という静止画面が出てきそうな混乱状態が続いていた。

「もしもし？　大丈夫かよ？」

戻ってきた親父は息を切らしていた。

「いや、すまん、すまん。階下の台所の窓ガラスが割れたんだ。このごろ、ちょいちょいあるんだよ」

家中の窓ガラスが「ちょいちょい割れる」というのは穏やかな話じゃない。

「いや、違うんだ。近所でよくあるという意味なんだ。どこかにバカもんがいて、他人の家に石を投げちゃあ窓ガラスを割って喜んでる。うちの前は八メートル公道だから、車の行き来が多いだろう？　どうやらこのバカもんも、車でやってきてるらしい。やられた家に尋ねてみると、どこでも、ガラスの割れる時には車の通りすぎる音がしたって言うんだよ」

幸い、怪我人はなかったという。親父が落ち着いたところで、今夜の手順を確かめて電話を切ろうとすると、

「おい、今出新町の双子たちと喧嘩《けんか》でもしたのか？」と尋ねられた。

「なんでそんなことを？」

「おまえがうちの孫どもの声をうるさがるなんて、初めてだ。あの子たちと揉《も》めたかなんかして、子供の声を聞きたくない心境になってるのかと思ってよ」

黙っていると肯定することになってしまうとわかっていながら、俺は何も言えなかった。

「じゃあ、今夜」と言って、受話器を置いた。

テレビでは、先ほどから歳末《さいまつ》の町の風景を映しだしているのだが、親父とガラスの話をし始めたあたりから、画面が切り替わり、銀座の有名な宝石店の店先が映し出されるようになった。それも、カメラがぶれたりして、映し方に慌《あわ》ただしい印象を受ける。強盗でもあったのかと、消していた音を戻して身を乗り出したのだが、聞いてみると、なんだ、そんな物騒な話ではなかった。

永代《えいたい》通りにかかる歩道橋を塗りなおすための塗料を積んだトラックが、銀座通りで横転し、ちょうど宝石店の真前にドラム缶一杯のペンキをぶちまけてしまったのだという。かなり能天気な事故である。

「若い女性が『贈られてうれしいもの』のベストワンにあげているのが、このお店のジュエリーです。トラックの横転事故が、恋人へのプレゼントを買う男性客で文字どおりごったがえしていたクリスマス・イブに起こったのでないことが、まあ不幸中の幸いと言えますね」

女性レポーターが、長靴を履《は》き、真っ黄色のペンキの海のなかに立って、そうコメントした。なるほど、歩道一面にペンキが流れている。たしかに、イブには艶消《つやけ》しな眺《なが》めだったかもしれない。

一面の黄色は、焦燥の色合いでもある。神経に突きささる。精神衛生上よくない光景だったので、俺はテレビを消した。

もっとも、何を見ても苛立《いらだ》たしくつまらなく感じるのは、俺の内側に原因があるからかもしれない。夜出掛けるからな……と思いつつ転寝《ごろね》をして見た夢も、黄色くかすんでいた。

仲直りしたいと思って誰かを探している。一所懸命探しているのだが、黄色い霧にはばまれて、見つけることができない——

そんな夢を見た。寝汗をびっしょりかきながら。

4

夜が暗いのは当然だが、その暗さが闇のせいではなく、陰気な夜の気そのもののせいのように感じられるときがある。つまり、夜のネが暗いのだ。

森林自然公園の入り口で、親父と、親父の運転するワゴン車に乗った本田美加子と初めて顔をあわせたとき、俺はそんなことを考えていた。まあ、とことん憂鬱《ゆううつ》だったということだ。

美加子はなかなか美人だったが、なんというかね……そう、道を歩いていて角をひとつ曲がるたびに文句を言うべき対象を見つける——この角では見つからなかったけど次の角にはあるかもしれない、ほら、次の角にもあるかもしれない、いつ見つけたって文句を言う準備はできているわよ、というような、神経がちくちくするような雰囲気を持っていた。くちびるが薄く、口元がかすかに尖《とが》り気味で、これも普通に見ていれば（特徴があって可愛らしい）と感じる程度のものなのだろうが、この女の持っている全体の色合いを通して透《す》かしてみると、いかにも効率的に文句を言うことができそうな武器——というふうに見えてしまうのだった。

俺たちは簡単に手順を打ち合せた。ただし、美加子は親父に頼りきりで、ときどき思い出したように「すみません」と言うだけだった。膝の上に、ハンドバッグと一緒に小さな紙袋を抱いており、それが現金二百万円だと言った。

「必ず取り返してくださいね」

甘えるように胸に手をあてて擦《す》り寄ってきたが、俺としては、「はあ」と答えながら半歩ほど下がってしまうという感じだった。

脅迫男が指定してきた取引の場所は、園内の小さな広場の入り口で、赤いベンチが遊歩道に沿って並べてあるという。そういう場所は一ヵ所しかないから、すぐにわかる——男からの手紙には、図解つきでそう書いてあったそうだ。

打ち合せしているあいだ、周囲には人気《ひとけ》がなかった。一度だけ、俺たちの脇《わき》を通って、赤いオープンカーが一台、公園のなかに入っていっただけだ。

俺たちが取引の舞台とする遊歩道には、もちろん車は入ることができないのだが、それと平行して自動車道も走っている。そちらの方を進んでいったのだ。運転席と助手席には、若いアベックが並んで腰をおろしていた。たしかに美しい星月夜だが、おいおい寒くないのかという感じで、俺は思わず注目してしまった。どうやら二人とも酔っているらしく、やけに陽気で、寒さなど感じていないようだった。女の方はケタケタ笑っている。

大丈夫かねえ……俺は思わず彼らの車のナンバーを見た。彼らがどこかに激突炎上でもしたら、俺の目撃証言が必要になるかもしれない。

二人ともそれぞれ様子《ようす》のいい若者で、雑誌から抜け出してきたような組合せだが、肝腎《かんじん》の車の手入れはよくなくて、車体にあちこち傷があった。親父も、彼らが脇を通過しきらないうちは話を再開できないので、運転席の若い男がなんとかハンドルを操作して、森林自然公園の入り口を通っていってしまうまで、見るともなしにそちらを見ていた。そして、園内の舗装道路に乗り入れたとたん、車がぶるんとうなってスピードをあげ、呆《あき》れるような勢いで走り去っていってしまうと、黙って呆れたように頭を振った。

「危ないわねえ」と、美加子が言った。

さて、この夜の俺の役割は、きわめてわかりやすいものだった。

美加子のあとを、連れではなさそうな感じで距離を空けてついてゆき、途中で追越し、彼女が脅迫者から指定された場所で立ち止まるのを見届けたら、誰にも見られないように注意して、植え込みのなかに身を隠す。そして、やってくる脅迫者を待ち受けて、あとはそいつを尾行する——という次第《しだい》だ。

金を取り戻すのは、そいつが公園の外に出てからの方がいい。公園の出入口は二ヵ所あるのだが、俺たちが入ってきた側には親父の車が停《と》めてあり、もうひとつの側には俺の車が停めてある。だから、脅迫者がどちらの側から外へ出ても、俺はそこで彼を襲い、金を奪って逃げだし、そこから近いほうの公園の出入口へ行って、俺か親父かどちらかの車に飛び乗って逃げればいいと、こういう寸法だ。親父の方は、残った車に美加子を乗せ、家に帰ればいい。だから、キーは、二台の車のを、親父と俺と、それぞれひとつずつ持っている。

計画としては単純だ。そして、単純な計画は美しい。また、成功率が高い。

俺は日頃、暴力犯罪には手を出さない。だが今回は、女を脅迫するような奴が相手ではあるし（脅迫された女の方にも問題は多いと思うが、まあそれはおいといて）俺自身も気がくさくさしているところでもあり、ノックアウト強盗みたいな真似《まね》をしてみるのもいいかな――などとすさんだ目をして月を見あげながら考えつつ、街灯の光がほどよい明るさで降ってくる遊歩道を、みしみしと歩いていった。

美加子は俺の二メートルほど先を歩いてゆく。ひどく歩きにくそうで、肩があがったりさがったりしている。こんなところにハイヒールなんか履いてくるからだ。こんな時にも、足の線がきれいに見えるように気を使っているのだろうか。そんなの、なんにもならないだろうに。

ほかには、まったく人気がない。無理もないね。この寒さだ。公園のなかを、さっきのアベックのように車で通りすぎるということはあるだろうが、散歩と洒落こむ粋狂な人間は、俺たちと俺たちの脅迫者ぐらいなものだろう。

しかし、本当に歩きにくい。

道を「みしみし」歩くと言ったのは、ちゃんと理由がある。この遊歩道、一面に大きな砂利《じゃり》を敷きつめた、きわめて足元の悪い道なのである。砂利と言っても小粒ではなく、大きなものは拳骨《げんこつ》の半分ぐらいのサイズがある。なんでわざわざこんなふうに歩きづらくしてあるのかな——と思って、この公園ができた当初に、新聞で取り上げられていたことを思い出した。

園内の自動車道と遊歩道は、ところどころで交差しながら、全体に二重の輪を描いている。が、遊歩道の方が、自動車道よりもずっと変化に富んでいて、曲がったりくねったりアップダウンがあったりと、歩いて楽しいように設計されているのだ。ところがこれ、オートバイ族にとって非常に魅力的なコースなのだね。で、禁止しても禁止しても、連中が群れをなして入りこみ、遊歩道をスッ飛ばして走る。夜間は特にひどくて、看板を立てても引っこ抜いて入りこむし、車止めをつけても壊されてしまう。そうしているうちに、とうとう歩行者に死傷者が出てしまった。

それで、わざわざこんな石を敷きつめ、オートバイでは走ることができないようにしたのである。だから、人間も歩きにくい。

虚《むな》しい話だよな——と思いながら、ガス灯の形をした街灯を見あげた。周囲をとり囲む木立のざわめきに、木枯《こが》らしの口笛が混じる。こんな寒い夜に、こんなところで、俺はいったい何をやってるんだろうな、とも思った。

そのとき、前方から女の悲鳴が聞こえてきた。

美加子の声だ。

何も考えずに走りだしていた。小石を蹴散《けち》らして駆け付けると、彼女は、すぐ先の、遊歩道と舗装道路との交差点のそばにいた。その場にペタリと座り込み、ハンドバッグとあの紙袋を抱き締めて、たがはずれたみたいにがたがた震えていた。

彼女のすぐ脇に、男が一人、俯《うつぶ》せに倒れていた。革靴にウールギャバのコート。小さなクラッチバッグ。まずは典型的なサラリーマンのいでたちだ。そんな服装で、両手を前に投げ出し、長々と道にのびている彼の頭のあたりが、てらてらと光っている。頭の下になっている、遊歩道の小石も光っている。

濡れているのだ。血で。

近寄って脈をさぐってみると、男は死んでいた。

「大丈夫ですか」

まだ震えている美加子に声をかけてみると、彼女は口元をあわあわ震わせているだけで、声も出せない様子だ。だが、よく耳を近付けてみると、喉《のど》の奥でなにか言っている。

「しゅ、しゅ、しゅ――」

「え？ なんですか？」

「しゅ、しゅ、しゅ――」

機関車じゃないんだから。

「奥さん、どうしたんです？」

「しゅ、しゅ」

やっと声を取り戻し、爆発するような勢いで、美加子は言った。

「この人、主人なんです！ 主人がどうしてここに？ どうして死んでるの？」

5

警察が駆け付けてくる前に、俺はおさらばしてしまったので、あとの事情は親父から聞いた。

親父は、俺を駆りだしたということだけを伏せて、事実をありのままに説明したのだという。真実には力がある。警察も、いくつか裏付けをとるような質問はしたそうだが、大筋で親父と美加子の話を信じてくれたそうだ。

遊歩道で死んでいたのは、本田唯行《ただゆき》、四十歳。美加子の旦那である。間違いない。

しかも、彼はただ死んでいたのではなく、どうやら殺されたものであるらしかった。

後頭部を、なにかで一撃されているというのである。

「でかいもので殴られたんじゃないんだそうだ。なにか——せいぜい拳骨くらいの大きさのものをぶつけられたという感じだそうだよ」

さらにもうひとつ、彼の上着の内ポケットから、手紙がごっそり出てきたという。

そう——美加子が文通相手に出した、亭主の悪口だの株で大損したことだの過去の浮気の体験談だのが網羅してある、あの手紙が、美加子の出した数だけ、そっくり揃って入っていたという。

「警察は、美加子を脅迫していた文通相手の男が、本田も脅《おど》していたんじゃないかと考えてる」と、親父は説明した。

「あんたの女房があんたの悪口をここをせんど、と書きまくった手紙があるんだが、そんなものを得意先に流されたりしたら困るよなあ——という具合かな？」

「そうそう、そうだ。で、脅迫者は本田に手紙を買い取るように持ちかけ、美加子よりも少し前に、あの同じ場所で彼と取引をした——」

調べてみると、日中、本田が彼の銀行口座から、二百万円引き出していることが判明したという。それを持って、彼はあの公園にやってきたのではないか。

「しかし、脅迫者が、二人を、わざわざ同じ場所を選んで呼び出したのは、嫌がらせの最たるものだというんだな。帰りに鉢合《はちあ》わせするかもしれないじゃないか」

「なるほどね」俺はうなずいた。「しかし、本田は脅迫者が思っていたよりもちょっと手強《てごわ》かった」

「そうだ。揉みあいになって――」

殺されてしまったというわけだ。

「調べてみると、脅迫者の名乗っていた名前――美加子がそこにあてて手紙を書いていた名前は、まったくの偽名だった。住所も、民間でやってるメイル・ボックス、私設私書箱ってやつだな。それの所在地だったんだ。で、その私書箱の契約者名と住所も、どうやらデタラメだったらしい」

「私設私書箱を借りるヤツが、本名なんか出すもんか」

「そうだよなあ。美加子の側に残された、脅迫男から来た手紙の文面も、サイン以外はワープロで書かれたもんだから、そこからは何もわかりそうにないよ。サインも、わざと筆跡を変えてあるみたいな、えらくクセの強い文字だそうだし」

「どうせそんなことだろうと思ったよ」

嫌《いや》な話だが、まあありふれた話でもある。脅迫者と、脅迫される女。側杖《そばづえ》をくって亭主が死んじまった。ああ、やだやだ。

そのあと、親父が言い足したあることを聞かなければ、俺は、この事件のことなど、すぐに忘れてしまうところだった。

その、あることとは――

「今のところ手がかりらしい手がかりはないんだが、ただひとつ、本田の靴の底に、黄色いペンキがべったりついてたっていうんだな。普通はそんなことあり得ないだろう。これがとっかかりにならねえかと、警察じゃ頭をひねってるらしい」

黄色いペンキ。

なぜか、それがひっかかった。ペンキ？　靴底に？

そして、思い出したのだ。あの、長靴を履いたレポーターと、銀座の宝石店のことを。

丸一日、考えた。それから、確かめるのは簡単だと思って、問題の事件を報道した、「森林自然公園内で殺人」という見出しのついた新聞記事を切り抜いて、それを持って銀座まで出掛けていった。

記事には顔写真がついている。それを見せてまわると、クリスマス・イブのような尋常でない混み方をするとき以外なら、たいていのお客の顔を記憶している――高価《たか》いものを買ったお客の顔ほどよく覚えている売り子の女の子を一人見つけることができた。

「ええ、このかた、いらっしゃいました。そうそう、あの黄色いペンキの騒動があった日です。うちのオリジナルの、ティアドロップ型のダイヤのペンダントをお買い求めくださいました。え？　値段？　二百万円です」

当たりだ。大当たり。

じゃ、誰がそれを盗《と》ったんだ？

親父は情報通だし、警察関係にもコネを持っている。調べてもらうのは簡単だった。電話一本で即ＯＫ。町のノンバンクみたいなものである。

でも、

「おい、こんなこと訊いてどうするんだね？」

と、疑わしそうな声を出した。

「いいじゃないか。教えてくれよ」

親父は住所と名前を読み上げた。

「ありがとう」と、俺はメモをした。

事件の夜、俺たちよりも少し前に森林自然公園のなかに入っていった、あのオープンカーのナンバーを、俺は必死で思い出したのだ。で、それを親父に伝え、手早く持ち主を割り出してもらったのだ。

電話を切ろうとすると、親父が俺を呼び止めた。

「双子たちから電話があったぞ」

「――親父のところに？」

「そうだ。おまえは元気かと心配していた。あの子たちは元気だそうだ」

「じゃあ、いいじゃないか」

親父はむっとしたように口をつぐんだが、やがて、少し口調を変えて続けた。

「それが、面白《おもしろ》いことを言われてな」

「どんな？」

「例の、うちの近所の傍迷惑《はためいわく》なガラス割り野郎の件さ。あの子らと話をしているときに、ちょうど隣の家がやられてな。音が聞こえたんだろう、びっくりしているから、事情を話してやったんだ。そしたら、双子たち、なにやらゴチャゴチャ話し合って、それから俺に言うんだよ。道路に気をつけていれば、防ぐことができるよ、きっと、なんてな」

「道路に？」

「そうだ。意味がわかるか？」

わからなかった。親父は大笑いしながら解説してくれた。

「置き石だよ。ガラス割り魔のバカ野郎、うちの前の八メートル公道に、置き石をしていやがるんだ。で、車が走りすぎるとき、タイヤでそれを弾《はじ》き飛ばす。飛ぶときもあるし飛ばないときもあるし、どこへ飛ぶかもわからない。バクチだな。でも、何度かに一度はそれが近所のうちの窓ガラスを割ることがある。それを見て喜んでいやがるんだ」

俺はバカのようにぽかんと口を開いた。

「そんなこと、あの双子が思いついたのかな？」

「推理したのさ！　たいしたもんだ。うちのご町内の皆様は、これから置き石対策をやるからな。ガラス割り魔の野郎、絶対にとっつかまえてやる！」

親父は意気揚々と電話を切り、俺はまだそのままバカ面《づら》をしてつっ立っていた。それから、出し抜けに張り飛ばされたような気がして、大声で笑いだした。
そうかそうか！

オープンカーの持ち主の若者の名前は、ここでは伏せておいてやろうと思う。彼は、俺が電話をかけたとき、もうすでに充分ビビッていたので、二度とあんなおかしなことはやらないだろう。

ごく普通の若いサラリーマンで、酔っ払い運転なんかしたのも、あの夜が初めてだったと言っていた。それが嘘だか本当だかはわからないが、真面目《まじめ》に言っていることは確かだった。

俺は彼を俺の領分内に呼び込みたかったので、飲み屋や喫茶店ではなく、俺の車のなかで話をした。彼は始終、心細そうに指先をもじもじさせていた。

「電話をかけたとき、俺はあんたに、『森林自然公園で倒れていた男から盗んだものを返せ』と言ったよな？」

彼はうなずいた。

「でも、それだけじゃないんだ。俺の読みが浅かった。君らは、男が倒れているのを見つけて車を停めたんじゃない。君らが通りすぎたとたんに、男がばったり倒れるのを見て、あわてて車を降りたんだ。そうだろ？」

曲者《くせもの》は、遊歩道に敷きつめられたあの小石だったのだ。拳骨の半分ほどもあるあの石は、交差点のあたりでは、どうしても舗装道路の方へ転がり出ていることがある。で、酔っ払って気が大きくなったこの若者と恋人が、公園内にあるまじきスピードで交差点を走り抜けたとき、そういう石のひとつをタイヤで弾き飛ばして、それが不運な男の後頭部に命中した——

かなり飛ばしていたことだし、普通の車なら、男が倒れたことにも、まず気付かなかったろう。だが、彼らの車はオープンカーだった。だからすぐにわかったのだ。あるいは、石がぶつかった瞬間の、美加子の亭主の悲鳴が聞こえたのかもしれない。

「そうなんです」と、若者は震えながらうなずいた。

あとにも先にも、あの現場には、死んだ本田という男以外には誰もいなかった。彼、い、い、い、は事故で死んだのだ。

「車を降りて男のそばに駆け付けた君たちは、男が死んでいるのを見つけて仰天《ぎょうてん》した。すぐに逃げようと思った。でも、男のコートのポケットから、銀座の宝石店の包み紙が飛び出しているのを見たとき、ついふらふらっとしちまったんだな？」

「あの宝石店の品物は、僕なんかの手の届くものじゃないんですよ。だけど、彼女がすごく欲しがってたんだ」

そうなのだ。美加子の亭主は、脅迫者に金を払うために二百万円を銀行から引き出したわけではなかった。二百万円のジュエリーを買い、それを美加子に贈ろうとしていたのだ。

そしてあの夜、あの場には、彼一人しかいなかった。つまり、美加子の亭主が彼女の文通相手であり、脅迫者でもあったのだ。

最初は、偶然だったのかもしれない。彼もまた、彼を振り向こうともせずに遊びあるいている美加子に物足りないものを感じ、べつのパートナーが欲しくて、「文通相手求む　まずは下記へお手紙を」なんて広告を出したのかもしれない。それに応《こた》えてきたのが、たまたま美加子だった――

いや、違うだろう。私設私書箱とワープロだ。彼は計画的に、美加子を試そうとしてあんなことを始めたんじゃないのか。好奇心が強くて刺激を求めている美加子の前に、そういう広告を載《の》せたページをさりげなく開いて置いておいたりすれば、簡単にひっかかると思った。そして、事実そうだった。

手紙には、美加子の本音があふれていた。彼はそれを存分に知り、満足したところで、あんなふうに脅しめいたことをして、「実は俺が文通相手だよ」と正体を明らかにするつもりだったんだろう。

だが、それなのに、そんな彼女になぜ二百万円もするペンダントを買ったんだ？

だが、その疑問には、オープンカーの若者が答えてくれた。

「あの夜は僕らも酔っ払って大胆になってたから、つい他人のものに手をつけたりしちゃったんですけど、今はすごく後悔してる。彼女なんか気に病んじゃって……。あのペンダント、あの宝石店のオリジナルの、ティアドロップ型のでしょう？　男が女にあのペンダントを贈るってことは、もう別れようっていう意味があるんですよ。これ、大ヒットしたテレビドラマのなかでそういうシーンがあって、それからすっかり定着しちゃったことなんだけど……。だから、僕の彼女、あのペンダントを盗んだことで、僕らのあいだが終わりになるんじゃないかって、ホントに恐がってるんです」

美加子の亭主は、彼女と別れるつもりだったのだ。

二百万円の、ティアドロップ型の離婚の慰謝料。いや、手切金と言ったほうがふさわしいか。

怯《おび》えているようにさえ見える若者に、俺は提案した。

「そのペンダント、俺によこさないか？　持ち主に返してやるよ」

彼はそうした。喜んでそうした。

そのペンダントをどうしたかって？

美加子には返さなかった。彼女は、亭主に死なれてしまったことで、安楽な生活を手放さなければならなくなった。罰としては、それで充分じゃないか。

だいいち、美加子のような女は、別れのペンダントという形で非難されても、骨身にこたえるタイプじゃない。亭主が生きていて、目の前で渡されたなら少しは考えるかもしれないが、死んでしまった人間が「あんたと別れたいと思ってこれを贈るつもりだったんだ」なんて言っても、美加子はケロリとしているだろう。保険金がもらえればそれでいいなんて、金勘定のことばかり考えているかもしれない。

彼女は、自分で取捨選択して生きているつもりでいるが、傍目《はため》から、ちょっと焦点を変えて見てみると、捨てたつもりのものに捨てられながら生きているだけだ——ということが、すぐわかる。

二百万円のペンダントは、俺が懇意にしている故買屋の手に渡った。百万になった。

それを手に、俺は今出新町に行こうと思っている。さっき電話をしたときには、哲も直もうちにいて、年賀状を書いているところだと言っていた。

「じゃ、早く書き終えろよ。正月は温泉で過ごすんだから。風邪の治る温泉に行こう」

俺は、なんだか、一人で意地を張っているのがバカらしくなってきたのだ。

世の中、美加子みたいな人間が大勢いる。双子の両親も、二人を見捨てて出ていったというだけで、充分に「美加子型エゴイスト」である可能性がある。だとすると、美加子がこれまでずっと何も気付かなかったのと同じように、偽名を名乗ってあんなことをしようとまで思い詰めている亭主と一緒に暮らしながら、一度だってその気配を感じず、彼の目のなかをのぞきこもうとはしなかったのと同じように、思いやろうとしなかったのと同じように、双子の両親だって、とことんエゴを貫き通して、もうずっと家に帰ってこないということだってあり得るじゃないか。

それなのに、そういう人間が帰ってきたときのことを心配して、なんで俺が双子と喧嘩したりして嫌な思いをしなきゃならないんだ？

だから、いいのだ。お互い、淋しいとき淋しいと感じる人間同士の関係を優先した方が、世の中楽しくなるに決まってる。

俺の電話を受けて、双子は大喜びしてくれた。

「これから」

「荷造りするよ」

「お父さん」

「今」

「発見したんだけど」

「風邪ってさ」

「早くよくなってねって」

「心配してもらうために」

「ひくものじゃない？」

心配してくれる人がいれば、鼻風邪にかかることだって、楽しい。

そう。そういうことなのだ。

ハンド・クーラー

Hand Cooler

1

その子の名前は、城《じょう》が崎《さき》みやびちゃんというのだそうである。

「演歌歌手のたまごか？」

「まさか――」

「そんなわけないよ」

「だって、まだ十二歳なんだから」

「タレント活動なんかしたら――」

「労働基準法に違反するんじゃない？」

「演歌歌手はタレントじゃないぞ」と、俺《おれ》は言った。「それに、十二歳だと芸能人になれないっていうんだったら、劇団ひまわりはどうなる？　違反者の集団かね？」

「はぐしゅん」と、ここで直《ただし》がくしゃみをした。哲《さとし》が目をこすりつつ、手探りでティッシュの箱を渡してやる。

鼻をかんだ直が、ティッシュを丸めて捨てながら言った。

「わかんない」

涙目をパチパチさせながら、哲が続ける。

「それに――」

「そんなこと」

「どうでもいいと思う」

「よくあることだけど――」

「話が本題からそれてない？」

然り。双子《ふたご》の言うとおりである。俺は直のいれてくれたロイヤル・ミルクティを一口飲んで、椅子《いす》の背もたれに寄りかかった。

「で、その子がどうしたって？」

「ミステリーをさらしてるんだ」と、哲が言った。「僕ら、頼られてるの」

俺はカップを手に眉根《まゆね》を寄せた。

「今日日《きょうび》、めずらしい食物《くいもの》はいろいろあるけど、ミステリーをさらして食ったという話を聞いたことはないね」

双子はそろって笑いだした。

「ごめんね」

「だいぶ薬が効《き》いてきてるんだけど」

「鼻づまりがね」

「やだよ、花粉症」

「注射が」

「痛いしね」

妙な縁から、俺が疑似親父を務《つと》めることになってしまったこの双子のよい子たちは、今、そろって杉花粉症を患《わずら》っているのである。十四年間生きて、この春初めて、彼らの鼻の粘膜は、杉花粉に対してアレルギーという反逆の旗印を掲《かか》げることに決めたものであるらしい。

「こんなの」

「初めてなんだ」と、口をそろえてこぼしている。

今出《いまで》新町《しんまち》の小高い丘の中腹にある彼らの家は、ケーキの上に乗せられているチョコでできたおうちのような外観をもっている。周囲にさえぎるものがないから、風通しと日当たりはめっぽう良い。だから、ぽかぽかと暖かい春のこの日、普段なら、カーテンも窓も開け放ち、部屋のなかに爽《さわ》やかな外気をいっぱいに取り入れているはずなのだが、今は、春の薫《かお》りと一緒に忍びこんでくる杉花粉を締め出すために、窓はすべてきっちりと閉ざされていた。

双子は、日常生活にかかわる些事《さじ》については、どんなことでもきちんと分担してこなしている。ただ、家事については、哲よりも直の方が勘がいいというか、才能があるようなので、主導権は直が握り、哲は彼の指示に従っている。俺がぶらりと訪れたときには、二人して、買ってきたばかりの新品の布団《ふとん》乾燥機を箱から出し、ベッドの羽根布団から居間のクッションまで、家中の「綿もの」「羽根もの」「ダニもの」を乾燥させようとおおわらわになっているところだった。

「もったいないな。エネルギーの無駄《むだ》だろう。外に干せよ。太陽は無料《ただ》だぞ」

俺がそう咎《とが》めると、二人とも鼻づまりの声で、充血して赤くなった目をこすりこすり、事情を話してくれた。なんでも、花粉の舞い散る時期が終わるまでは、布団や衣類を外に干してもいけないのだそうだ。

「布団に花粉がくっつくでしょう」

「その布団で寝るでしょう」

「そうすると、夜のあいだに炎症がひどくなるでしょう」

「新手《あらて》の拷問だな」

「そうすると、眠れないんだよ」

「たまんないんだから」

というわけで、俺たちが陣取っているキッチンのテーブルのあるところから居間を見やると、電熱器で焼かれて膨《ふく》らみつつある特大の餅——もしくは、宇宙から侵略してきて地球上のものを何でも呑み込み溶かしてしまう怪物——のような白いビニール袋が、布団乾燥機につながれて、「シュー」という音を御供に、ただ今はクッションを五個乾かしている様を観察することができる。

「はぐしゅん」と、今度は哲がくしゃみした。

「なあ」と、俺は言った。「そんな途中で嚙《か》み殺したようなくしゃみをしないで、どんと豪快にやれよ。ハックション！　て」

すると、双子たちは情けなさそうな顔をして首を振った。

「強くくしゃみすると——」

「鼻の奥が痛いの」

「粘膜から血が出ちゃう」

「お医者さんにも——」

「そうっとくしゃみするようにって」

「言われてるんだ」

こういう惨状を呈しているので、当然、双子は医者にかかっているのだ。駅の近くの耳鼻咽喉科《じびいんこう》専門医で、なかなか腕のよい先生であるらしく、診療時間中には、建物の外にまで患者が列をなして並んでいるというほどの繁盛ぶりだという。

「毎日、混んでるんだ」

「鼻や耳や喉《のど》の悪い人が、すごく増えてるんだって」

空気の悪い都市部の耳鼻咽喉科専門医は、どこも大繁盛で、待合室では、一年中、サイゴン陥落のときに出国を求めてアメリカ大使館に殺到した群衆の様《さま》を思わせるような光景が繰り広げられているのだという話を聞いたことはあったが、今出新町のような牧歌的な新興住宅地でも、事情は似たりよったりであるのだ。

さて、話はようやくここで冒頭の会話に戻る。城が崎みやびちゃんという十二歳の女の子は、双子と同じ医者にかかっている杉花粉症の患者で、診察室の隅《すみ》で肩を並べて薬の噴霧器を鼻につっこんで座《すわ》ったことから、仲良くなったのだということだ。

そして、その子が「ミステリーをさらしている」というわけで——

「ミステリーの答えをさがしてるんだよ」と、哲が訂正した。

「どんなミステリーだね？」

たいした熱意もなく、俺は訊《き》いた。親だからといって、子供の行動に、常に百パーセントの興味を抱いていられるわけはない。ましてやこちらは疑似親父である。

「あのね……」と、直がうさぎさんのような赤い目を見開いて乗り出す。

「みやびちゃんの家に——」と、哲も座りなおす。

「新聞が届けられるんだよ」

2

職業的な泥棒《どろぼう》である俺は、いわゆる世間の裏側というものをちょいちょい見ているわけで、そのなかにはかなりびっくりさせられる光景というものもあったりして、その結果、ちょっとやそっとのことでは驚かないだけの神経を持つに至ったと、自分でも思っている。だから、双子の顔をじっくりと見比べて、まずこう言った。

「おまえたち、少し横になった方がいいな」

「え？」

「なんで？」

双子は顔を見合わせ、それからそろって「はぶしゅん」とくしゃみをした。俺はティッシュをとってやった。

「どうして——」

「横になるの？」

「薬のせいで頭がぼうっとしてるんだよ。だから、少し寝たほうがいいと言ってるんだ」

「どこも」

「ぼうっとしてないよ」

俺はため息を吐いた。

「あのなあ。ちゃんと料金を払って契約してれば、誰の家にも、毎朝、毎夕、新聞が配達されるものなんだよ」

なにか言いかけた双子を、俺は手で制した。

「仮に、みやびちゃんの家では新聞をとってないとしてもだ、その場合でも、彼女の家から契約をとりたいと思っているどこかの新聞店が、サービスで、無料《ただ》で入れてるんだろう。そういうことは、よくある。ちっともミステリーじゃないさ」

ところが、双子はにまあっと笑った。

「違《ちが》うんだよ」

「違うって？」

「お父さんが」

「考えてるようなことじゃないの」

「話は――」

「もっとフクザツ」

「ただね」

「僕ら、鼻が苦しくて――」

「ちょっとずつしゃべってるから――」

「わかりにくいけど」

「そういうしゃべり方はやめてくれと、何度言ったらわかるんだ？」

会話を割って行数を稼《かせ》ぐなんて、三文作家がとる姑息《こそく》な手段である。いや、失礼。

面倒臭いので、双子が説明してくれたことをかいつまんで再現してみると、おおよそこういうことになる。

城が崎みやびちゃんは小学校の六年生。両親二人との三人家族で、今出新町の北側に新しく造成・開発されて売り出されている分譲住宅地に、この三月に引っ越してきたばかりの子だ。父親は銀行マンという堅《かた》い職業で、母親は専業主婦。ただし、彼女は元音楽教師で、先々、自宅の居間の一部を改造し、子供向けのピアノとエレクトーン教室を開くという計画を立てているのだそうだ。父親も趣味でピアノを弾くというのだから、なかなか文化的な両親なのである。

　引っ越しから約一ヵ月。新居での暮らしも落ち着いてきて、一家は幸せだった。転校生としてのみやびちゃんの学校生活も順調で、いじめにあうこともなく、友達もたくさんできた。とりたてて言葉にすることもないほどの、平和で幸せな毎日——

　そこへ、新聞が舞いこむようになったのだった。

「地方新聞なんだよ」と、直は言った。

「山形新聞なんだ」と、哲が説明した。

　そうなのだ。十日ほど前から、一日おきに一部ずつ、城が崎家の玄関先に、山形新聞の朝刊が投げ込まれるようになったというのである。

　今出新町は、東京からの通勤圏内であると主張すると、「圏内」という言葉が赤面するようなロケーションに位置している住宅地である。が、しかし、埼玉県内にあることに間違いはない。地理上では、どう考えたって、日本地図を逆さまに見たって、山形よりは東京に近いところに位置している町なのだ。

　もとより、両親のどちらかが山形の出身で、特に注文して故郷の新聞を取り寄せているということではない。みやびちゃんの父親も母親も、この妙な配達物に、共に首をひねっているというのである。

「山形に、親戚がいるってことでもないんだって」

「知り合いもいないし」

「とにかく」

「全然心当たりがないんだって」

しかし、みやびちゃんのパパは銀行マンだ。

「親父さんの昔の上司が山形支店に転勤になってるなんてことはないのかい？」

すると、双子たちは誇らしそうに鼻の穴をふくらませて言った。

「僕らも」

「それは考えた」

「だけどね」

「みやびちゃんのパパの銀行には――」

「山形支店はないんだ」

「福島以北には」

「営業所さえないんだって」

本当に、山形とは何のつながりもないというのである。

「新聞が玄関先に投げ込まれるのは何時ごろのことだい？」

「それが――」

「はっきりしないんだ」

「時間帯はバラバラなの」

「午前中が多いっていうけど」

「バサッていうような音がして――」

「外へ出ていくと」

「庭の芝生の上に落ちてるんだって」

つまり、郵便受けに投げこまれたり、ドアの隙間《すきま》に差し込まれたりするわけではないのだ。通りがかりに、えいっとばかりに放り出してゆくということだろうか。

「そうすると、車が怪《あや》しいな」と、俺は言った。「車の窓から新聞を投げてるんじゃないか」

双子たちもうなずいた。

「でもね」

「みやびちゃんのママは」

「新聞を見つけると」

「まわりを見回して」

「人や車がいないかどうか確かめてみてるんだけど――」

車も人もいるにはいるが、それはすべてただの通行人、ただの通行車両で、今までのところ、同じ車、同じ人間を二度見かけたことはないという。

平日の午前中だと、みやびちゃんとパパは家にはいない。だから、たいていの場合、ママが新聞を発見するのだという。ただ、一度だけ、先週の日曜日の朝には、みやびちゃんが新聞を拾った。そのとき、家のすぐ前の公道を走って行ったのは、

「パトカーだったって」

まさか、公務中の警察官が地方紙の配達をするわけもない。

「わからんな」

「ね？」

「ミステリーでしょう」

「みやびちゃんのママは」

「最初は笑ってたけど」

「今は気味悪がってる」

「みやびちゃんもだよ」

「だけど、こんなことじゃ」

「警察に行くわけいかないし」

「パパも頭が痛いみたい」

「気になるからね」

「だから僕たち」

「知恵を貸してあげるって」

「約束したんだ」

耳鼻咽喉科の待合室で、腕に残ったアレルギー・テストの結果を見せあいっこしながら、そう誓ったのだそうである。

「まあ、いいよ。なんでもやってくれや」

双子が年下のガールフレンド（というほどの年齢でもないが）のために知恵をしぼるのを邪魔《じゃま》することもないだろう。そう思って、放っておくことにした。その晩は双子を外食に連れ出し、学校の様子など聞いて、二人がそこそこ幸せに暮らしていることと、家出した両親からは、最近は何の連絡も入ってこないことなどを確かめ、半分安心、半分がっかりしながら、翌日東京へ帰った。

ところが、それから数日後、自分のねぐらでブラブラしているところに、あろうことか、みやびちゃんのパパが何者かに襲われて、瀕死《ひんし》の重傷を負《お》ったという報《しら》せが飛び込んできたのである。

3

双子からの電話は、まず、俺の契約先であり名義上の雇《やと》い主《ぬし》である柳瀬《やなせ》の親父のところにかかってくる。それから、親父が俺に報せてくるという手順だ。柳瀬の親父は、城が崎家の山形新聞のミステリーについてはまったく知らないので、報せを聞いた俺が、

「しまった」と思わず呟《つぶや》いたときには、

「何がだよ？」と、問い返してきた。

「地方新聞なんだ」

「あん？」

「あれには、なにか意味があったってことだろうな、きっと」

「さっぱりわからん」

「わからなくて当然だ」

このところ、本業の方は暇《ひま》なので、時間は空《あ》けられる。俺はすぐに今出新町めざして電車に飛び乗った。

みやびちゃんのパパの身に起こった今度のことと、地方新聞の一件とはまったく無関係なのか？

いや、そんなことはあるまい。偶然で片付けるにはちょっとできすぎているという気がする。地方新聞による無言の威嚇《いかく》と、そのあとの実力行使――そう考えたほうが、自然だ。

ひょっとすると、あの山形新聞の一件は、とんでもない凶悪な一面を隠しもった氷山の一角だったのかもしれない。そう思った。だとすると、双子たちが「はぐじょん」などといいながら捜査に乗り出したことは、かなり危険だったのかもしれない。あるいは、あいつらが「はぶしょん」などといいながらあっちこっち嗅《か》ぎ回ったことが、今回のみやびちゃんのパパの災難を引き起こしたのかもしれない。

平日の日中なので、うららかな陽《ひ》がさしこむ車両のなかはガラガラである。座席にもたれ、反対側の窓ガラスに額にしわを寄せた自分の顔が映っているのをぼんやりながめながら電車に揺られていると、

「こんにちは」

と声がした。同時に、淡い香水の匂《にお》いが漂ってきた。

見上げると、そこに、灘尾礼子《なだおれいこ》先生がいた。彼女は俺の隣に腰をおろし、きちんと膝《ひざ》をそろえた。

驚きである。

礼子先生は、哲の中学の担任教師である。双子たちは別々の中学校に通っているのだが、ちょっとしたいきさつがあって、彼女は直のこともよく知っている。俺のことも多少は知っている。もとよりそれは、俺が双子の父親である、という認識でしかないのだが。

「こんな時刻にお帰りですか？」

彼女は、俺が今出新町の双子の家に帰ってゆく途中であると思っているのだろう。ちょっと首をかしげてそう尋《たず》ねた。

不審に思われて当たり前だ。サラリーマンの父親なら、平日の昼間に帰宅したりするわけがない。そして、双子の本当の親父である宗野正雄《そうのまさお》という男は、会社を辞《や》め子供をすてて秘書と駈《か》け落ちするという所業をやらかすまでは、きわめてまっとうな人物であったらしいから、なおのことである。

付け加えておくと、彼は子供は捨てたが「家庭」は捨てたとはいえない。なんとなれば、彼の家出とちょうど同じ時に、キャリア・ウーマンであった彼の妻も、愛人と手に手をとって逃げてしまったからだ。残されたのは子供、つまり俺の双子たちだけだったのである。

「お加減でも悪いんですか？」

礼子先生は、重ねてそう問うた。これもまた、当然の質問である。会社を早退《はやび》けしなきゃ、こんな時刻に家に帰れるわけがない。ということは、身体《からだ》の具合いが悪いのだ——

ある統計によると、平均的働き蜂サラリーマンが「こりゃ駄目だ、今日は会社を休もう」と思うのは、三十八度以上発熱したときだという。それ以下の発熱で早退けするると、お役目よりも我が身を大事にしているというレッテルを貼られてしまうのだ。だから、もし、礼子先生がその統計について知っているという確信があったなら、俺は迷わず仮病《けびょう》を装っただろう。

だが、現実には、彼女がそんな統計に興味を持っているかどうかわからなかったし、今現在の俺は、どうみても病人の顔色をしてはいない。だから、こう答えた。

「このところ、土日返上で働いてたんです。ずっと家にも帰らないで、マンションに泊まってました。今日はやっと午後の時間が空いたので、子供たちの様子を見に帰ろうと思いまして」

家出前の宗野夫妻は、とてつもない遠距離通勤になる今出新町のマイホームを嫌って、都心にマンションを借りていたのだ。

「そうですか」と、礼子先生は笑顔になった。

「先生こそ、こんな時刻にどうなさったんですか?」

時刻は午後二時を少しすぎたところだ。中学校のカリキュラムだと、まだ授業がある時間帯ではないか。

「今日は開校記念日でお休みなんですよ。哲くんから聞いていらっしゃいませんか」

と、彼女はにこにこした。

「開校記念日?」

「はい。十周年になるんです」

「はあ……、それで東京に?」

「そうなんです。知人に会いに」

デートかなと、一瞬思った。面白《おもしろ》くないね、と思った。それを察したわけでもないだろうが、礼子先生は、大きめの黒いハンドバッグの蓋《ふた》を開《あ》け、なかから新聞を一部取り出すと、説明した。

「大学時代の先輩が、ジュエリー・デザインをしてるんですけど」

「宝石ですか」

「はい。先生筋にあたる人のデザイン工房から独立して、初めて個展を開いたんです。それを見に行ってきました。ほら、これ」

彼女は新聞を大きく広げて「話題のひと」という囲《かこ》み記事を示した。

「ちょっと待ってくださいね、読みやすいようにたたんでお見せしたほうがいいみたい」

通勤電車のなかで、新聞をはがきぐらいの大きさにコンパクトにたたんで読んでいる人を見かけたことがあるだろうか。あれはなかなか見事な業《わざ》である。そして、ああいうことをしているのは、決まって「お父さん」たち——中年男性たちだということに気づかれたことはないだろうか。

どういうわけか、女性はくわえタバコと車両内での新聞の立ち読みが下手《へた》クソである。立ち読みというか、新聞をたたむことが下手なのだ。ガサゴソと音をたてて大判の紙面をひねくりまわし、結局くしゃくしゃにしてしまう。礼子先生もその例にもれないようなので、俺は助け船を出すことにした。

「たたみましょうか」

「あら——すみません」

いい加減ぐしゃぐしゃになっていた紙面を、今度は苦労してもとに戻しながら、礼子先生は俺に新聞を渡した。俺は、問題の囲み記事が上に出るようにして、それを八つに折った。

「どうしてそういうふうに巧《うま》くできないのかしら」と、礼子先生は首をひねっている。

俺にもわからない。いくらフェミニズム団体が怒ろうと、こればかりは永遠の謎である。

「初の個展と即売会　ジュエリー・デザイナー伊藤品子《いとうしなこ》さん」

見出しの下に、美人だが目のあたりの線が妙にきつい、三十歳ぐらいの女性の写真が載《の》せられていた。赤ん坊のこぶしぐらいありそうな大きなイヤリングをして、さりげなく胸元にあげた右手の指にも、リングがふたつはめられている。

個展が開かれているのは、銀座のあるギャラリーのなかだった。俺はファッションとしてのジュエリーのことにはとんと疎《うと》いが、職業的な泥棒として、宝石の金銭的な価値については、それなりの興味がある。だから、記事のなかに描かれている「三・五カラットのエメラルドをはめこんだシガレットケース」とか「天然真珠三十粒を贅《ぜい》沢《たく》に使用したアンクレット」などという口上が事実だとしたら、かなり胸躍る話だな、と思った。

同時に、伊藤品子というこの女性は、銀座のギャラリーで個展を開くための金や、この種の作品を作り上げるときにかかった材料費などをどこから捻出しているのだろうかと、そちらの方も気になってきた。

「いいパートナーがいるみたいです」と、礼子先生が言った。

俺は驚いた。今の疑問を口に出して言った覚えはなかったからだ。

「なんのことです？」

「あら、いいえ」と、彼女は口籠もった。

「この話をすると、皆さん、若い女性がこういう個展を開くのは大変でしょうねって、そのことばかり不思議がるので、つい……」

「そりゃまあ、そうでしょうね」俺はうなずいた。「たしかに今、金がかかるんだろうなあと考えていました。それをあんまりぴったりと当てられたので、ちょっとびっくりしただけですよ」

「そうですか」

礼子先生は笑顔を取り戻した。それから、駅につくまで他愛無い世間話ばかりしていたが、今出新町へ行く道中が長く感じられなかったのは、俺としては、これが初めての経験だった。

どういうわけか、学校の話はあまり出てこなかった。礼子先生も今日の若い女性であり、そうそう仕事のことばっかり考えているわけではない、ということかもしれない。ただ、最後の方になって、話題がひとめぐりし、また伊藤品子氏の個展の話へと戻ると、彼女はこんなことを言った。

「時々ふっと、わたしも、品子先輩みたいな仕事をしたいと思ったりすることがあるんです」

「デザイナーですか」

「とは限りませんけど——ああいう創造的な仕事ですね」

「仕事はみんな創造的なもんだと思いますよ」と、俺は言った。「非創造的な仕事なんてありますかね？　特に先生は、生身の子供を育ててるんだ。これにまさる創造はないと思うが」

礼子先生は、つと顔を赤らめた。

「わたし、そんなに優秀な教師じゃありません」

哲の様子を見ているかぎり、無能な教師でもないと、俺は判断する。

「でも、嬉しいです。教師なんてつまんないなんて、ちょっと考えたりしたものですから。恥ずかしいですね。宝石に目が眩《くら》んだのかもしれません」

「そんな凄《すご》いものがありましたか？」

「ありました。ただ、五カラットのダイヤの指輪とか、そういう最初から桁違《けたちが》いのものには、そうそう惹《ひ》きつけられたりしないんですね。魅せられはするけど、現実離れしてますから、欲しいとは思いません。欲しくなるのは、きまって、もうちょっと手の届きやすいものです」

そういうものかもしれない。

「どんなものが欲しいと思われたんです？」

礼子先生が少しひるんだ様子を見せたので、俺は急いで謝った。

「いや、失礼。つい好奇心旺盛になってしまいまして」

用心深く、付け加えることにした。

「うちの女房なんて、今は仕事一途ですからね。鬼ババアのように髪振り乱して働いているだけで、宝石を見て心を動かされるようなことはないようなんです。それも少し味気ないもんですよ」

「そうかしら」と、礼子先生は微笑した。「でも、わたしが欲しいと感じたのも、身につけるものじゃなくて、どちらかと言えば実用的な宝石でした」

「実用的な宝石なんてあるんですか」

「ええ。水晶でできたハンド・クーラーなんです」

とっさに、俺は、外側が水晶でつくられているカー・クーラーを思い浮べた。ハンディなクーラーと言ったら、それぐらいしか思いつかなかったのだ。

「なんです、それは」

礼子先生はくすくす笑った。「水晶の玉です。わたしがいいなあと思ったものは、少し平たくて、錠剤みたいな形をしていましたけど。手に持つと、ちょうどいい具合に重くて、本当に気持ちよく手のひらを冷やしてくれるんです」

「手のひらを冷やすと、なにかいいことがあるわけですか」

礼子先生が笑いながら説明してくれたところによると、ハンド・クーラーというのは、その昔（現在でもヨーロッパあたりのある社会階層では）、社交界に初めてデビューする若いお嬢さんたち（デビュタントと呼ぶのだそうだ）が、パートナーとワルツを踊るとき、手のひらが緊張で汗をかき熱くなっているとスマートではないので、ダンスの前に手のなかに握り、手のひらを冷やすためにつくられたもののことを差しているのだそうだ。ガラス製のものもあるが、宝石でつくられているものの方が高級品であることには間違いがない。

「とってもきれいなんですよ。文鎮《ぶんちん》に使ったらいいなあなんて思って、見惚《みほ》れてしまいました」

礼子先生が、白い便箋《びんせん》の端を水晶の文鎮で押さえながら、ペンで手紙を書いている——その光景を想像しているうちに、今出新町に着いてしまった。

4

双子の家の居間のソファにちょこなんと座って、城が崎みやびちゃんはココアを飲んでいた。

「ママが、いつもお兄ちゃんたちにお世話になってます、よろしくと言ってた」

なかなかに躾《しつけ》のよい、可愛らしい顔立ちの女の子である。しかし、目元口元がいささかきりっとしすぎているきらいもある。将来、ティーンエイジャーになったら早々に、近所の不良少年たちに混じってぶいぶい言わせそうな女の子でもある。みやびという名前が勲章となるか烙印《らくいん》となるか、微妙なところだ。

「パパの具合はどう？」

「死にはしないって」と、みやびちゃんはあっさり答えた。「ママ、大げさなのよ。近所の人たちに、パパが今にも死にそうだなんて叫んでまわったんだもん」

双子がテーブルの端で顔を見合わせている。俺は彼らに訊いた。

「どの程度の怪我《けが》なんだ?」

「腕が折れてて――」と、哲。

「頭を打ってる」と、直。

「意識ははっきりしてるの」と、みやびちゃんが割り込んだ。「パパ、警察の人にきかれて、酔っ払って土手から落ちたんだって答えてた。ママが恥ずかしがって、そんなはずない、お財布がなくなってたから、きっと強盗に遭《あ》ったのよって、あわてて言ってたけど」

双子の補足説明によると、城が崎氏は、昨夜零時すぎに帰宅途中、今出川の土手道を歩いていて、この奇禍に遭ったのだという。午前二時ごろに、パトロール中の巡査に発見されて病院に運びこまれてからも、明け方まで人事不省の状態だったというのだから、半端《はんぱ》ではない怪我だったのだ。

襲われたのか? はたまた自分で転んだのか? それは定かではない。ただ、警察の調べと、氏が担ぎこまれた救急病院の医師や看護婦たちの話によると、当夜の氏はアルコールをかなり大量に摂取していたことに間違いはないということだ。

「息が匂ったんだって」と言って、みやびちゃんはココアを飲み干した。

俺はまた考えた。今度の件と、不可解な山形新聞の一件とは、なにかつながりがあるのだろうか？

その辺のことを、みやびちゃんにも尋《たず》ねてみた。すると彼女、生意気にもテーブルの下で足を組みながら、

「ママは関係があるって思ってるみたい」とお答えになった。

「怖《こわ》がっているようかい？」

「ママはなんでも怖がるの。エレクトーン教室を開いても生徒が一人もこなかったらどうしよう。パパの会社が倒産したらどうしよう」

「銀行は」

「つぶれないよ」

双子が口をはさんだ。するとみやびちゃんは言った。

「そうなの。だから、ママはパパと結婚したんだって。銀行勤めなら、将来に心配がないからって。でも本当は、国家公務員がいちばんいいのよね？」

「そんな――」

「もんかな?」

「そうよ」と、みやびちゃんはうなずいた。「だってさ、金利が完全自由化されたら、銀行のなかにだってつぶれるところが出てくるもん。ねえ、おじさん、そうじゃない？」

俺は黙って天井《てんじょう》を見あげた。

「うちのパパは、いろんな会社がボコボコつぶれていくのを見てるから、もう慣れっこになってるみたいだけど、でも、自分とこの経営が危なくなったらどうしようかって、それを考えるとたまらないって言ってた」

「みやびちゃんのパパは銀行の融資課にいるんだね？」

「そうよ」

銀行の融資課は、「強きを援《たす》け弱きをくじく」ものの代名詞みたいなところだ。大手にはいくらでも金を貸すが、本当に融資を必要としている零細企業や個人にはまず貸さない。

「お父さん」と、哲が言った。

「みやびちゃんのパパが――」と、直が言った。

「誰かに恨《うら》まれてると思うの？」

「それが今度のことの原因だって――」

「そう思うの？」

「そうかもしれないよね」と、俺より先にみやびちゃんが答えた。「だから、お兄ちゃんたち、あたしをうちまで送ってくれない？」

「俺も一緒に行こう」

俺は立ち上がった。みやびちゃんのママに会ってみたいと思ったのだ。

結論から言うと、みやびちゃんのママは、実に普通のお母さんだった。十年前には新妻で、その三年前には新米ＯＬだったんだろうな――としか想像することのできないタイプの女性だ。

みやびちゃん一家の家は、新興分譲地のいちばん東の端に位置していた。玄関のドアや窓の上に、洒落《しゃれ》た感じのヒサシがくっついた洋風建築の家である。

しかし、住居環境としては、あまり良好とはいえなかった。膝ぐらいまでの高さのブロック塀《べい》ひとつと、一メートルほどの幅の私道というか土地のきれっぱしと言うか、とにかくその程度の余裕しか残さずに、すぐ脇《わき》を、大型トラックの行き交う幹線道路が走っている。俺たちが門を通り抜け、新聞の投げこまれる芝生の上を玄関の方へと歩きだしたとき、鉄パイプを満載した十トントラックが通過していったが、そのあおりをくって、庭のそこここにあしらわれた植込みや、鉢植えの花々が、ひとしきり揺れて騒いだ。騒音も凄い。地鳴りのようだ。

「ひどいな、こりゃ」と、俺は小声で双子に訊いた。「いつもこうなのか？」

双子はそろってこっくりした。

みやびちゃんのママが戸口で我々を迎えてくれたので、少し立ち話をした。双子たちは、みやびちゃんに手を引かれ、

「今日のお昼にも、また投げこまれてたの」という新聞を見せてもらうために、家のなかに入っていった。

「宗野さんのお兄ちゃんたちには、いつもみやびがお世話になっております」

いやいやこちらこそ、という話のあと、俺は話題を山形新聞の方へもっていった。

「みやびが話したんですか？」

「ええ。うちの子供らが聞いてきましてね。そのうえ、今度はご主人がこんな事故に遭われて——気になりませんか」

ママは目元に小じわを寄せながらうなずいている。しばらくの沈黙のあいだにも、背後で激しい轟音《ごうおん》がとどろいて、足元の地面が揺れた。

「正直に申しますと、気になりますの。ですから主人にも訊いてみたんですよ。なにか、こんな目に遭わされるような覚えがあるかって」

「ご主人はどう答えられました？」

「なにもない、と」ママはため息をつき、ちょっと笑った。「本当に覚えがないんだそうですわ」

「しかし、気味の悪いことですね」

「そうですね……いったい何かしら」

「みやびちゃんの耳鼻科への行き帰りは、うちの子供たちが一緒になるように注意しておきます。まあ、絶対に大丈夫《だいじょうぶ》だと思いますが、何があるかわからない世の中ですからね」

「本当に」と、ママはうなずいた。「お心遣い、ありがとうございます」

そこへ、双子が戻ってきた。直の手に新聞が握られている。

「今日はこれが投げ込まれたんだって」

受け取って見てみると、昨日の朝刊だった。一面に、宮沢内閣の支持率についてのアンケート結果が載せられている。このアンケートについては、俺も昨日、うちでとっている新聞の朝刊で見た記憶があった。

全国紙よりも薄いというだけで、当たり前のことだが、どこにでもある新聞である。一面の左端には、色鮮やかな日本画のカラー写真が載せられている。地元の美術館を特集した続き物記事であるようだ。

「おかしいんですよね」と、ママは片手を頰《ほお》にあてて首をかしげている。

「山形にお知り合いは？」

「いませんの。本当に、一人もいません」

地方紙には、その地方で起こった出来事が大きく報道され、続報も細かく載せられる、という特徴がある。事件ものに限らず、寄付だとか、創立だとか、受賞とか、細かなトピックもちゃんとフォローして載せているものだ。それだからこそのローカル紙なのだから。

この山形新聞に、みやびちゃんの一家とつながりのある出来事が載せられているのだろうか？　俺がそれを問うと、ママは首を振った。

「主人の事故のことを調べている警察の方も、わたしがこの新聞投げ入れのことを話すと、すぐに同じことを訊いてきましたけど、そんな心当たりはありません。わたしも、主人も、この新聞が投げ込まれ始めたときからずっと気をつけて記事を読むようにしてるんです。なにか自分たちに関係のあるものが載っているのかもしれないでしょう？　だけど、そんなものはどこにも見当りませんでした」

　そのとき、また、ガタガタと空気をゆさぶってトラックが通りすぎた。俺は思わず首を縮《ちぢ》めたが、ママは平気な様子でいる。

　トラック。振動。

「奥さん、毎日こんなふうに大型車が通るんですか？」

　ママはうなずいた。「そうなんです」

「夜間も？」

「いいえ、夜はずっと静かになります。住宅地ですから、通行規制があるらしくて」

「朝はどうです？　何時ごろから大型車が走り始めますか？」

「さあねえ」ママはちょっと考えた。「六時ごろからかしら」

　それで、決まった。

　俺は双子に張り込みを命じた。

「トラックを探すんだ」と言った。「俺は、新聞を投げ入れていくのは、早朝にあの家の脇を通り抜けるトラックだと思う。一日おきに投げ込まれるんだから、そう長い間張り込む必要はないよ」

予想はあたった。

5

翌日の夕刻――

俺のチェロキーの後部座席に並んで座り、半分だけおろした窓に頭をくっつけるようにして、双子は外をのぞいている。俺は車から降りて、助手席のドアの前に立ち、タバコをふかしながら、「矢野《やの》宅配サービス」の看板を見上げていた。今出新町と隣町との境界線にほど近い、丘のふもとの一角である。

コンテナトラックが六台、駐車場におさめられている。端の方でその一台を洗車している従業員が、濃紺のつなぎを着た背中をこちらに見せているほかには、人影はみえない。事務室には明かりがついている。社名の脇にかかげられた「業務案内」と「従業員募集」の看板の方も、スポットライトのような照明がきちんと照らしていた。

「ここは、女性の運転手さんも採用してるんだね」

直が、感嘆したような声で言った。

「特別重いものを扱う場合は無理だろうけど、普通の宅配サービスだったら、女性でも充分こなせるんだろうさ」と、俺は言った。宅配業者を装って部屋に入りこみ、若い娘を襲う輩が出没する今日日のご時世だ。配達員も、むしろ女性の方が歓迎される場合だってあるかもしれない。

事務所に踏み込んでゆくのは気が進まなかった。向こうが大勢いるところでは、どうしてもこちらの方が心理的に不利になる。だから、誰か出てきてくれないものかな……と思って先ほどからずっと待っているのだ。

「だけどさ、お父さん」

「どうやって見抜いたの？」

「見抜いたなんて大げさなもんじゃない」

俺の考えた新聞投げ込みのトリックは、きわめて簡単なものだった。早朝、「犯人」の車は、おそらくは業務のために、みやびちゃんの家の脇の道路を通るのだろう。そしてその時、その運転手が、窓から、みやびちゃんの家の玄関のヒサシに目がけて、山形新聞を放るのだ――というものだ。

あとは、時に任せておけばいい。家の脇の道路を走り抜けてゆく大型車の騒音、振動が家を揺るがし、少しずつ新聞の位置をずらして、そのうち、芝生の上に落としてくれるからだ。

「だから──」

「新聞が発見される時刻が」

「バラバラだったんだね」

　そのとおり。そして、どんぴしゃり、張り込みをしていた双子は、今朝六時に、通りがかりの「矢野宅配サービス」のコンテナトラックの窓から、濃紺の作業着の袖《そで》がのびて、城が崎家のヒサシにむかって新聞を放る瞬間を目撃したのである。

　双子は、すぐに通りすぎてしまうトラックの運転者の顔を見ようとはしなかった。その代わり、ナンバーを覚えて控えておいた。

　そのナンバーのトラックが、手前から三番目に停《と》められている。

「ねえ」

「いつまで待つの？」

　俺が答えるより先に、事務室のドアが開いて、男が一人、外に出てきた。やはり作業着を着ている。洗車を終えてホースをたたんでいる同僚の方をちらっと見てから、駐車場を横切ってこちらへやってきた。

「こんばんは」と、俺は声をかけた。

　男は足をとめた。四十になったかならないかぐらいの、ごつい顎《あご》と大きなグリグリ目が特徴的な男だった。体格はさほど大きくないが、腕や肩、つなぎのズボンに包まれた太腿《ふともも》のあたりなど、筋肉の固まりという感じだった。

「人を探してるんですが」と、俺は切りだした。「お宅の従業員で、赤の他人の家に、頼まれもしないのに地方紙を投げ込んでゆくのがいるんですよ」

作業着の筋肉マンは、しげしげと俺を見つめた。それから、俺のうしろに首を出している双子の顔を見つめた。直か哲か、それとも二人一緒だったかもしれないが、ごくりと唾《つば》を飲み込んだのが聞こえた。

「面白い」と、筋肉マンは言った。今度は、俺も喉がごくりとしそうになった。

「ついてくるといい。近所に、静かでコーヒーの旨《うま》い喫茶店があるから」

喫茶店まで御供したのは、俺一人だった。

「事情は知ってるというわけですか？」と、俺は切りだした。

作業着の筋肉マンは、名前を矢野辰男《たつお》と名乗った。なんと、矢野宅配サービスの社長なのである。俺もドライバーだし、普段は社長だなんて肩書きを意識することはないけどね、と言う。

香り高いコーヒーをあいだにはさんで、俺はここまでの経過を説明した。社長は黙って聞いている。ときどき、旨そうにコーヒーをすするだけだ。

「こちらとしては――」と俺が言うと、ようやく顔をあげた。

「余計な差し出口をするつもりはないんですがね。ただ、おたくの従業員の誰か――つまり、あの家に山形新聞を投げ込んでいる人物が、城が崎氏が大怪我した一件にも関《かか》わりを持っているのかどうか、それだけは知りたいんですよ、どうなんです？」

じっと見据《みす》えても、社長は俺を一切無視しているかのように、悠々《ゆうゆう》とタバコに火をつけた。

やがて、独《ひと》り言のように言った。

「昔、あるところに、運送会社があった」

俺は黙って彼を見つめた。

「小さな運送会社だった。家族経営で、従業員は、事務員も含めて二、三人いるだけだ。自分も運転手である社長は還暦を迎えたところだが、まだまだ元気で現役のドライバーだった」

彼はため息のような吐息をはいた。

「運送業界では、零細企業の道は険しい。それでも、その社長も、家族も、従業員たちも頑張《がんば》っていたから、会社はそこそこの営業成績をあげていた。暮らしはかつかつだったが、それに文句をいう者は一人もいなかった」

彼は口をつぐんだ。俺は先を促《うなが》した。

「ところが？」

矢野社長は目をあげて俺を見た。

「なぜ、『ところが』と続くと思うんだ？」

「そうでないと、起承転結がない」

彼は笑った。笑うと、屋外で長時間を過ごしている人間にしかできない健康的な笑いじわが、目尻に刻まれた。

「そうなんだ。ところが、その社長が、どうしても欠くことのできない義理のある取引先から、一枚の手形を渡された。というと聞こえがいいが、実質的には押しつけられたんだ。手形での商売などしたことのなかった社長は、その恐さを知らなかった。で、結局はそれがケチのつき始めになった」

押しつけられた手形は、悪質な融通手形だったのだという。取引の裏付けのない、資金繰りのためだけに切られる危険な手形だ。

「それでなくても、社長のところは自転車操業だ。最初に押しつけられた手形のために、どんどん資金繰りが悪くなっていった。それで、支払いを先にのばすために、それまでしたこともないのに、手形を切るようになった。しまいには、融通手形まで切るようになった。これではいけないと、税理士や経理の専門家のアドバイスを受けて、あわてて経営の建直しにかかったのが、そう……今から二年ほど前のことだったかな」

彼はタバコを灰皿でもみ消した。

「しかし、結局は、その建直しも失敗におわった。最後の一枚の手形を、たった一時間の差で決済することができなかったんだ。そのために不渡りを出して、倒産した」

一家は離散し、父親である社長は、失意のうちに間もなく死んだ——

「残された子供たちは二人。旦那《だんな》を亡《な》くしてがっくり老けこんじまった母親を抱えて、ずいぶんと世間を恨んだと思うぜ。ひねた人間じゃなかったから、そのあと、それぞれきちんと就職したがね」

「二人とも、トラックの運転手か」

「そうだ。一人は、自分のトラックを持っていて、請負《うけおい》で長距離の仕事をしている。もう一人は、うちで働いてる」

その「もう一人」の方が、城が崎家に山形新聞を投げ込んでいる犯人なのだ。

「それですっきりするよ」俺は言った。

もともと、俺は、新聞が一日おきに投げ込まれる、というところで、すぐに長距離トラックの運転手を思い浮べていた。ただ、そこから先がつながらなかったので、双子に張り込みを頼んだのだった。

「だけど、おたくのトラックの運転手が新聞を投げ込んでるんだとわかったときは、推測がはずれたのかとも思ったんだ。宅配便のトラック――特に、おたくのような小さな業者のトラックは、定期的に遠方へ出かけていったりはしない。長距離トラックとは違う。だが、山形で新聞を買ってくる運転手と、それを城が崎家へ投げ込む運転手と、二人いるんだとしたら、疑問点はなくなる」

矢野社長はうなずいた。「二人は仲がいいんだよ。半年前に、おふくろさんも亡くしたばかりだしな」

「それは気の毒に」

「二人は就職し、新しい生活を築き始めた」と、社長は話を戻した。「ところが、そんなある日、二人の子供たちのうちの、宅配サービスの方に勤めた方が、配達の途中で、夢にも忘れたことのない人間の顔を見かけたんだ」

銀行の融資課の課長の顔だ、という。

「あの時――たった一時間を待ってくれなかった銀行員だ。一時間だけ、一時間だけ待ってくれれば、全額決済できたのに。それをしてくれなかった。その銀行員だ」

「それが城が崎氏か」

社長はうなずいた。「二人の子供たちは、彼に対する怒りを収めることができなかった。少しでも、自分たちの思いの一端でも、彼に伝えたいと思った。だから山形新聞を投げ込み始めたのさ」

がっちりした肩をすくめてから、社長は俺の目を見た。

「罪のない悪戯《いたずら》だよ。新聞を投げ込んだ。ただそれだけのことだ。それだって、二人のうちの長距離をやってるほうが、このところたまたま山形での仕事が続いていて、それでふっと思いついたことだったんだ」

「なんで山形新聞なんだい？」

「自分で考えろ」と、社長は笑った。「城が崎さんは気がついてないか？」

俺は首を振った。「気づいていて隠しているのだとしたら、よほどの芝居上手《じょうず》だということになる。女房子供にもヘンだと思われていないんだから」

「もともと、そういうふうにできている人間なんだな」と、社長はつぶやいた。「心が冷たい――」

「仕事だからさ」

「顧客の頼みをきいて、たった一時間待つことさえできない。それが仕事か？」

「銀行には銀行の内部事情があるんだろうさ」

しばらくのあいだ、社長は大きな手のなかでコーヒーカップをひねくりまわしながら考え込んでいた。やがて、こう言った。

「もう、やらないと思うよ」

「気が済んだからかい？」

「さあな。だが、俺が言ってやめさせる。徒労のようだからな」

確かに、山形新聞が投げ込まれていることについて、城が崎氏は首をひねっているが、怯《おび》えている様子はないと、俺は話してやった。

「救いようがねえな」と言って、伝票に手をのばしながら、社長は立ち上がった。

「言っておくが、城が崎があんな目に遭ったのは、その二人のせいじゃないぞ。彼が大怪我をした夜には、二人ともちゃんと家にいた。城が崎は酔っ払って転んだんだろうよ。財布が失《な》くなったのだって、土手から転がり落ちた拍子《ひょうし》に、どこかへ落としたからだろう」

「それを信じていいのかね？」

「俺はウソはつかない」

そして、社長は出ていった。

城が崎氏が退院するまで、それから四十日ほどかかった。

そのあいだに、行方不明になっていた氏の財布も発見された。矢野社長が言っていたとおり、川原の雑草のあいだに隠れるようにして落ちていたのだった。

やはり、彼は酔っ払って足を踏《ふ》み外《はず》し、土手から転げ落ちたものであるらしい。そ れほど酔わねばならぬくらい、ストレスが溜まっていたのだろうか。まともな宮仕えの経験に乏《とぼ》しい俺には、想像もつかないことだ。

俺が矢野社長に会いに行ってからというもの、山形新聞の投げ込みは、ぴたりと止まった。二度と繰り返されなかった。

ただ——

「みやびちゃんのパパが」

「退院するとき」

あとになって、双子が電話で報告してきたことだ。

「パパを車に乗せてうちに帰ってきて、しばらくしてみやびちゃんとママが買物に出かけると、家のすぐ裏手に、タバコの吸い殻が二本と、新聞が一部落ちてたんだって。近所の人に訊いたら、ちょっと前まで、そこに大きなコンテナトラックが停まってたっていうんだよ」

矢野宅配サービスに勤める「犯人」の一人が、みやびちゃんのパパの退院してくる様子を見届けるために、そこで張っていたのかもしれない。

「その新聞がね」

「山形新聞だったんだ」

「今度のは、読みさしって感じで」

「ページがごちゃごちゃに乱れて、くちゃくちゃにたたんであったってさ」

「待ってる間に」

「『犯人』が読んでたのかもしれないね」

それを聞いて、俺は五分間ほど考えた。それから立ち上がり、部屋の隅に山積みにしてある古新聞のところへいって、あの日、城が崎家を初めて訪ねたとき、直がもらってきた山形新聞を広げた。

新聞記事は、毎日変わる。テレビ欄でさえ変化する。囲み記事にしろ、ある特定の言葉や数字が毎日出てくるという可能性はきわめて少ない。

それなら、山形新聞を投げ込んだ「犯人」は、いったい何を城が崎氏に見せたかったのだろう？　山形新聞に載せられている、一定の数字、一定の言葉か？　新聞を開けばいつも載せられている言葉か？

それは、いったいなんだろう？

電話をかけると、矢野社長は不在だった。出張で三日間留守にするという。連絡をくれという伝言と、親父の事務所の電話番号を残して、俺は電話を切った。

その三日目に、柳瀬の親父の事務所に、俺の分け前が届けられた。今度の仕事では、俺は情報を流して手引きしただけだったので、取り分は少ない。

「水晶玉なんかもらってどうするんだい？」

と、柳瀬の親父は目をむいている。

「綺麗《きれい》だろ」

「そりゃ綺麗だが、女の子じゃあるまいし、大の男が水晶玉で喜んでるようじゃしょうがねえ。それともおまえ、占いでもやるのか？」

ハンド・クーラーか、と、俺は思った。デビュタントたちの、快い興奮のほてりをとるための宝石。平べったい球体で、手のひらにすっぽりとおさまるその水晶の固まりは、たしかにとても冷たかった。

鬱屈《うっくつ》や、考えたくない出来事を心の隅に押し込め、何事もなかったように暮らしてゆくために、誰でもハンド・クーラーのようなものを持っていて、頭を冷やしている――

そんな気がする。城が崎氏が転んで大怪我するほど酔っ払うことがあったのも、彼の人間的な側面を説明することではないか……。

さて、この水晶玉に、どんな口実をつけて、礼子先生にプレゼントしようか。ほとぼりが冷めるまで、しばらく我慢はしなければならないだろうが。

だってそうでしょう？　まさか言えないじゃないですか。俺はプロの泥棒で、ジュエリー・デザインをしているあなたの大学時代の先輩が個展を開いているという話を聞き、ちゃっかりと仲間にその情報を流して、代償としてこれを手に入れたんですよ、とは。

しかし、伊藤品子さんの個展は警備が甘かった。

「妙なヤツだな、ニタニタしやがって」と、柳瀬の親父は言っている。

ちょうどそのとき、電話が鳴った。矢野社長からだった。俺は言った。

「なあ、あんたのところに勤めている『犯人』が誰だか、それはわかったよ」

「ほう。誰だ？」と、彼は面白そうに言った。

「名前はわからないが、女だ。山形新聞をくちゃくちゃにたたんで読みながら、城が崎家を見張ってたろう？　あんなふうに新聞をたたむのが下手クソなのは、女だよ」

矢野社長は笑った。「うちじゃ、女性ドライバーを募集してはいるが、なかなか集まらない」

「じゃ、いないっていうのかい？」

「いや、いるよ。一人だけ」と、彼は言った。

「俺の女房さ」

なるほど。だから、彼はあんな態度をとっていたのだ。

「それともうひとつ――」

「なぜ山形新聞だったのか、という謎も解けた」

「なんだい？」

親父が耳をそばだてている。電話の向こうで、矢野社長が含み笑いするのが聞こえた。

「あんたの奥さんとその兄弟の親父さん――亡くなった運送会社の社長が、たった一時間の差で決済できなかった手形の額面が、九百九十万円だったからさ。奥さんたちは、城が崎氏がその数字を覚えているか、もしくは思い出す可能性があると思っていた。それほどに、あの手形の決済の件は、彼にとっても重大な出来事だったろうと思っていたからだ。なんせ、一時間の差でひとつの会社がつぶれるか存続するかが決まったんだからな。そうだろう？」

しばしの沈黙のあと、矢野社長は答えた。

「そうだ」

「城が崎氏をかばうわけじゃないが、忙《いそが》しい銀行の融資課の課長は、いちいちそんな金額を覚えちゃいられないよ。実際、彼は覚えていなかった。だから、９９０という数字を見ても、何も感じなかった。いや、だいいち、９９０という数字に気がついたかどうかも怪しいもんだ。彼にとっては、あんたの奥さんの親父さんの会社の手形の一件なんて、たいして記憶に残るようなたぐいのものじゃなかったんだ」

そんなことは、よくあることだからだろう。しかし、だからこそ、彼は時々死ぬほど酔っ払わねばならないのだ。

「覚えていなかった。そうだ。あいつはそういう人間だ。だから、客のために一時間を待つことができないのさ」と言って、矢野社長は電話を切った。

「どういうことだ？　説明しろよ」

親父が詰め寄ってくる。山形新聞の一面の、上段の右肩にある一角を指でたたいて、俺は言った。

「ここ。ほら、『山形新聞』と刷ってある。その下に、発行元である山形新聞社の住所と電話番号も刷ってある」

「刷ってあるな、うん」

「これだけは、毎日変わらない。会社が引っ越さないかぎり変わらない。『犯人』が見せたかったのは、これだったのさ」

もっとも、城が崎氏はそれには気づかなかったが。無理もない。こんなに小さく刷られているだけの数字だ。

山形新聞社の所在地の郵便番号は、９９０なのである。

ミルキー・ウエイ

Milky Way

1

六月、七月は金が歌う月だ。そう、ボーナスというやつね。近年、こいつを「現金で手渡し」という形で頂戴するのは、民《たみ》のしもべ公務員の皆さんと、我々裏稼業の人間だけである。もっとも、正確に言うならば、我々の場合は、皆さんがもらったボーナスを、比喩的な意味で〝夜陰に乗じて〟いただきにあがるのだが（つまり、盗難は、案外まっ昼間に起こることが多いという意味だ。ご用心、ご用心）。

そういうわけで、このところ実入りのいい仕事が続いたので、懐《ふところ》が暖かい。世の中のすべてのものに対して寛大になれるような気がする。壁を這《は》っているゴキブリを見つけても、スリッパを投げつける前に、二秒ほど（見逃してやってもいいかな）と考える心の余裕が生まれている。結構なことだ。

道を歩いていて、思わず鼻歌なんかをうたっていたりすることもある。だが、そこであらためて周囲を見回し、花のボーナス・シーズンだというのに、あんまり景気のいい顔つきをした人々に巡《めぐ》り合わないな、と思う。銀行のロビーにいてさえ、そうだ。鼻歌なんか、自作自演以外のものは聞いたことがない。寂《さび》しいね。

思うにこれは、銀行振込というシロモノのせいだろう。結構な額のボーナスをもらっても、それが通帳の上の数字の羅列でしかなかったら、嬉しいのは嬉しくても、今ひとつ実感に欠けるのは、いたしかたあるまい。もともと、鼻歌というのは、「喜び」「シアワセ」という複雑な人間機械のオプションであって、黙っていてもくっついてくるというものではないのだ。そして、数字の行列では、オプションは買えない。

それはともかく、そんなふうに上機嫌で銀行のロビーのソファに腰かけ、長い順番待ちの（定期預金をしに行ってたのだよ、実は）あいだの退屈しのぎにと、その辺に転がっていた週刊誌を取り上げて、パラパラとめくってみて、驚いた。

今出新町《いまでしんまち》の名前が載《の》っているのである。

先刻ご承知と思うが、ここは俺《おれ》の双子《ふたご》たちが暮らしている町である。平和で静かで辺鄙《へんぴ》な新興住宅地で、雑木林《ぞうきばやし》にUFOでも墜落しないかぎり、週刊誌に取り上げられるようなところではない。

いったい何事だ――と、いぶかりながら読んでみると、これがまた二度びっくりだった。今出新町で現在造成中の新しい分譲地から、埋蔵金らしきものが発見されたというのだから。

「結局はね」

「空騒《からさわ》ぎだって、わかったの」

「イタズラだったんだ」

双子が学校から帰ってくる時間を見計《みはか》らって電話してみると、受話器の向こうで、面白《おもしろ》そうにクックッ笑いながら、そんなふうに説明してくれた。週刊誌の記事では「悪質なイタズラ」と憤《いきどお》っていたが、双子たちの話では、地元の人たちはそれほど怒ってはいないよ、という。

「面白かったもの」

「刺激になったしね」

問題の埋蔵金が出てきた地べたは、双子の家がある今出新町の丘の中腹から、未舗装の、林道に毛が生えたような道を、徒歩で十分ほど登っていったところにあるのだという。騒ぎを聞いて、双子もブラブラと見物に出かけてみたそうだ。

「もう十日ぐらい前のことだよ」

「お父さん、耳が遅いねえ」

「テレビのワイドショーが」

「いっぱい取材に来たのに」

「野次馬も」

「すごかったよね」

「駅に人が」

「いっぱいいてさ」

「急に」

「人口が増えたって感じ」

相変わらず、時分割方式《タイム・シエアリング》でしゃべっている双子たちである。

「俺は今日、週刊誌で読んだんだよ。このところ忙《いそが》しくて、ろくすっぽ新聞も見てなかったからな」

「そう……」

「忙しかったのかあ」

「だから」

「ここんとこ」

「遊びに来て――」

「くれなかったんだね？」

最後の方は、少しばかり恨《うら》みがましい口調になっていた。そういえば、二ヵ月以上もほったらかしで、めったに電話もかけなかったのだから、多少はなじられても仕方ない。

「悪かったな。その代わり、豪勢な夕飯をおごってやるよ。明日じゃどうだ？」

料理担当の直《ただし》が冷蔵庫を検分に行き、早めに食べねばならぬなまものの算段をして戻ってくると、

「外食」

「ＯＫだよ」と返事をした。この二人、かほどに経済観念の発達したお子たちなのである。

「それじゃ、明日な。楽しみにしてるよ」

「バイバイ」と、双子も明るくコーラスした。

これまでにも何回となく交わしてきたこの会話――「明日な」「じゃあね」――かつて一度も裏切られたことのなかったこの約束が、果たされない可能性もあるなんて、そのときの俺は、爪の先ほども考えていなかった。夜眠って朝起きたら、自分の頭がうしろまえになっていたなんてことがあり得ないのと同じように。

いや、言葉をかえよう。考えていなかったのではなく、忘れていたのだ。疑似親父

という俺の立場を頭に置けば、いつだって、双子と会えなくなるという可能性はあった。そういうことは、いつでも起こり得た。

今回がそれだったのだ。

2

俺が今出新町に着いたのは、翌日の午後二時ごろのことだった。そして、双子の家をめざし、えっちらおっちらと丘を登ってゆき、ケーキの上に載せられたチョコレート製のおうちのような彼らの家の玄関のドアが半開きになっているのを見つけたのが、それから十五分ほどのちのことだった。

半開きのドア。

子供二人で一軒家に暮らしているわけだから、双子はどちらも用心がいい。外出するときだけでなく、彼ら二人が家にいるときでも、ドアにはきちんと鍵をかけ、チェーンもかけている。だから、疑似親父である俺だって、いつも、ピンポンを押して彼らを訪ねるのだ。

あんなふうにだらしなく、ドアを開《あ》けているなんてことは、今まで一度もなかった。

それも、半開きに。

どんなことでも、中途半端《ちゅうとはんぱ》というのは気持ちのいいもんじゃない。たとえば喧嘩《けんか》だってそうだ。途中で邪魔《じゃま》が入ると、エネルギーが尽きてヘトヘトになるまで喧嘩しきったときよりも、はるかに後味が悪くなる。女を口説《くど》いたり、女に言い寄られたりするときだってそうだろう。幸か不幸か俺にはどちらの経験もないが、刑事《デカ》さんたちやマスコミ関係者みたいに、気の毒なほどしばしば、いちばんいいところでポケベルにピーピーわめかれる——という災難に遭《あ》っている連中なら、実感としてわかるんじゃないか。

衣服が濡れたときもそうですな。人間の感覚とは不思議なもので、ずぶ濡れならずぶ濡れでいっそ爽快《そうかい》な気分にまで突き抜けてしまうのだが、そうでない場合はかえってイライラする。なま乾きのシャツなんか、気持ち悪くて着られたもんじゃない。

中途半端に開けられ、中途半端に閉められている玄関のドアは、俺に、十分早く衣類乾燥機から出してしまったパンツをはいているような、いやあな感情を呼び起こした。

もしも、双子の家の前庭にパトカーや救急車が停《と》まっているのを見つけたら、俺はどきりとして、そこから走って家まで駆けつけるだろう。だが、それでも、今現在の、皮膚の一枚下にじわあっと鳥肌がういているような感じにはならないと思う。ことがはっきりしているからだ。宙ぶらりんではないからだ。

双子に、なにかあったのだろうか。

強いて足を早めず、俺はゆっくりゆっくりと坂道を登っていった。そうしているうちに、半開きのドアを抜けて、直と哲《さとし》が、大きな段ボール箱かなんかの両端を持って、ふうふう言いながら、半分閉まりかけたドアを足でいっぱいに開け、

「これだから」

「ドアストッパーを」

「買っておけばよかったんだ」

などと言いながら姿を現すんじゃないか。そうして二人は俺に気づき、段ボール箱を足元におろして、こっちに向かって手を振りながら、こんなふうに言うのだ。

「通信販売で買った」

「ビデオラックが」

「着いたんだ」

「これから組み立てるの」

「先に」

「これをゴミ捨て場に置いてくるから」

「そしたら」

「手伝ってね」

なんとかそうなってくれはしまいかと願っていた。そんなふうなことであってほしいと思っていた。

だが、そうではなかった。近づいていっても、半開きのドアはいつまでたっても半開きのままだし、なおさら悪いことに、前庭の端に立つと、玄関のドアを開けたところの床に、今朝の朝刊だろうか、たたまれたままの新聞が一部、ぽつりと落ちているのまで見えてきた。

双子は几帳面だし、特に家事担当の直はきれい好きで、だらしないことが大嫌いな性分だ。床に新聞を放り出しておくなんて、あの子らしくない。実に、あの子らしくない。

気に入らない――と思いつつ、顔をしかめながらドアに歩み寄ってゆくと、あと一メートルほどのところに近づいたとき、ドアの陰から一本の腕がにゅっとのびて、その新聞を床から拾いあげた。

とっさのあいだに、その腕が純白のワイシャツに包まれていることを意識した。糊《のり》のきいた堅《かた》そうなカフスまで真っ白。メモ帳代わりに使えそうだ——

そして、次の瞬間には、俺は、新聞を拾いあげて身体《からだ》を起こしたその腕の持ち主と、斜め三十度ぐらいの角度でまともに顔をあわせていた。

「おっと」と、相手は言った。本当に驚いているようだった。ちょっとのあいだ、どちらも言葉が出せなかった。

腕の持ち主は、どちらかと言えば小柄だが、がっちりとした体格の男で、なかなか押し出しがいい。ズボンは青光りのする鋼鉄色で、ぴしっと折り目がついている。歳のころは——四十半《なか》ばというところか。

「失礼」

俺はやっと、そう言った。胸の奥で、徐々に、徐々に、心臓が踊りだしていた。喜びのダンスではなく、深夜の路上で酔っ払いが一人踊るような、無意味のダンス。

だが、ステップは次第《しだい》に早くなる。

「こちらは、宗野《そうの》さんのお宅ですよね？」と、俺は男に訊《き》いた。

「はあ、そうですよ」と男は答えた。片手に持った新聞を、無造作な感じで脇《わき》の下にはさみながら。

そのとき、俺は気がついた。男の、ズボンと同系色のネクタイの結び目が、ゆったりと緩《ゆる》められていることに。目に浮かんだ。仕事から帰ってきて、やれやれと襟元《えりもと》に手をあげ、ネクタイを緩める――

「えーと、スミマセンね。私は通りがかりのものなんですが」

しどろもどろに、俺は言い始めた。胸の奥の心臓のある位置で、ダンサーが一人、鉄下駄を履《は》いてフラメンコを踊っている。どすんどすんどすん。

「この丘の上に住んでいる知人を訪ねてきたんですが、場所がよくわからなくて、宗野さんて人の家から五分ほどあがったところだって教えられたんですが……ここは宗野さんのお宅ですよね？」

我ながら、支離滅裂のでっちあげ話だと思うが、相手はそうとは思わなかったようだった。

「そうです、うちが宗野ですよ」

玄関の内側に立ち、漠然と丘の上の方向に目をやると、

「ここから五分ほど登ったところなら、まだできたての住宅地じゃないですかねえ」

「はあ、そうですか」

声を出すと、そのたびに身体から空気が抜けて、背が縮《ちぢ》んでゆくような気がした。

「あのお……知人のうちに中学生の坊ずがいるんですよ。で、その坊ずが宗野さんて家には友達がいるから、どうしてもわからなかったら、その子たちに案内してもらいなよ、なんて、勝手なことを言いましてね。こちらには、お子さんが？」

今度は、さすがに相手の眉根《まゆね》のあたりにちょっとしわが寄った。深いしわではなかったし、すぐに消えたが。

「ええ、いますよ。うちにも坊ずが二人」

胸の内側で、フラメンコ・ダンサーはいよいよ激しく踊り狂う。

「たしか……双子の坊っちゃんとか」

「ええ、そうですよ」と、男は無造作に答えた。「直と哲。私の息子です」

ちらっと家のなかを振り向くと、

「ただ、あいにく今は二人とも出かけているようですな。私も、今しがた東京から帰ってきたばかりでしてね」

そうですか。それはどうも。あとで考えてみると、俺はそんなことを呟《つぶや》いたようであるらしい。自分では覚えていないが。

記憶に残っているのは、回れ右をして丘をくだり始めたとき、凄《すご》いスピードを出していたことだ。どんどん、足が早くなる。頬《ほお》にあたる風が強くなる。そうやって、俺は逃げだしていた。

誰から逃げだしたのかって?

宗野正雄《まさお》からだ。双子の本当の父親からだ。彼が帰ってきたからだ。だから、俺は逃げだしたのだ。

彼をつかまえて剣突《けんつく》をくらわしてやることもせず、双子たちに対するこれまでの仕打ちをなじることもなく、ただただしっぽを巻いて退散したのだ。逃げることなんかないと考えることはできなかった。

さよなら、さよなら、さよならだ。

自分がそう呟いていることに気がついたのは、東京行きの電車に飛び乗り、今出新町を遠く離れてからのことだった。

3

昼間でよかった。酒場の大半は開いていない。そうでなかったら、急性アルコール中毒であの世にいっているところだった。

柳瀬《やなせ》の親父《おやじ》が事務所にいてくれたのも幸運だった。鼻毛を抜いて電話帳のページの隅（すみ）に——こともあろうに自分の事務所の小さな広告の載っているページに——植えつけるという、どう分析しても意味の付けようのない作業をしているところだった。俺は気づかなかったが、親父は、事務所のドアを開けた俺の顔を見た瞬間、その表情のあまりの暗さ、凄《すさ》まじさに仰天《ぎょうてん》した拍子《ひょうし》に、電話帳をぱたんと閉じてしまったのだそうだ。

「汚くて、あの電話帳はもう使えん」

「そう思うなら、最初から鼻毛なんか植えなきゃいいのに」

「ページを開いているときならいいんだ。最後にふうっとひと吹きすりゃおしまいだからな。だが、いったん閉じちまうといけない」

「どっちにしろ理解できないね、俺には」

そんな話をしたのは、もう夜になってからのことだった。つまり、午後いっぱいを、俺はずっとゾンビみたいになって過ごしていたというわけだ。

今でも、その空白の時間帯に自分が何をしていたか、思い出すことができない。親父に訊いてみると、

「空っぽのゴミバケツのような有様だったな。それも、横倒しになっている」という、なんとも抽象的な説明をしてくれたけれど。

ともあれ、なんとか正気《しょうき》づくと、俺は親父にぽつぽつと事情を語った。親父は終始、呑気《のんき》そうに椅子《いす》にそっくり返って聞いていたが、俺が、双子の家にいた問題の男が宗野正雄だと知ったとたん、ぴゅうっと逃げだしてしまったという件《くだり》にさしかかると、笑いだした。

「ヘンなやつだなあ、おめえも」

「なんでだよ」

「逃げだすことはあるまい？　どっちかといったら、逃げ出さなきゃならねえのは向こうさんの方だ。子供をほったらかして愛人とイチャイチャしてたんだからな」

「でも、帰ってきた」

「帰ってきたからといって、すぐに全面的に許されるわけじゃあるめえ。おまえ、菊池寛の『父帰る』をしらねえのか？」

知っていた。『父帰る』では、帰ってきた放蕩者《ほうとうもの》の親父がどうなるのか、ということも、ちゃんと知っていた。最後の最後には、彼は許されるのだ。だから黙っていた。

どうやら、親父もそれを思い出したらしい。もごもごと、聞き取りにくいことをなにか呟いてから、

「ま、現実はあんなに甘かねえ」と、言わずもがなのことを付け足した。

事務所のなかに、めったにないような、厳粛な沈黙が落ちてきた。部屋の壁紙や蛍光灯や電話機やくず籠《かご》や、その他もろもろの馴染《なじ》み深い備品たちも、さぞかし面食らっているだろう。賭《か》けてもいいが、ゆくゆくこの事務所から親父の葬式を出すときがきても、これほどの深い沈黙は訪れないはずである。

「まあ、その ー」

親父がしゃがれ声で言い出した。俺は言った。

「田中角栄の物真似《ものまね》のつもりなら、似てない」

親父は黙った。余談だが、彼と田中角栄は同い年である。

「最近、今出新町がちょっと話題になったろう？」

話の向きを変えるつもりか、わざとらしく声を張り上げて、親父は言った。

「知ってる。埋蔵金だろ。双子たちに聞いた」

「あ、そうか」親父は白髪頭をぼりぼりかいた。「あれなあ、どうやら手のこんだやらせだったらしい」

「それも聞いた」

「そうか」親父は顎《あご》をひねっている。「じゃ、誰が仕掛けたイタズラか、それも知ってるか？」

「知らん。おおかたテレビ局じゃないのか」

「それが違うんだ」

親父は乗り出した。この話に興味津々《しんしん》という顔をしようとして、ずいぶん努力していた。とにかく、話題が変わればなんでもいいのだ。

「発見されたのは銀貨でな。三百枚ぐらいあったそうだ。なんでも日本史上でもたいへんな意味のあるものとして有名な銀貨だって話で、いっときは大騒ぎになったんだがね。よく調べてみたら、全部模造品だったというんだな」

「週刊誌で読んだよ」

「まあ、聞けや。しかしな、その模造品自体、なかなか高価《たか》いものらしいんだな。だいたい、それだけの数を集めることも大変だそうだ。いったい誰が、それだけの金と手間をかけたんだろうな？」

「暇《ひま》だったんじゃねえの」

親父はめげなかった。強引に話を続ける。

「最近〈画聖〉に会ったんだ」

俺はちらっと顔をあげた。親父はこちらを見ていた。「あの〈画聖〉だよ。置き引きの名人の。知ってるだろう？」

「知ってるよ」

置き引きと、紙幣の模写を生き甲斐としている男だ。いくら世のなか広いといっても、手書きで模写するだけの熱意を持ち合わせている紙幣偽造のプロは、彼しかいない。ほとんど、模写という作業に淫《いん》しているおっさんである。

「ちっと仕事で関《かか》わりがあってな。無駄話をしているときに、たいしたことじゃなかったんだが、ともかく〈画聖〉と会ってよ。その埋蔵金の話が出たんだな。すると〈画聖〉のやつ、一年ぐらい前からあの模造銀貨を買い集めていた野郎を知ってるというんだな」

仕事柄《がら》、〈画聖〉は美術品や骨董《こっとう》関係の仕事師と付き合いがあるから、そういう情報が入ってきたのだろう。

「それで？」

親父は声をひそめた。「その野郎は、どうやら、危《あぶ》ない筋の人間だったようだ。窃《せっ》盗屋《とうや》でも偽造屋でもねえ。〈画聖〉は、あの埋蔵金騒ぎには、なんか物騒な裏があるんじゃないかって言ってたが、俺も同じ意見だね」

それだけ話してしまい、俺がまだ黙《だん》まりをきめこんでいると、さすがの親父もネタが

つきたのか、ちょっと黙った。だが、すぐに声を励まして、

「だからよ、今出新町の双子が、まちがってもあの埋蔵金騒ぎなんかに関わらねえように、おまえ、よく気をつけてやれよ。それぱっかりは、おまえでないとしてやれないことだからな」

俺はぼそっと答えた。「そんな心配は要《い》らないよ。哲も直も、帰ってきた親父のことで頭がいっぱいで、ほかのことにかまけてる暇なんかないさ」

しばらくのあいだ、しきりと髭《ひげ》をひっぱってから、親父が小声で言った。「おまえ、それでいいのか？」

「いいも悪いもない。それに、ほっとしたよ。これでやっとお役御免だ」

親父は長々とため息をついた。

「じゃ、うちに帰って寝ることだな」

「いい忠告をありがとう」

俺は皮肉な口付きで言った。それにカチンときたのか、親父は声を大きくして言った。

「ちゃんとうちにいるんだぞ。双子たちだって、いきなり父ちゃんが帰ってきたんで、きっと面食らってるに違《ちが》いない。今夜中にも、なんとかしておまえと連絡をとろ

うとしてくるはずだから、当のおまえが所在不明じゃ困る。いいな？」

双子たちには、俺のねぐらの連絡先は教えていない。今までずっと、柳瀬の親父を通して連絡をとりあってきた。親父はそれを言っているのだ。

「電話はかかってこないよ」と、俺は言った。

親父は目をむいた。今や、完全に頭にきている。「どうして」

「今までかかってこなかったじゃないか」

事務所の電話は、リンとも鳴らない。

「今夜は、直も哲も帰還した親父さんのことで頭がいっぱいなんだよ。きっとそうだ。そうに決まってる。俺のことなんか忘れてるよ」

だから、親父もうちに帰って寝ろよ。そんなふうに言って、事務所をあとにした。背中でドアを閉めるとき、怒った親父がなにかこちらを罵倒《ばとう》するような台詞《せりふ》を吐《は》いたようにも聞こえたが、よく覚えていない。

「そうやっていつまでも、ガキみたいにすねてろ！」と言ったのかもしれない。

「もう看板なんだから」と、どこだか場所も定かでないスナックを追い出され、そのとき手間をかけさせすぎたのか、頭から水をぶっかけられて、正気に戻った。腕時計を見ると、午前一時だった。

ひとつ勉強したな、と考えながら、ふらふら夜道を歩いた。教訓。子供が空《あ》けた穴は、女でも、酒でも埋まらない。どこに空けた穴だって？　ハートにさ。

未練。

自分には縁のない言葉だと思っていた。ましてや、子供に、あんな子供に想いを残すとは。一度だって考えたことがなかった。

予定では、肩の荷がおりたような気分になるはずじゃなかったのか？　もう疑似親父を演じなくていいのだから。もう授業参観に呼び出されることもなければ、夜中に病院に駆けつけることもない。稼《かせ》ぎを分けてやる必要もなくなるのだ。

その代わり、直のつくったオムレツを食べることもなくなるし、哲の撮った写真を見せてもらうこともなくなる。三人で車座になって床に座《すわ》り、座布団《ざぶとん》を裏返して、そこで花札をやることもなくなる。双子たちは、こいこいもばかっぱも知らなかった。ポーカーのルールも知らなかった。みんな、俺が教えてやったのだ。俺が教えてやったのに。

「すっきりしたぜ」

声に出して言ってみたが、いたずらに、自分の嘘《うそ》を自分の耳で聞く羽目になっただけだった。

自分の居場所もよくわからなくなっている。新宿かな。渋谷かな。銀座だろうか。シャッターの閉まった店が並ぶ。街中がこぞって俺に背を向けているように見える。冷たい連中だ。はい、おやすみ、おあにいさん。

よろめきながら角をひとつ曲がったところで、緑色の公衆電話を見つけた。しばらくのあいだ、その場につっ立って、ねちねちと電話に因縁をつけた。　なんで、こんなところに立ってるんだよ、え？

おまえがこんなところに立ってるから、俺が妙な気を起こすんじゃないか、たとえば、柳瀬の親父の家に電話してみようかな、とか。親父、双子たちから電話を受けて、なんとか俺と連絡をつけようと、イライラしながら待っているところかもしれない――

それより、自分の部屋に電話してみるのはどうだろう？　親父が俺と連絡をとろうと努力しているのなら、留守番電話になにがしか吹きこんであるだろう。それを確かめてみるというのは、どうだ？

それならいい。それなら、やってみても。万が一、親父からの伝言がなくても、あるいは、「今のところ、双子たちのどっちからも電話がねえんだ。おまえ、しばらく待ってやれよ」なんていう伝言が残されていても、さして傷つきやしない。

いや、もとい。傷つきはする。だが、惨《みじ》めにはならない。直接話をしなければ、傷ついたことを、親父に知られないで済むから。

手元が定かでなくなっているので、自分の家の電話番号を、二度も押し間違えた。三度目のときも、またドジったんじゃないかと思った。ホントは俺、こんな電話などかけたくないのかもしれない。

だが、今度はちゃんとかかった。呼び出し音が二度鳴って、かちり。

「タダイマ　ルスニ　シテオリマス　ヨウケンヲ　ドウゾ」

合成音声で、そっけない応対。俺は暗証番号を押して、用件録音確認の手順を踏んだ。

「ヨウケンロクオンハ　アリマセン」

ちょっと空白。

「ああ、そうですか」と、声に出して言った。通りの反対側を、からまったり離れたりしながら歩いてゆく騒々しいカップルの嬌声が、俺の声をかき消してくれた。

未練。まだ梅雨《つゆ》の明《あ》けきっていない湿っぽい夜空そのもののような、じっとりとした、ねちねちとした、気質《たち》のよくない感情が、固まってしまったバリウムのように、俺の胃袋のなかに居座っている。その場でぴょんぴょん飛び跳ねれば、胃袋のなかでその固まりが「みれんみれんみれん」と音をたてるかもしれない。

深く考えるより先に、もう一度受話器をあげて、カードを入れていた。今度は番号をまちがわなかった。

双子の家にかけたのだ。今ではもう、自分の家のそれと同じように、そらで記憶している番号を押した。

呼び出し音、呼び出し音、呼び出し音。

カチリ。

「はい、宗野です」と、直の声が言った。

「ただいま、外出しています」と、哲の声が言った。

「すみませんが」

「ご用のかたは」

「ピーという音のあとに」

「メッセージを吹き込んでください」

「お願いします」と、最後はコーラスになった。

ピー。

発信音を聞いても、すぐには口がきけなかった。毛穴がふさがってしまったような気がした。受話器を握る手が、汗で滑った。

もう眠ってるんだな。だから留守番電話にしてるのか。それとも、父さんと話し合ってて、邪魔が入ると困るから留守番電話にしてるのか。

留守番電話をつけろと勧《すす》めたのは、俺だったよな。おまえら二人暮らしなんだし、そろって出かけることもあるんだから、そうした方がいいって。そしたらおまえら、

「そうだね」

「そうしておけば」

「お父さんから電話がかかってきたときも」

「行き違いにならずに済むもんね」

そう言ったよな。そして俺に、遠隔操作用の暗証番号も教えてくれた。

「いくつもあると」

「忘れちゃうから」

そう言って、俺の家の留守電のと同じ暗証番号にしてくれたんだよな。電話機も、俺が使ってるのと同じ機種のを買ったんだよな。

「……また、かける」

自分でも、それが自分の声だとは思えなかった。かすれて、小さかった。それだけ言って、逃げるように受話器を置いた。とたんに、激しく後悔した。かけるべきじゃなかった。メッセージなど残すべきじゃなかった。明日の朝、あれを再生して聞いたとき、双子は俺だとわかるだろうか。俺の声だと聞き分けるだろうか。そして、なんと思うだろう。

いや、大丈夫《だいじょうぶ》かもしれない。今のは録音されなかったかもしれない。長いこと黙っていたからな……

いてもたってもいられずに、もう一度電話をかけた。また、同じ応答メッセージが流れる。それを途中で停めて、録音確認の手続きをした。

「オウトウロクオン　３ケンデス」

三件？

俺のはどこだろう？　三件目か。しかし、前の二件はなんだろう。双子たち、親父の帰還に動転して、ずっと留守番電話をセットしたまま、一度も再生していないのだろうか。

土壇場に追い詰められると、人間、どこまでも卑《いや》しくなれるものだ。本来なら、今この場では、俺にはそんな権利などないはずなのに、自動人形のように手を動かして、録音再生をした。

ピー。一件目。

「もしもし？」

野太い男の声が聞こえてきた。

「宗野さんだね？　あんたんとこの息子を一人預かってる。直って子の方だ。無事に返してほしかったら、こっちの要求を呑むんだな。またかける」

ピー。二件目。

「宗野さん？」

今度は女の声だ。甲高い。

「何度かけても留守なのね。いい、よく聞きなさいよ。あんたの坊っちゃんを預かってるの。双子の息子の、片っぽよ。哲って名前。間違いなくあんたんとこの子よ。意味はわかるでしょ？　金を用意しな。いいわね」

ピー。三件目。

「……また、かける」

これは、俺の声だった。

知らぬまに、手から受話器が滑り落ちていた。したたか膝《ひざ》に当たったが、感じなかった。
「サイセイヲ　オワリマシタ」
合成音が、遠く告げた。
なんてこった。たとえ朝目を覚まし、枕元で目覚まし時計がオッペケペ節を踊って
いるのを発見しても、俺はこれほど驚きはしないだろう。なんてこった。
、、、、、、、、、、
二人とも誘拐されてるなんて。

4

「いったいぜんたい、何がどうなってるんだ？」
助手席でわめく柳瀬の親父には答えずに、俺はひたすら車を走らせた。
「本当なのか？　イタズラじゃねえのかよ？」
柳瀬の親父は、直と哲が二人同時に、ただし、別々の犯人によって誘拐されたとい
う事実を、どうしても呑み込むことができないようだ。寝入り端《ばな》をたたき起こして連
れてきたから、まだ寝呆けているのかもしれない。
「確かだよ。二人とも誘拐されてるんだ」

「しかし、身《み》の代金《しろきん》を要求するメッセージを留守電に残しとくなんざ……」

呆《あき》れる親父に、俺は言った。「律儀《りちぎ》な犯人たちじゃないか」

「しかしな、そのでんでゆくと、おまえが見かけた双子の父ちゃんはどうなるんだ？　あいつは家にいるんだろう？　何やってんだ？　なんで留守電なんかにしてて、電話に出ないんだ？」

「前提条件がまちがってるんだよ、親父」

「どういうこっちゃ」

本物の親なら、出奔から久しぶりに帰宅して、子供たちの姿がどこにも見えないというのに、留守番電話をつけっぱなしにして、午前一時ごろまでどこかに出かけているなんてことをするわけがない。

「あいつは、双子の親父じゃないんだ」

柳瀬の親父は助手席のドアにしがみつきながら目を見張った。「な、な、なんだと？」

「親父じゃなかったんだよ。おそらく誘拐グループの、一味の一人だったんだ。直だか哲だかをさらったあと、家のなかを物色していたのかもしれない。そこへ俺が訪ねてきたんで、とっさに親父のふりをしたのさ」

普通なら、まずい芝居だ。訪ねてきたのが宗野一家をよく知っている間柄の人間だったなら、すぐにバレる恐れがある。たまたまうまく行ったのは、俺が、家出父ちゃんが帰ってきたのだと早合点してやったからである。それを思うと、なおさら腹が立つ。

「じゃ、今はあの家のなかには誰もいないんだな？」

「いないと思う」

「しかし、犯人連中も呑気《のんき》だな」と、親父は呆れたような顔をした。「子供をさらってみたはいいが親が留守でした、じゃあ、どうしようもあるめえに。昼間、あの家に行ったときに、親がいないってことぐらいわかったろうによ」

そこがまた、犯人たちにとっても双子たちにとっても不運なところだったのだ。

「直も哲も、疑似親父の俺がいないときでも、共働きの忙しい両親と四人で仲良く暮らしています、という芝居を、上手《じょうず》にやってたからな。外目から見たら、あの二人が遺棄《いき》児童だなんて、誰も気づきやしないよ。犯人たちだってそうだったろう。ただ、しばらく双子の暮らしを観察して、忙しい親が、日曜日でも家を留守にしていることが多い、というふうには思ってたんじゃないかな」

だから、昼間俺と会ったときにも、悪怯《わるび》れたそぶりもなく、すぐに「父親です」なんていう台詞をはくことができたのだ。

「おまけに、いざ誘拐というときになったら、哲や直がどれだけ声をからして『うちの両親は二人とも家出しちゃってるから、身の代金を払う人がいないんです』と説明しても、口から出任せだと思って、犯人たちは笑い飛ばしちまうだろうよ」

「そうさなあ。あんまりにも突拍子もねえ話だから」

親父は言って、やっと目が覚めたような顔になった。

「なあ、おい」

「なんだい？」

「今気がついたんだがな、おまえ、双子の両親の顔を知らなかったんだな。写真も見せてもらったことがなかったのか」

俺はハンドルをとったまま黙ってうなずいた。

「妙なやつだ。興味なかったか」

俺は返事をしなかった。

「写真を見ると、あれこれ益体《やくたい》もないことを考えそうだから、見ないでおいたのか」

と親父が重ねて訊いた。俺はしぶとく黙っていた。

「まあ……双子たちも、見せようとしなかったんだろうからな」

そのとおりだった。なぜなのか、理由は知らない。訊いてみたこともない。尋《たず》ねずに、勝手に、自分にとって良い方向に解釈していたから。

坂道の上に明かりの消えた双子の家が見えてきた。今度は、玄関のドアがちゃんと閉まっていた。

家に入ると、真っ先に電話の留守設定を解除して、それから用件録音を全部再生してみた。あれから、二件増えていた。言わずと知れた、それぞれの犯人からの連絡だ。また留守電だとわかって、いいかげんカリカリしている声だった。

そのあと、電話がかかってくるまでに、親父と二人、一時間ほど待たされた。留守電で聞いたのと同じ女の声だった。

「ああ、やっといたわね」と、なんだか救われたような声を出している。誘拐なんて卑劣な犯罪を企てる連中はみんな、しょせん、バカぞろいなのだ。てめえに都合のいい夢みたいなことばっかり考え、こんなもんでよかんべえという感じで計画性のない犯罪に走るから、ちょっと予定外の出来事が起こると、すぐ頭に血がのぼってしまう。

女は興奮でときどき声を裏返したりしながら、身の代金の額を告げた。ちょっきり五千万円。無論、使い古された一万円札で。受け渡し場所は、例の埋蔵金騒ぎのあった造成地の近くの、保安林のなかだという。古い炭焼き小屋が目印だ、そこまで車でこい、という。

「あんたの車は？」

「黒のチェロキー」

「かっこつけてんじゃないのよ、でっかいガキの親父のくせして」

大きなお世話だ。

「時刻は、今から一時間後。一分でも遅れたら、取引は御破算よ」

それでは、あまりに時間がなさすぎる。

「二時間じゃダメか？」

「ダメ」

せいぜい冷酷そうな声を出し、気持ちよさそうに言い切った女を、俺は笑ってやった。

「あんた、バカじゃねえのか」

女の声がヒステリカルに甲高くなった。

「なんだって？」

「どの世界に、俺みたいな平凡なサラリーマンで、一時間以内に現金五千万円そろえられるような男がいると思ってんだ？　あんまり世の中をなめなさんなよ。子供を人質にとられたって、できないことはできないんだ。あんたらだって、せっかく危ない橋を渡ってるんだろう？　確実に金を手に入れることができるように頭を使えよ、え、おねえさんよ」

女は受話器から離れ、仲間と相談をしているようだった。ぼそぼそと声が聞こえる。耳を澄まして聞き取ったかぎりでは、その場には、彼女のほかに、男が一人いるだけのようだった。

「わかったわ。じゃ、二時間後」

午前六時ということになる。もう夜は明け切っているころだ。それなのに、こっちの申し出をあっさり受けるところ、この犯人たちはやっぱりアホだ。受け渡しをもう一晩のばして、暗闇にまぎれようなどとは思いつきもしないらしい。

電話を切ろうとする女を追いかけて、大声で言った。「電話口に子供を出せ。声をきかせてくれないと、取引には応じないぞ」

またひとしきりぶつぶつギャアギャア言ったあと、ガタガタと音がして、子供の小さな声が聞こえてきた。

「もしもし？」

「哲か？　哲だな？」

「お父さん？」

子供の声のトーンが跳ね上がった。柳瀬の親父が俺の手から受話器をもぎとった。

「おい、サト坊か？　無事なんだな？　怪我《けが》してねえんだな？」

「柳瀬のおじいちゃん？」と、哲が声をあげた。「おじいちゃん、ぼく、おじいちゃんとこにも電話しようかと思ったんだけど、うちには直がいると思って。だけど直、電話に出ないんだよ、どこにいるの？」

次第に早口になってゆく哲を押し止めて、柳瀬の親父に受話器を持たせたまま、俺はゆっくりとつくり話を言って聞かせた。

「大丈夫だよ、直はちゃんとここにいる。ただ、おまえが誘拐されたことを知って、ショックでちょっと具合が悪くなっただけだ」

「直、具合が悪いの？」混乱で、哲の声がうわずり始めた。「直大丈夫？　ぼくは大丈夫だけどでも直――ぼくは哲だよね、お父さん？」

俺も、自分で思っている以上に動転しているのだろう。今聞いている声が哲のものなのか直のものなのか、判然としない。普段なら聞き分けることができるのに。

「おまえはどっちだと思ってるの」

「……わかんなくなってきた」

「なんでもいいや、怪我はしてねえんだな」と、柳瀬の親父が割り込んだ。「夕飯はちゃんと食ったか」

「食ってない」

とたんに、柳瀬の親父は凄味のある声を出した。「そこにいるねーちゃんに話してやんな。今すぐおめえにあったかい夕飯を食わせねえと、このじいちゃんが、あんたがこの先一生ケツの穴から飯を食わなきゃならねえような目にあわせてやるって言ってるってな」

哲（推定）はびっくりしたようだ。「具体的にどんなことするの？」

俺は受話器をひったくった。「とにかく、しばらくの辛抱だからな。頑張《がんば》れよ！」

電話を切って十分としないうちに、もう一方の犯人から電話がかかってきた。例の野太い声の男だ。人質の双子が同じ顔をしているように、俺たちは同じようなやりとりを繰り返した。身の代金の額も、偶然だが同額だった。

ただ、受け渡し場所は違っていた。自動販売機が六台据えてあるオートストアだという。番地を訊いて地図で確認してみると、例の保安林のなかの炭焼き小屋から、北へ五百メートルほどくだったところにある。周囲は畑と造成地ばかりで、人気のないところだ。丘をまわって国道に抜ける道が通っているので、ドライバー目当てに建てられた店だろう。

「よくわかった。時間は、そうだな……現金をそろえる都合があるから、二時間半後じゃどうだ？　六時半だよ」

いいだろうと、男は言った。こいつには、誰かと相談している様子はなかった。こいつが単独犯だとすると、俺がこの家のなかで見かけた鋼鉄色のズボンをはいた男は、哲（推定）を誘拐した方の一味にいるということになる。それをよくよく頭に叩《たた》きこんだ。

さっきと同じように、子供の声を聞かせろと凄んでやった。今度の犯人はなかなか承知しなかったが、柳瀬の親父が電話で『ブラック・レイン』の若山富三郎のような声を出すと、ようやっと折れた。

「お父さん？　柳瀬のおじいちゃんもいるの？」

子供の声が聞こえてくると、俺より先に親父が吠えた。「タダ坊か？　怪我はねえか？　恐がらなくていいからな、すぐにじいちゃんが救けてやるから」

親父の手から受話器をひっぱがすのがひと苦労だった。「もしもし？　直か？」

「お父さん！」

「もう少しの辛抱だからな」

「お父さんだよね？　ホントにお父さん？」

「そうだよ。心配するな。あとちょっとのガマンだ」

「哲は？　哲は無事？」

「ああ、無事だ。ただ、今ちょっと理由があって電話に出られない」

「ボク……くたびれちゃってなにがなんだかわからない……ボクは直だよね？」

　この双子は、動転するとよくこういう状態に陥《おちい》るのだ。アイデンティティを見失う。

「とりあえず、仮にそういうことにしとけ。おまえたちが無事に家に帰ってきたら、お父さんが鑑定してやるから。おまえ、飯は食ったか」

「食ってない」

「そこにいる野郎に言ってやれ。今すぐボクにあったかい飯を食わせねえと、ボクのお父さんが、おまえがこの先一生ケツの穴から飯を食わなきゃならねえような目にあわせてやるって言ってるってな」

「具体的にどんなことするの？」

　直（推定）を宥《なだ》め、俺が電話を切ると、柳瀬の親父がひと言いった。

「盗作だ」

その非難を無視し、下っ腹に力をこめて、俺は言った。

「親父、〈画聖〉とつなぎをとってくれ。彼が必要なんだ。彼と、彼の作品が」

5

〈画聖〉が東京にいてくれたのはラッキーだった。この放浪の偽造絵描きは、方向音痴の渡り鳥のように、始終日本中を放浪しているのだから。

電話で事情を説明すると、彼はふたつ返事で承諾してくれた。

「おまえの仲良しの双子は、私が以前、暮志木《くらしき》で会ったあの子供たちだろう？」

「そうなんだ」

「それと聞いたら、放っておけん。一時間半あれば、そこまで行ける。こういうケースに打ってつけの作品があるよ。私の最高作だ」

「有り難い」

きっかり一時間三十分で到着した〈画聖〉は、車体の横腹に『ファンキー・キャット』という文字の入ったヴァンを転がしていた。これが本物の猫なら、そろそろ尾っぽの先が九つに割れるころだぜというような、年季の入ったシロモノだ。座席や荷台いっぱいに、所狭しとトランクや段ボール箱を積んでいる。

「このヴァンは、私のもっとも成功した置き引きの収穫品なんだ」

車から降り立つと、芸術家然とした長髪をひとふりして、〈画聖〉はさわやかな口調で言った。

「車を置き引きするとはいわねえがな」

俺のうしろで、柳瀬の親父がつぶやいた。

「するてえと、なにかい、普通の自動車窃盗犯てのは、走ってる車を盗むのかね？」

「細かいことをゴチャゴチャ言うなよ」

進み出て、俺は〈画聖〉を出迎えた。

「助かるよ。身の代金用の見せ金に、あんたの作品を借りたいんだ」

「五千万円だそうだな」

〈画聖〉は言って、助手席から、ひと抱えもありそうなサムソナイトを引きずりおろした。

「これでどうだろう？」

ぽかんと蓋《ふた》を開けると、なかには一万円札がぎっしり詰まっていた。

「こりゃ凄い」お世辞でなく、俺は感動していた。「これだけの量の札《さつ》を手書きするのはたいへんだったろう？」

「そうでもない。いや、実はね」

〈画聖〉は嬉しそうに笑い、手をのばして札束を叩いた。コンコンと音がした。

「これはプラスチックのブロックなのさ」

「札束じゃないのか？」

「違うんだ。プラスチックのブロックの上に、札束を重ねてあるような絵を描いただけだ。どうだい？　いいだろう」

「あんたはいい腕してるよ」

柳瀬の親父が感嘆したように唸《うな》って、ひと膝乗り出した。

「これだけ近寄ってみても、これがただの絵だなんてことはわからな――」

そのとき、滑稽《こっけい》なほど大きな音がして、札束が持ちあがった。正確に言うならば、札束の上半分が、サムソナイトの蓋と同じように、ぽっかりと開いたのだ。そして、そのなかから「らりほー！」と叫びながら生首が飛び出してきた。

掛け値なしに、俺の心臓は四拍休んだ。柳瀬の親父のは、十拍は休んだろう。顔が青白くなってしまった。

「すまんすまん！　これは張り子だ！」

生首を抱いて、〈画聖〉が大声で言った。六拍早く生き返った俺は、親父をつかまえて揺さぶった。「息をしろ！　親父、息をしろ！」

「脅《おど》かしてすまん」と、〈画聖〉があわてる。

「あんたの腕前は凶器だよ」

ようやく呼吸を取り戻した親父は、はあはあいいながら、『ブラック・レイン』の松田優作のような笑い方をした。

「こいつは面白《おもし》れえ」

実際、面白かった。約束の受け渡し場所で、サムソナイト詰めの生首は、アホでバカで運の悪い誘拐犯たちに対して、俺たちが予想していた以上の効果をあげたのだ。最初の誘拐グループ（結局、男ふたり女ひとりの三人組だった）のときは、腰を抜かしてしまった女をとり押さえてしまうと、あとは造作なかった。柳瀬の親父は女をしめあげて哲（推定）の監禁場所を吐かせようとしたが、俺はそれを押し止めて、言った。

「女よりも、こいつに訊きたい」

宗野正雄のふりをして、俺をはめた野郎だ。こいつはやっぱり、こっちのグループにいた。

自分のなかのサディズムに目覚めてしまうと、たとえ朝焼けに染まり朝露に爪先を濡らしているときでも、あまり寛大な人間にはなれないものだ。野郎を散々やっつけて、俺は哲の居所を聞き出した。

だが、言っておくけれど、このとき俺のやったことは、哲（確定。笑わせてみると、エクボが左の頰に出たから）を救けだしたあと、柳瀬の親父のやったことに比べたら、可愛いものだったよ。

哲は、昨日の朝早く、運動がてらに丘の上の方を散歩しているとき、車に押しこめられて誘拐されたのだ、と説明した。そして、電話であれだけ言っておいたにもかかわらず、犯人たちは、そのときから今の今まで、哲にまったく食事を与えていなかった。

それを聞くと、柳瀬の親父は、計画を立てた首謀者だという、もう一人の男の首ったまをつかまえ、嬉々として炭焼き小屋の陰に引きずっていったのだ。

「具体的に、何やってるんだろう？」

哲は不思議がったが、俺は教えてやらなかった。

「あ、いつか暮志木で会ったおじさんじゃないですか」

〈画聖〉を見あげて、哲が言った。

「久しぶりだね」と、〈画聖〉が答えた。「私の芸術、気に入ってくれたかい？」

そして哲の両耳をふさぎ、あたりに響き渡る悲鳴が聞こえないようにしてやった。

直（確定。消去法による）を救出したときには、〈画聖〉が新手を使った。

「オートストアなんだろう？　自動販売機があるわけだ。私の、動くオブジェを見せてあげるよ」

というわけで、犯人（こちらは男ひとりだけだった）が到着するよりも早くオートストアに出向いた〈画聖〉は、俺たちに指図して、六台ある自動販売機のすべてに、ちょっとした仕掛けをした。いざそれが動きだすまで、俺たちも、それがどういうものなのか教えてもらえなかった。

直をとらまえていた犯人は、でっぷりと太った腹だけでなく、頭のなかにも中性脂肪しか詰まっていないのじゃなかろうかと思うような、チンケな男だった。だが、彼の感動は本物だった。

何に感動したかって？　突如、店内にあるすべての自動販売機のすべてのランプが点滅し、商品取り出し口から、どっとばかりに一万円札が溢《あふ》れ出てくる光景を目撃したのさ。

「どうだい？　ちょっとしたもんだろ」

大家然として微笑《ほほえ》む〈画聖〉に、賛嘆のまなざしを送ってから、俺と柳瀬の親父とは、それっとばかりに犯人に飛びかかった。あとは簡単だったよ。

直の話では、昨日の朝、散歩に出たきり帰ってこない哲を探しに出て、丘の上の雑木林のなかで、いきなり誰かにあて身をくらわされて気を失い、気がついたら車のトランクに押しこめられていたのだという。こうして家の中が空っぽになったところへ、哲を誘拐した一味の中の一人が様子をうかがいに入りこんでいた。そこへ、俺が出くわしたという次第だったのだ。

「夕飯は食ったか？」

手ぐすね引いて、親父が訊いた。

「ビスケットをもらった」と、直は答えた。

「だけど、ボクが『トイレに行きたい』って言っても、なかなか行かせてくれなかったんだ。もう、破裂して死ぬかと思ったよ」

「そうかそうか」

柳瀬の親父は嬉しげに手をこすりあわせながら、犯人の方へにじり寄って行った。

今度は、俺と〈画聖〉とで、犯人の悲鳴が聞こえ始める前に、直を現場から引き離した。

　教育上、よろしくないからね。皆さんだって、あんまり聞いたり見たりしたくないだろうと思うが、いかがなものかね？

6

　希代の芸術家にして犯罪者である〈画聖〉は、誘拐騒動のあと、まもなく、また放浪の旅に出ると報《しら》せてきた。

「ただ、その前に、耳寄りな話があるんだがね」という。「どこかで会えないかな。大勢人のいる場所がいいと思う。今度の土曜日、おまえの息子たちを、東京ドームへ連れていくなんていうのはどうかね？」

〈画聖〉には、双子と俺は「親しい友達関係だ」と話してあるのだが、彼は彼一流の論理でもって、別の結論を出しているようで、双子のことを一方的に「息子たち」と呼んだ。

「ああ、いいよ。連れていく。柳瀬の親父も誘おう」

　というわけで、東京ドームで日本ハム対西武戦を観戦しつつ、三塁側内野席の西武応援団が陣取るいちばんうるさい場所で、〈画聖〉の持ってきた情報に耳を傾けた。

「例の、偽物の埋蔵金騒ぎだが、あれはやっぱり、裏があったようなんだ」

〈画聖〉は、そこで、ある男の名前を挙げた。俺たちのような稼業の人間たちのあいだだけではなく、一般社会でも、一時名の売れた男の名前だ。

なぜ名前が売れたかというと、彼が、国内はもとより海外にまで足をのばし、埋もれた財宝を掘りだすことに命をかけているという触れ込みの、自称『冒険家』だからだ。いや、だからだった。今はどこでどうしているのか、とんと噂《うわさ》を聞いていない。

「あいつ、まだ頑張ってたのか」

何年か前、俺が最後に耳にした消息は、どこかの海に沈んだ船から金塊を引き上げるとか言ってスポンサーを丸め込み、結局は何も成果をあげることができずに、夜逃げ同然に逃げだして行方不明になった――というものだった。

秋山が、ポールぎわでわずかに切れてファウルになった惜しい当たりを放ったので、観客席全体がどよめいた。それがおさまるのを待って、〈画聖〉は続けた。

「それそれ、それなんだ。その沈没船の件で、ヤツのおかげで大損をしたブローカーがカンカンに怒ってな。ずっとヤツの消息を追っていた。だが、どうしても見つからないので、それで、あの埋蔵金騒ぎを仕組んだってわけなんだよ」

つまり、ああいう派手な埋蔵金騒ぎを起こせば、どこに潜伏していても、必ずヤツが姿を現わすだろうと考えたわけだ。

「で、どうだったんだ？」

ビールを飲みながら、柳瀬の親父が訊いた。親父の隣で、双子はブルーのメガホンを振りながら声援を送っている。秋山がエンタイトル・ツーベースを放ったところだ。

「ヤツは尻尾《しっぽ》を出しちまったんだ」と、〈画聖〉は言った。「埋蔵金が見つかったと聞くと、じっとしていられなかったんだな。で、今出新町まで出かけていった。その帰りを尾行されたりしたようだ。もっとも、まだ捕まえられてはいない。危ないところだがね」

「それが、俺たちとなにか関係があるのかい？」

双子をちらっと見て、〈画聖〉は微笑した。

「直くんと哲くんが、あんなふうに立て続けに誘拐されたなんて、とんでもないことだったよなあ。あんなことが起こったのも、もとはといえば、埋蔵金騒ぎにかこつけて、ヤツが現われたらすぐにコテンパンにのしてやろうと、仕掛人のブローカーが、素性のよくない連中を、野次馬にまぎらせてたくさん呼び寄せていたからなんだ。つまり、そうやってたくさんのチンピラ犯罪者を呼び集めたら、そのなかには、あんな粗雑な誘拐をやらかしてひと儲《もう》けしようなんて考える野郎が、一人や二人混じってたって、そりゃあ無理のない話だからね」

なるほど。それでわかった。偶然というよりも、確率の問題だったわけだ。

「それで？」

柳瀬の親父に促され、〈画聖〉は続けた。

「自称『冒険家』のヤツは、今、追い詰められかかってる」

「そうだろうな」

「ただ、やっこさん、金は持ってるんだ。どうやら、いい金蔓《かねづる》をつかまえているらしい。今度は危ないものじゃないようだよ。働きのある女を見つけたとか言っていた」

「長い目で見りゃ、それも危ない」

「まあな。それでだ、ヤツは、偽造パスポートを手に入れたがってる。ヨーロッパに行くんだとさ。俺とヤツとは古い付き合いだからなんとかしてやりたいんだが、なんせツテがないからね」

〈画聖〉はここで言葉を切った。しばらく待って、俺は言った。

「俺にはツテがあるよ。ただし、場合が場合だ。かなりぼるぜ。それでもいいのかね」

「いいと言っている。言い値を払うと」

〈画聖〉が答えたとき、清原がバックスクリーンに飛び込むホームランをカッ飛ばした。

俺にしてみれば、易《やさ》しい仕事だった。自称『冒険家』とは、〈画聖〉が連絡をとるというから、表面にも出ないで済むし。金は、〈画聖〉と等分に分けることになった。

気が大きくなって、その晩は、双子と一緒に都心のホテルに泊まった。飽きずに夜景を眺《なが》めている双子を誘って、でかいベッドの上で花札をした。平和な夜だった。

翌日の午後、双子を今出新町の家まで送っていった。玄関の鍵を開けてなかに入ると、直はまっさきにあちこちの窓を開けて空気を入れ替え、哲は留守番電話のメッセージを再生した。

「――もしもし、父さんだよ」

低音の声が、そう言った。俺たち三人、てんでにその場に棒立ちになって、そのメッセージに聞き入った。

「元気にしてるかい？　様子を知りたくてかけてみた。また電話するよ」

少しためらい、間《ま》があいた。かすかにクラシック音楽が聞こえている。電話から流れ出てくるその声は、初めて耳にするものだった。これまで聞いたどんな男の声とも違っていた。

「そのうち、一度帰りたいと思っている。そのうち……きっと、そのうちに。じゃあ、元気でいるんだよ」

そこで、メッセージは切れていた。

両手を身体の脇に垂らして、哲は電話機を見つめている。カーテンに手をかけたまま、直もつっ立っている。

やがて、おずおずと、哲が言った。

「お父さんは」

同じようにおずおずと、直が続けた。

「父さんの声を」

「初めて」

「聞いたんだね？」

俺はうなずいた。「うん、そうだ」

俺には見えない不思議なパイプラインを通して、双子は心を通わせたらしい。そこで合意に達したらしい。そろって、にっこり笑った。

「ねえ」

「今夜は」

「庭でバーベキューをしようよ」

「星がきれいだからさ」

「そりゃいいなあ」と、俺も言った。

その夜のバーベキューは大成功だった。いい匂《にお》いにつられて、近所の連中が何人か立ち寄った。犬もちらほらやってきた。

梅雨明けの夏本番、晴れた夜空に、俺たちの頭の上を横切るようにして、天の川が流れている。この降るような星の眺めは、今出新町の唯一の取り柄だ。

双子の父さんは、いつかきっと、一度は帰ると言っていた。その言葉に嘘はないだろう。母親だって、同じようにして戻ってくるかもしれない。だが、それはいつになる？　いつのことだ？

そんなことは、誰にもわかりゃしない。明日のことを思い煩《わずら》うことなかれ、だ。天の川の流れつくところが何処かなんて、いったい誰に知ることができる？　運命も、未来の出来事もそれと同じようなものだ。行くべきところに行き着く。だからそれまでは、流れのままに気楽にしていこう。

それで充分、俺たちは幸せなのだから。

メイキング・オブ宮部みゆき

新保博久

男は女にはなれないし、女も男にはなれない。だから、男は女に、女は男に、時には平気で残酷なことをすることができる。だが、男も女も、誰でも必ず一度は子供であったことはあるわけで、だから子供には残酷な仕打ちをすることができないのだ。

――「宮部みゆきアフォリズム集」のうち
（『ステップファザー・ステップ』所収「ロンリー・ハート」より）

《我が隣人の怪談》

「下町生まれの下町育ちということで売り出してきたわたしのことですし、事実東京の深川からほとんど一歩も出たことのない人生をおくってきましたので、故郷は深川、それ以上に付け加えるべき言葉はなし、ということになります」（「私の故郷」、

朝日新聞94・2・2夕）

一九六〇年生まれ。本名・矢部みゆき。

〈**宮部**　姓名判断してもらったら、本名でこの仕事をするとノイローゼになるといわれたんです。でも、あまり変えちゃうと、呼ばれても返事できないだろうと、ほんの少しだけ変えました〉（志水辰夫との対談「作家の日常」、『青春と読書』92・9）

〈**井沢（元彦）**（生まれは）たしか下町でしたよね。

宮部　はい。うちの父は一応、サラリーマンですが、特殊鋼といって、鉄鋼業界の中でもかなり職人芸が生きている、特注物をやる『鉄鋼屋』さんなんですね。たとえば、新幹線の最初のレールを作ったとか、……それに、私は子どものころ母方の両親と一緒に住んでいまして、その母方の祖父も、木場の川並という、材木を結んだりほどいたりする、まあ職人だったわけです〉（対論集『だからミステリーは面白い』、有學書林、95・3／集英社文庫、96・5）

〈「よく冗談に、昔のテレビドラマの『寺内貫太郎一家』みたいな環境で育ちましたって言うんです。作家の出そうな家じゃないでしょう（笑）」〉（大森望によるインタビュー、『MARCOPOLO』93・8）

〈**宮部**　原体験というと、ホラーとサスペンスとSFを集めた子供向きのアンソロジー（講談社刊「世界の名作怪奇館」全七巻、70年7〜8月）をかなり小さいときに読んだんです。子供向きに解説と挿絵がついていて、それがとても面白く、また怖くて、それから入ったと思うんです。一生懸命探して読み始めたのは、中学生くらいからです。創元推理文庫の『怪奇小説傑作集』（69年2〜5月）が初めて読んだ文庫だと思います。それから中学だったか高校だったか、M・R・ジェイムズの傑作選（創元推理文庫、78年3月）が出て、それもとても面白く読んだ記憶があります。

荒俣（宏）　それは変わっていますね。（笑）

宮部　父親が落語とか怪談が好きで、夏になると寝る前にわたしと姉に怖い話をしてくれたんです。そんなことがあって、わたしも好きになったんでしょう〉（対談「現代のホラーとは何か」、『ミステリマガジン』90・8）

〈寝ながらみゆきは本を読む。病気の日は、本が読めるのがまた楽しい。今日も『人形の家』（ルーマー・ゴッデン著）という岩波少年少女《（ママ）》文庫の1冊をめくりながら、どんどんその世界に没入していった。寄せ集められた人形が、疑似家族を作っていくという不思議な物語。とりわけ悲劇的な最後に、心は強く引き寄せられた。小学3年生のときに読んだこの本は、その後も最も好きな小説のひとつとして、大切に読み返されたのである〉（石村博子「東京伝説47／あの川の流れる向こうとこちらで。」、『毎

日グラフ』92・12・27／『東京伝説』、毎日新聞社、93・2／『新・東京物語』、講談社文庫、96・5）

〈宮部　いろいろ本は読んでいましたけど、ミステリーの読み始めは遅かったですね。知らなかったですね、その入口さえも。ただ、映画を観てました。子供の頃から二十二、三歳までは映画時代でした。もともと、母親が熱狂的な洋画ファンでしたから、子供の頃からいろいろと聞かせてもらっていたんです。母の口がビデオみたいなものだったので〉（大沢在昌「エンタテインメント・パラダイス第五戦／宮部みゆきはキツネつきである」、『小説宝石』95・10／大沢在昌対談集『エンパラ』、光文社、96・11／光文社文庫、98・6）

〈宮部　あれ（「恐怖の報酬」）なんかは、子供の頃からずっと母に聞いていました。『映画館で、ふと周りを見たら、お客さんが全員、前の座席の背もたれをギュッとつかんで見ているぐらい怖かった』という話を繰り返し、繰り返し聞いていました。それで、初めて教育テレビか何かで実物を見た時に、もちろん傑作だとは思ったんですけど、母から聞いていた話のほうが面白いんですね（笑）〉（『だからミステリーは面白い』）

〈宮部　私は『幻影城』（探偵小説誌、75・2～79・7）の現物は知らないんです。

ただ、当時まだ知られていなかったスティーヴン・キングにハマってしまい、誰かとキングの話がしたくて『幻影城』のファンの集まりとしてスタートしたミステリー愛好者のグループ《怪の会》に入りました。そこでこういうのも面白いよ、ああいうのも面白いよと教えてもらって、二十歳を過ぎてから初めてカーやクイーン、チャンドラーを読みはじめたんです〉（北村薫・綾辻行人との座談会「本格ミステリをめぐって」、『野性時代』95・8）

『幻影城』を知らないのも無理はなく、休刊した七九年に、宮部氏は都立墨田川高校を卒業している。当時は男女雇用機会均等法もなく、女子で四年制大学を卒業するとかえって就職が難しい時代だったので、それより手に職をつけたいと考えて、速記の専門学校に進む。

〈**宮部**　……あの世界（速記）も上達するまでに時間がかかるので、途中から夜間に切りかえまして、普通の会社へアルバイト感覚で勤めながら学校へ行って、速記の仕事もするという生活でした。法律事務所へ移ったのは一級速記者になってからです〉（「林真理子の著者と語る4／山本賞受賞の〝下町派〟ミステリー作家」、『月刊Asahi』93・7）

速記試験に挑戦していたころの心境は、のちの短篇「ドルシネアにようこそ」（新潮文庫『返事はいらない』所収）の主人公、地方出の少年に反映されているようだ。

〈「でも、一級をとるまで5年かかって、その後、実務を3年やりました」〉〈「速記をやったり、和文タイプを打ったり、訴訟書類をつくったり、裁判所にお使いに行ったりもしました。ただ、法律事務所って、仕事がないときはものすごく暇なんです。その間はひたすら本が読めて、とてもいい職場でした」〉（『MARCOPOLO』93・8）

〈**（桂）三枝**　あ、小説（『火車』）の中に法律事務所が出てきますけど、あれ、ご自分のお勤めのとこだったんですね。

宮部　（中略）あの時代の体験を、ストレートにちょっとでも書いたのは初めてなんですけれど、私が働いてた頃は、まだ個人破産て、そんなに多くありませんで……《ママ》〉（「三枝のホンマでっか！」198、『週刊読売』93・6・13）

「ちょうど十年前の大雪のときは、わたしはまだ勤め人でした。ほかでもないその日は、母方の祖父の葬儀の翌日でした。そのとき二十三歳だったわたしは、年齢からいったらもう充分大人だったわけですが、可愛がってくれた祖父が、十二年間の闘病生活ののち、七十そこそこでこの世を去ったそのときに初めて、ああ自分の子供時代はこれで終わったんだなと実感したのでした。小説を書きはじめたのも、その年の春からのことでした」（「深夜の散歩」、読売新聞94・4・2夕）

《私はついている》

〈法律事務所で働くかたわら、録音テープ起こしのアルバイトをやった。「講演会などのテープを文字にしながら、人に自分の考えや思いを伝えることのすばらしさに触れるうちに、好きな推理小説を書いてみたいと、思うようになった」〉（「著者訪問」、朝日新聞92・8・2）

〈**宮部**　当時、『ショートショートランド』（81・4〜85・6）という雑誌があって、そこに『講談社フェーマス・スクール小説作法教室』の広告が出ていて、これは面白そうだと思って〉（『だからミステリーは面白い』）、八四年から八六年まで通うことになる。

〈以前、ＪＲ四ツ谷駅前の交差点近くにあった、講談社のフェーマス・スクールは、洋画家と文芸家の育成のためだけに開設された、異色のカルチュア・スクールだった。私（＝山村正夫）はそこで昭和五十九年から、同校の規模縮小のため文芸部門が廃止になった平成二年までの、足かけ約七年間に亘り、小説講座の専任講師をつとめた〉〈……（受講生の中からは）華々しくデビューするものも相ついだ。宮部みゆき、石塚京助、北原双治、新津きよみ、鈴木輝一郎、久保田滋、牧南恭子、篠田節子、矢口敦子、関口ふさえ（、羽太雄平）などの諸氏がそうである〉〈受講生に年四回、作品発表の機会が与えられ、その作品をテキストに印刷して、専任講師とゲスト講師が講評に当たるシステムになっていた〉〈宮部さんは私の教室へ来る前、まったく小説など書いたことのない初心者だったが、あの頃は弁護士事務所の事務員をしていて、それも何年か勤めていたため、職業上知り得た資料を豊富に持っていた。それにもかかわらず、彼女はそうした資料を一切使わず、未知の素材を舞台にストーリー性豊かな面白い作品を、テキストに発表していたのである。「もったいない。どうして、自分の知っている世界を書かないの？」〉〈「それは取って置きにしておいて、ネタ切れでどうしようもなくなったときに使います」〉（山村正夫「解説」、羽太雄平著『本多の狐』、講談社文庫、95・1）
〈「私、ワープロが欲しくて欲しくてしょうがなかったんです。今から十年前、まだ法律事務所に勤めるバリバリのＯＬだったんですけど、中国ファンドを解約し、後の半分をローンにして二十五万円のキャノワード・ミニを買ったんです。だけど、置く台がないでしょ。それで、母からアイロン台を譲ってもらって、その上にワープロを置き、座布団に座ってずっと打っていたんです。作家になる前に一本だけ手書きの原稿がありますけど、それ以外は全部ワープロ。ワープロがなかったら、作家になって

なかったかもしれませんね」〉（「仕事場探検隊202／宮部みゆき」、『週刊文春』94・2・24）

短篇新人賞に応募し始めて二年目の八六年、「祝・殺人」（のち改稿して『我らが隣人の犯罪』に収録）で第二十五回オール讀物推理小説新人賞の候補となる（受賞作は浅川純「世紀末をよろしく」）。

〈……末頼もしい筆力の持ち主である。恵まれた才能が、そのうちに一気に溢れそうな気がして、たのしみな作家だ。次作を期待したい〉（陳舜臣「工夫のあと（選評）」、『オール讀物』86・12）

〈「折原一さんが、私がおっこちた時の『オール讀物』の選評を読んでてくれて、（東京創元社の）戸川（安宣）さんに話して下さったの。女性でこういう人がいるからって。で、お会いして、（長編書き下ろしを）やらせていただけるんですかと。候補ったって短編だし、おっこったのにね。でも、気長にいきましょうって」〉（山前譲によるインタビュー、『小説推理』89・8）

こうして最初の著書となった長篇『パーフェクト・ブルー』（89年2月刊）を準備中の八七年、五年間勤めた法律事務所を退職。〈けれども、働いてないと不安で、二年間くらいは家の近くの会社に勤めながら、二足のわらじの作家でした〉（「林真理子の著者と語る」)。この年、「我らが隣人の犯罪」により第二十六回オール讀物推理小説新人賞を受賞。

〈トリックやサスペンスに縛られて、不自然になるよりも、話術で自然なおもしろさをという、現代ミステリイのこつを、このひとは早くもつかんでいる。このまま、この道をすすんでいただきたい〉(都筑道夫「話術がだいじ(選評)」、『オール讀物』87・12)

同年度、「かまいたち」により第十二回歴史文学賞に佳作入賞する。

〈山本周五郎の市井物にも通う、庶民的情感があり、それがこの作品の一つの魅力ともなっている〉(尾崎秀樹「水準のあがった諸作(選評)」、『歴史読本』88・2)

〈**縄田(一男)** ……『我らが隣人の犯罪』は、自分たちのいちばん近い日常生活の部分から掘り起こしていって、どんどんテーマを広げていったような気がするんですけれど。

宮部 そうですね。他に方法がないというか、得意わざがないですし、専門のところもないですしね。学もないですから、何か勉強するとなるとものすごい時間がかかっちゃうんですよ。それでやっぱり手元から始めようというのがスタートでした。……基本的にミーハーな読者であり続けたいんで、読んだものに感動すると「私もこういうものを書きたい」――それはやっぱり手元から出ているんだと思います〉（対談「ミステリーと共同体」、『図書新聞』93・11・6）

「そのころのわたしはまだ勤め人でした。通勤電車のなかで一度ならず、『十角館の殺人』を読む人を目撃していました。短編デビューということで自作の単行本化などまだ夢のまた夢だった当時のわたしが、こんなにしょっちゅう見かける本ならよっぽど面白いんだろうと書店に出かけ、どおんと平積みになっている『十角館――』を一冊買い求め、著者紹介で作者が同い歳だと知ったとき、どれほどショックを受けたか、どうぞお察しください」（『暗闇の囁き』解説、綾辻行人著、ノン・ポシェット、94・7）

綾辻行人とはデビューが同年で同い齢どころか、誕生日も全く同じ一九六〇年十二月二十三日であった。こういう例には、石原慎太郎と五木寛之（一九三二年九月三十日生）、高橋克彦と山崎洋子（一九四七年八月六日生）というふうに他にもあるが、綾辻・宮部両氏の場合、それぞれ『時計館の殺人』『龍は眠る』で九二年三月に第四十五回日本推理作家協会賞長篇部門を同時受賞するというおまけがついた。ただし三十一歳で最年少受賞と一部でいわれたのは誤伝で、探偵作家クラブ賞時代に山田風太郎（「眼中の悪魔」「虚像淫楽」）が二十七歳、協会賞となってからも河野典生（『殺意という名の家畜』）が二十九歳で受賞している。

協会賞以前も以後も、受賞歴は華々しく、九〇年『魔術はささやく』で第二回日本推理サスペンス大賞（公募）、九二年『本所深川ふしぎ草紙』で第十三回吉川英治文学新人賞、九三年『火車』で第六回山本周五郎賞と、栄冠を射止め続けた。

〈**宮部**　そこが怖いところで、キャリアといったらまだ六年ぐらいなんですね。本当に私はツキに恵まれて、もちろん自分も頑張ったと思うんですけど、頑張った時に、いい風がきて、高く飛べたわけですよ。これは運なんですよね。そうすると、ツキがこなくなった時に、果たして自分がどれくらい飛べるのかなという不安が常にあって、あまりにも早くいいことがありすぎたために、怖いという気持ちがあるんです〉（「小宮悦子のおしゃべりな時間」24、『サンデー毎日』94・4・3／『小宮悦子のおしゃべりな時間：対談集2』、毎日新聞出版、95・7）

《ステップファザーへ、スキップ》

〈**宮部**　骨法正しい本格物とかトリックとしてすごくおもしろいのを書く人がいらっしゃいますから、どうもそこにわたしなんかは資質として入っていけないなと思ったときに、ホラーとかコメディーの方に振れてきたんです。どうにか生きる道を探そうと思って〉（荒俣宏との対談「現代のホラーとは何か」）
「以前から、コメディ・クライムを書きたいと思い続けてきました。ところが、これがなかなか難しいもので、一気にやろうと思っても、いつも計画倒れ。そこで、まずは小さな話をつくり、それを愉快に積み上げていくことができるかどうかみてみよう、という気持ちで書いたものが、この連作短篇集になりました。ライトなライトな仕上がり――と著者は思っておりますが、どのくらい楽しんでいただけるか、ちょっとどきどきしています」（「近刊近況／ステップファザー・ステップ」、『小説現代』93・5）
〈**宮部**　……今回の謎は全部ライトなもので、謎ときも最後の一ページでできればいいとして、前振りのむだ話や会話でもたせる短編にしました。推理小説としては、それでは甘い部分が出てくるかもしれないんですが、それは考え方と才能の違いで、私はやはり謎を解くことよりも、ほかの部分を書いてしまう〉（「林真理子の著者と語る」）
ここまで著者自身に解説されてしまっては、評論家は出る幕がない。ひとつだけ、再読して初めて気がついた（遅いねえ）ことを指摘しておくと、語り手である主人公の姓名が読者に伏せられているばかりでなく、第一話では地の文に一人称代名詞も全く出てこない。さすがにつらくなったものか、第二話以降では会話内以外にも〝俺〟が使われているが。

〈(「予言」などを書いた久生)十蘭以後の作家では、大坪砂男が傑作「天狗」でこの技法をつかい、おこがましく私もこころみているが、普通に小説を書く二倍、三倍の時間がかかる。そんな苦労をなぜするか、という理由の主なるものは、語り手が透明になって、読者との距離がせばまり、臨場感が増すからだ〉(都筑道夫『死体を無事に消すまで』、晶文社、73・9)

基本設定、事件ともかなり突飛だから、そうやってリアリティを補強する必要を感じたのだろう。まんまと著者の術中にハマった読者は、引続きこのトリオの活躍を読みたくなる。

〈**宮部**　同じメンバーを登場させて、いつか長編を書くつもりです。おとぎ話的な部分とリアリティーをうまくミックスさせて、『黄金の七人』のようなものができたらいいなと思っています〉(河野良武＝読者代表によるインタビュー「双子も継父も書いていて楽しかった。これはライトな大人のおとぎ話です」、『VIEWS』93・6・23)

しかしその長篇はまだ書かれていない。『パーフェクト・ブルー』に続く探偵犬マサの一人称による第二長篇同様おあずけだ。他の宮部作品を読むか、それも残り少ないとしたら、〈『ステップファザー・ステップ』が好きなら、ユーモアとペーソスを盛り込んだクレイグ・ライスの『スイート・ホーム殺人事件』ほかは愛読書になるだろう……〉（草積英樹「2週間でミステリー通になる6大流行作家のルーツめぐり。」、『Hanako』94・12・30＋1・6合併号）

「……わたしの暮らしている下町の図書館には、ちょっと考えられないくらい豪華なポケミス・ラインナップが存在していたのです。『スイート・ホーム殺人事件』も、最初はそこで借りて読みました。コカコーラを『コカ・コラ』と訳してある。推理作家であり素敵なママでもあるカーステアズ夫人を『母者人』と訳してある、懐かしくも素敵なあの版です。ディクスン・カーの作品のいくつかも、同じ図書館の棚から借り出してきて楽しんだものですし、ブラウン神父のシリーズも、最初はやはりポケミスで読んだのでした」（「ポケットに、ぽん」、『ハヤカワ・ミステリ総解説目録』、93・8）

クレイグ・ライスも宮部氏の憧れの作家の一人らしいが、『ステップファザー・ステップ』はむしろ、ドナルド・E・ウエストレイクのドートマンダー・シリーズの影響を感じさせる。「天才――ただ運が悪いだけ」（『ミステリマガジン』90・9）と宮部氏に呼ばれるドートマンダーより、少し運のいい泥棒を書こうとしたかのように。

〈**宮部**　ああいう一味を書きたいんです。『ホットロック』のバラボモ・エメラルドを盗んでいく（のを四回繰り返す羽目に陥る）っていう、あれは本当におかしいし、『強盗プロフェッショナル』の、銀行丸ごと盗んじゃうってのがものすごく好きです。日本ってなかなかコメディクライムが定着しないから、いつか、なんとかして書いてみたいですね〉（吉野仁によるインタビュー「宮部みゆきのミステリー作法」、『鳩よ！』95・6）

クライム・コメディが定着していない証拠に、角川文庫版で四冊出ている「ドートマンダーと彼の仲間たちのお話を読もうと思ったら、古本屋さんで探すしかない、というのが現状です。残念至極」（「天才——ただ運が悪いだけ」）。

他に好きな作家は、「わたしにとって神様みたいな存在」（「宮部みゆきのミステリー作法」）スティーヴン・キングを別格として、最近愛読し始めたのはフィリップ・K・ディック、ローレンス・ブロック、日本では岡嶋二人、髙村薫など。そして、

〈**宮部**　私、黒澤（明）監督の映画、好きなんです。仕事をしていく上で、目標であり、この人のような仕事をしたいと思うのは、黄金時代の黒澤監督なんですね。あの、人を引きずり込む吸引力を身につけたい〉（「エンタテインメント・パラダイス」、『エンパラ』単行本・文庫版ではそれぞれ一部修正）

《話術はささやく》

〈「自分でも、だいたい主人公が男性か少年なのは、どうしてなんだろう？　と思うんですが。……（女性はよく知っているだけに）理想化しにくい。その点、男性や少年が主人公だと、ある程度、〝こうあってほしい〟というのが素直に出て、理想化できるんです」〉〈「多分、私の中に子どもの部分があって、それがうまく出ると、いいキャラクターが書けるんだろうと思うんです。だから、今どきの子どもを書いてるんじゃなくて、自分の子ども時代を振り返って書いている。多分、今の子どもと比べると、同じ年齢でも少し幼いと思います」〉（前田己治子構成「ミステリートーク・宮部みゆき／私のミステリーは基本的にはホームドラマなんです。」、『Jour』増刊93・6・19）

〈**宮部**　たとえば、私はよく欠損家庭を書くでしょう？　これはどうしてかというと、自分でもよくわからないんですね〉〈ただ、そういう痛みを背負ってる人というのは、人に対して優しいから、そういう陰惨な事件を追いかけていくハンターとして、ふさわしいんじゃないかとは思うんですね、幸せいっぱいの人より〉（『だからミステリーは面白い』）

〈「トリックとか、驚きの結末ばかりがミステリーではないんです。たとえば以前、本屋さんで泣いている女の子を見かけたことがあって。どうしたんだろう、どうしてなのかなって考えますよね。そこから話が膨らんでゆくんです」〉（嵯峨崎文香によるインタビュー「いま、宮部みゆきが断然スゴイ！」、『Caz』93・5・26）

「物語を書くという作業には、常に、『何を書くか』と『いかに書くか』というふたつの問題点がつきまといます」「私自身は書き手のひとりとして、『いかに書くか』ということにより多くの知恵をしぼるのが楽しいと感じています」（「マイ・ベスト・ミステリー『シンプル・プラン』スコット・スミス著」、『MARCOPOLO』94・7）

〈――取材はどんな感じで？

「まず図書館へ行って、それらしい棚を全部あたります。参考文献のリストをチェックしていって、あとは新聞にあたったり、必要なら大宅文庫で雑誌にあたる。専門家に会ってお話を聞くというのは最終段階で、そこまでいかないで用が足りちゃうこともあるんです」〉（『MARCOPOLO』93・8）

〈**大沢** ……《（ママ）》小説を考えるときに、映像から入っていくほう？

宮部 完全に映像型です。だから、映像と映像を繋ぐものがなくて、止まるときがあります。切り口はどこだろう、この物語はどこから書くのが正解なんだろうって〉

〈そうそう、私、自分の本はまず読み返さないんですけど、この前、『火車』ってどういう話だったかなと思って、初めて読んだんです。で、基本的に宮部みゆきってあまり込み入ったストーリーを書けない人なんだなあというのを発見しました（笑）〉（『エンパラ』）

〈宮部　（『火車』は）まずラストシーンが書きたかったんです。捜しに捜してきた女性が、ドアを開けて入ってくる。それを主人公が少し離れたところから見ている。でも、一言も声をかけないで終わる、その場面を書きたいと。その後は、その女性が全編入れ替わるトリックでいこう、すると次はどういう状況が考えられるか？　いろんな材料の一つとしてカード破産が面白いなって、いうだけなんです。ちょうどお芋を掘るように本体は後から付いてくる。だから社会派って言っていただくのはとてもうれしいんですけど、（中略）私は恥ずかしくてしょうがないんですよ（笑）。私は妄想派ですし、良く言えば物語派ですから〉（柳生純麿「書想インタビュー1」、『SAPIO』93・2・25／『１００人の９９９冊―不透明な時代を読み解く』、ポスト・サピオムック、96・10）

（二〇二一年付記）

以上は本書が最初に文庫化された四半世紀前の解説の再録で、改版に際しても最小限しか手を加えなかった。その後、一九九九年『理由』による第百二十回直木賞をはじめ、五指に余る受賞歴を含む現在までの歩みを、ご本人の発言を中心に新しくコラージュするのは、もはや私の手に負えない。しかし、直木賞受賞以前の軌跡を辿《たど》る材料としては現在も、このままでも資するところはあるだろう。

著者には不本意かも知れないが、これだけは補足しておかねばならないのは、『ステップファザー・ステップ』の続篇についてである。本書単行本刊行当時の抱負にあるように長篇を意図して、一九九七年から二年間、断続的に雑誌発表されながら頓挫《とんざ》した。九七年に、前年の『蒲生邸《がもうてい》事件』により日本SF大賞を受賞、また時代小説への傾注が強まり多忙を極めた時期でもあり、往時のクライム・コメディ志向を放棄せざるを得なかったとも思われる。創作者の関心はうつろうものだから、デビュー長篇『パーフェクト・ブルー』に続く探偵犬マサの第二長篇ともども、今さら著者に再開をせがむのは酷だろう。『ステップファザー・ステップ』のシリーズも本書の七篇をもって完結と、読者にはお考えいただきたい。

ただ、講談社の青い鳥文庫版で『ステップファザー・ステップ——屋根から落ちてきたお父さん――』に親しんだ読者は、第三話「ワンナイト・スタンド」を読み逃しているはずだ。ページ数を厚くしないため、やや年少読者向きでない要素を含む同篇が割愛されていたのだから。青い鳥文庫版でしか読んでいない読者には特に、改めて全篇の通読を促したいし、熱心なファンにとっても、著者の原点に近い初期の収穫である本篇に触れなおす意義は小さくないに違いない。

本作品は一九九六年七月に講談社文庫で刊行されたものを、一部改稿し、本文組み、装幀を変えて、新装版として刊行したものです。また、当時の時代背景に鑑み、原文を尊重しました。

|著者| 宮部みゆき　1960年東京都生まれ。'87年『我らが隣人の犯罪』でオール讀物推理小説新人賞を受賞してデビュー。'92年『龍は眠る』で日本推理作家協会賞長編部門、同年『本所深川ふしぎ草紙』で吉川英治文学新人賞、'93年『火車』で山本周五郎賞、'97年『蒲生邸事件』で日本SF大賞、'99年『理由』で直木賞、2001年『模倣犯』で毎日出版文化賞特別賞、'02年司馬遼太郎賞、芸術選奨文部科学大臣賞文学部門、'07年『名もなき毒』で吉川英治文学賞、'08年 英訳版『BRAVE STORY』でThe Batchelder Awardを受賞。近著に『さよならの儀式』、『黒武御神火御殿　三島屋変調百物語六之続』、『きたきた捕物帖』などがある。

公式ホームページ「大極宮」http://www.osawa-office.co.jp/

ステップファザー・ステップ　新装版《しんそうばん》

宮部《みやべ》みゆき

2021年2月16日第1刷発行
2023年7月19日第7刷発行

発行者——鈴木章一
発行所——株式会社　講談社
東京都文京区音羽2-12-21　〒112-8001
電話　出版（03）5395-3510
　　　販売（03）5395-5817
　　　業務（03）5395-3615

Printed in Japan

講談社文庫
定価はカバーに
表示してあります

KODANSHA

デザイン—菊地信義
本文データ制作—講談社デジタル製作
印刷———株式会社KPSプロダクツ
製本———株式会社国宝社

ISBN978-4-06-522412-0

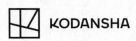

講談社文庫刊行の辞

二十一世紀の到来を目睫に望みながら、われわれはいま、人類史上かつて例を見ない巨大な転換期をむかえようとしている。

世界も、日本も、激動の予兆に対する期待とおののきを内に蔵して、未知の時代に歩み入ろうとしている。このときにあたり、創業の人野間清治の「ナショナル・エデュケイター」への志を現代に甦らせようと意図して、われわれはここに古今の文芸作品はいうまでもなく、ひろく人文・社会・自然の諸科学から東西の名著を網羅する、新しい綜合文庫の発刊を決意した。

激動の転換期はまた断絶の時代である。われわれは戦後二十五年間の出版文化のありかたへの深い反省をこめて、この断絶の時代にあえて人間的な持続を求めようとする。いたずらに浮薄な商業主義のあだ花を追い求めることなく、長期にわたって良書に生命をあたえようとつとめるところにしか、今後の出版文化の真の繁栄はあり得ないと信じるからである。

同時にわれわれはこの綜合文庫の刊行を通じて、人文・社会・自然の諸科学が、結局人間の学にほかならないことを立証しようと願っている。かつて知識とは、「汝自身を知る」ことにつきていた。現代社会の瑣末な情報の氾濫のなかから、力強い知識の源泉を掘り起し、技術文明のただなかに、生きた人間の姿を復活させること。それこそわれわれの切なる希求である。

われわれは権威に盲従せず、俗流に媚びることなく、渾然一体となって日本の「草の根」をかたちづくる若く新しい世代の人々に、心をこめてこの新しい綜合文庫をおくり届けたい。それは知識の泉であるとともに感受性のふるさとであり、もっとも有機的に組織され、社会に開かれた万人のための大学をめざしている。大方の支援と協力を衷心より切望してやまない。

一九七一年七月

野間省一

講談社文庫　目録

月村了衛　悪の五輪
辻堂　魁《かい》　落暉《ゆうひ》に燃ゆる〈大岡裁き再吟味〉
辻堂　魁　山桜花〈大岡裁き再吟味〉
フランソワ・デュボワ　太極拳が教えてくれた人生の宝物〈中国・武当山90日間修行の記〉
手塚マキと歌舞伎町ホスト80人 from Smappa! Group　ホスト万葉集〈文庫スペシャル〉
土居良一　海翁伝
鳥羽　亮　金貸し権兵衛〈鶴亀横丁の風来坊〉
鳥羽　亮　提灯《ちょうちん》斬り〈鶴亀横丁の風来坊〉
鳥羽　亮　お京危うし〈鶴亀横丁の風来坊〉
鳥羽　亮　狙われた横丁〈鶴亀横丁の風来坊〉
東郷　隆
上田　信　絵　【絵解き】雑兵足軽たちの戦い〈歴史・時代小説ファン必携〉
堂場瞬一　八月からの手紙
堂場瞬一　壊れる心〈警視庁犯罪被害者支援課〉
堂場瞬一　邪心〈警視庁犯罪被害者支援課2〉
堂場瞬一　二度泣いた少女〈警視庁犯罪被害者支援課3〉
堂場瞬一　身代わりの空(上)(下)〈警視庁犯罪被害者支援課4〉
堂場瞬一　影の守護者〈警視庁犯罪被害者支援課5〉
堂場瞬一　不信の鎖〈警視庁犯罪被害者支援課6〉
堂場瞬一　空白の家族〈警視庁犯罪被害者支援課7〉

堂場瞬一　チェンジ〈警視庁犯罪被害者支援課8〉
堂場瞬一　誤《あやま》ちの絆〈警視庁総合支援課〉
堂場瞬一　/傷
堂場瞬一　埋れた牙
堂場瞬一　Killers(上)(下)
堂場瞬一　虹のふもと
堂場瞬一　ネタ元
堂場瞬一　ピットフォール
堂場瞬一　焦土の刑事
堂場瞬一　動乱の刑事
堂場瞬一　沃野の刑事
土橋章宏　超高速！参勤交代
土橋章宏　超高速！参勤交代　リターンズ
戸谷洋志　Jポップで考える哲学〈自分を問い直すための15曲〉
富樫倫太郎　信長の二十四時間
富樫倫太郎　スカーフェイス〈警視庁特別捜査第三係・淵神律子〉
富樫倫太郎　スカーフェイスII　デッドリミット〈警視庁特別捜査第三係・淵神律子〉
富樫倫太郎　スカーフェイスIII　ブラッドライン〈警視庁特別捜査第三係・淵神律子〉
富樫倫太郎　スカーフェイスIV　デストラップ〈警視庁特別捜査第三係・淵神律子〉

豊田　巧　警視庁鉄道捜査班〈鉄血の警視〉
豊田　巧　警視庁鉄道捜査班〈鉄路の牢獄〉
砥《と》上《がみ》裕《ひろ》將《まさ》　線は、僕を描《えが》く
夏樹静子　新装版　二人の夫をもつ女
中井英夫　新装版　虚無への供物(上)(下)
中村敦夫　狙われた羊
中島らも　僕にはわからない
中島らも　今夜、すべてのバーで〈新装版〉
鳴海　章　フェイスブレイカー
鳴海　章　謀略航路
鳴海　章　全能兵器AiCO《アイコ》
中嶋博行　新装版　検察捜査
中村天風　運命を拓く〈天風瞑想録〉
中村天風　叡智のひびき〈天風哲人　箴言註釈《しんげんちゅうしゃく》〉
中村天風　真理のひびき〈天風哲人　新箴言註釈《しんげんちゅうしゃく》〉
中山康樹　ジョン・レノンから始まるロック名盤
梨屋アリエ　でりばりぃAge
梨屋アリエ　ピアニッシシモ
中島京子　妻が椎茸だったころ

講談社文庫　目録

講談社文庫 目録

古野まほろ 陰陽少女〈妖刀《ようとう》村正《むらまさ》殺人事件〉
古野まほろ 禁じられたジュリエット
藤崎 翔 時間を止めてみたんだが
藤井邦夫 大江戸閻魔帳《えんまちょう》
藤井邦夫 三つの顔〈大江戸閻魔帳(二)〉
藤井邦夫 渡世人〈大江戸閻魔帳(三)〉
藤井邦夫 笑う女〈大江戸閻魔帳(四)〉
藤井邦夫 罰《ばち》当《あた》り〈大江戸閻魔帳(五)〉
藤井邦夫 福の神〈大江戸閻魔帳(六)〉
藤井邦夫 野暮天〈大江戸閻魔帳(七)〉
福澤徹三 糸柳《しやな》寿昭《としあき》 忌《い》み地〈怪談社奇聞録〉
福澤徹三 糸柳寿昭 忌み地 弐〈怪談社奇聞録〉
福澤徹三 糸柳寿昭 忌み地 惨〈怪談社奇聞録〉
福澤徹三 作家ごはん
藤井太洋 ハロー・ワールド
藤野嘉子 生き方がラクになる 60歳からは「小さくする」暮らし
富良野 馨《かおる》 この季節が嘘だとしても
辺見 庸 抵抗論
星 新一 エヌ氏の遊園地
星 新一 編 ショートショートの広場 ①〜⑨
本田靖春 不当逮捕
保阪正康 昭和史 七つの謎
堀江敏幸 熊の敷石
本格ミステリ作家クラブ編 ベスト本格ミステリ TOP5〈短編傑作選002〉
本格ミステリ作家クラブ編 ベスト本格ミステリ TOP5〈短編傑作選003〉
本格ミステリ作家クラブ編 ベスト本格ミステリ TOP5〈短編傑作選004〉
本格ミステリ作家クラブ選・編 本格王2019
本格ミステリ作家クラブ選・編 本格王2020
本格ミステリ作家クラブ選・編 本格王2021
本格ミステリ作家クラブ選・編 本格王2022
本多孝好 君の隣に
本多孝好 チェーン・ポイズン〈新装版〉
穂村 弘 整形前夜
穂村 弘 ぼくの短歌ノート
穂村 弘 野良猫を尊敬した日
堀川アサコ 幻想郵便局
堀川アサコ 幻想映画館
堀川アサコ 幻想日記店
堀川アサコ 幻想探偵社
堀川アサコ 幻想温泉郷
堀川アサコ 幻想短編集
堀川アサコ 幻想寝台車
堀川アサコ 幻想蒸気船
堀川アサコ 幻想商店街
堀川アサコ 幻想遊園地
堀川アサコ 魔法使ひ
堀川アサコ メゲるときも、すこやかなるときも
本城雅人 境界〈横浜中華街・潜伏捜査〉
本城雅人 スカウト・デイズ
本城雅人 スカウト・バトル
本城雅人 嗤うエース
本城雅人 贅沢のススメ
本城雅人 誉れ高き勇敢なブルーよ
本城雅人 シューメーカーの足音
本城雅人 ミッドナイト・ジャーナル
本城雅人 紙の城
本城雅人 監督の問題

真山　仁　新装版ハゲタカII(上)(下)
真山　仁　レッドゾーン(上)(下)
真山　仁　グリード〈ハゲタカIV〉(上)(下)
真山　仁　ハーディ〈ハゲタカ2・5〉(上)(下)
真山　仁　スパイラル〈ハゲタカ4・5〉
真山　仁　シンドローム〈ハゲタカ5〉(上)(下)
真山　仁　そして、星の輝く夜がくる
真梨幸子　孤《こ》虫《ちゅう》症《しょう》
真梨幸子　深く深く、砂に埋めて
真梨幸子　女ともだち
真梨幸子　えんじ色心中
真梨幸子　カンタベリー・テイルズ
真梨幸子　イヤミス短篇集
真梨幸子　人生相談。
真梨幸子　私が失敗した理由は
真梨幸子　三匹の子豚
松本裕士　兄弟〈追憶のhide〉
円居　挽　原作 福本伸行　カイジ ファイナルゲーム 小説版
松岡圭祐　探偵の探偵

松岡圭祐　探偵の探偵II
松岡圭祐　探偵の探偵III
松岡圭祐　探偵の探偵IV
松岡圭祐　水鏡推理
松岡圭祐　水鏡推理II〈インパクトファクター〉
松岡圭祐　水鏡推理III〈パレイドリア・フェイス〉
松岡圭祐　水鏡推理IV〈アノマリー〉
松岡圭祐　水鏡推理V〈ニュークリアフュージョン〉
松岡圭祐　水鏡推理VI〈クロノスタシス〉
松岡圭祐　探偵の鑑定I
松岡圭祐　探偵の鑑定II
松岡圭祐　万能鑑定士Qの最終巻〈ムンクの〈叫び〉〉
松岡圭祐　黄砂の籠城(上)(下)
松岡圭祐　シャーロック・ホームズ対伊藤博文
松岡圭祐　八月十五日に吹く風
松岡圭祐　生きている理由
松岡圭祐　黄砂の進撃
松岡圭祐　瑕《か》疵《し》借り
松原　始　カラスの教科書

益田ミリ　五年前の忘れ物
益田ミリ　お茶の時間
マキタスポーツ　一億総ツッコミ時代〈決定版〉
丸山ゴンザレス　ダークツーリスト〈世界の混沌《カオス》を歩く〉
松田賢弥　したたか 総理大臣・菅義偉の野望と人生
真下みこと　#柚莉愛《ゆりあ》とかくれんぼ
松野大介　インフォデミック〈コロナ情報氾濫〉
三島由紀夫 TBSヴィンテージクラシックス 編　告白 三島由紀夫未公開インタビュー
三浦綾子　ひつじが丘
三浦綾子　岩に立つ
三浦綾子　あのポプラの上が空〈新装版〉
三浦明博　滅びのモノクローム
三浦明博　五郎丸の生涯
宮尾登美子　新装版 天璋院篤姫(上)(下)
宮尾登美子　新装版 一絃の琴
宮尾登美子　東福門院和子《まさこ》の涙(上)(下)〈レジェンド歴史時代小説〉
皆川博子　クロコダイル路地
宮本　輝　骸骨ビルの庭(上)(下)
宮本　輝　新装版 二十歳《はたち》の火影《ほかげ》

宮本　輝　新装版 命の器
宮本　輝　新装版 避暑地の猫
宮本　輝　新装版 ここに地終わり 海始まる(上)(下)
宮本　輝　新装版 花の降る午後(上)(下)
宮本　輝　新装版 オレンジの壺(上)(下)
宮本　輝　にぎやかな天地(上)(下)
宮本　輝　新装版 朝の歓び(上)(下)
宮城谷昌光　夏姫春秋(上)(下)
宮城谷昌光　花の歳月
宮城谷昌光　重《ちょう》耳《じ》(全三冊)
宮城谷昌光　介《かい》子《し》推《すい》
宮城谷昌光　孟嘗君 全五冊
宮城谷昌光　子産(上)(下)
宮城谷昌光　湖底の城〈呉越春秋〉一
宮城谷昌光　湖底の城〈呉越春秋〉二
宮城谷昌光　湖底の城〈呉越春秋〉三
宮城谷昌光　湖底の城〈呉越春秋〉四
宮城谷昌光　湖底の城〈呉越春秋〉五
宮城谷昌光　湖底の城〈呉越春秋〉六

宮城谷昌光　湖底の城〈呉越春秋〉七
宮城谷昌光　湖底の城〈呉越春秋〉八
宮城谷昌光　湖底の城〈呉越春秋〉九
宮城谷昌光　俠骨記〈新装版〉
水木しげる　コミック昭和史1〈関東大震災～満州事変〉
水木しげる　コミック昭和史2〈満州事変～日中全面戦争〉
水木しげる　コミック昭和史3〈日中全面戦争～太平洋戦争開始〉
水木しげる　コミック昭和史4〈太平洋戦争前半〉
水木しげる　コミック昭和史5〈太平洋戦争後半〉
水木しげる　コミック昭和史6〈終戦から朝鮮戦争〉
水木しげる　コミック昭和史7〈講和から復興〉
水木しげる　コミック昭和史8〈高度成長以降〉
水木しげる　敗走記
水木しげる　白い旗
水木しげる　姑《クー》娘《ニャン》
水木しげる　決定版 日本妖怪大全〈妖怪・あの世・神様〉
水木しげる　ほんまにオレはアホやろか
水木しげる　総員玉砕せよ！〈新装完全版〉
宮部みゆき　新装版 震える岩〈霊験お初捕物控〉

宮部みゆき　新装版 天狗風〈霊験お初捕物控〉
宮部みゆき　ICO《イコ》―霧の城―(上)(下)
宮部みゆき　ぼんくら(上)(下)
宮部みゆき　新装版 日暮らし(上)(下)
宮部みゆき　おまえさん(上)(下)
宮部みゆき　小暮写眞館(上)(下)
宮部みゆき　ステップファザー・ステップ〈新装版〉
宮子あずさ　看護婦が見つめた人間が死ぬということ
宮本昌孝　家康、死す(上)(下)
三津田信三　忌《い》館《かん》〈ホラー作家の棲む家〉
三津田信三　作者不詳(上)(下)〈ミステリ作家の読む本〉
三津田信三　蛇《じゃ》棺《かん》葬《そう》
三津田信三　百《ひゃく》蛇《じゃ》堂《どう》〈怪談作家の語る話〉
三津田信三　厭魅《まじもの》の如き憑くもの
三津田信三　凶鳥《まがとり》の如き忌むもの
三津田信三　首無《くびなし》の如き祟るもの
三津田信三　山魔《やまんま》の如き嗤《わら》うもの
三津田信三　水魑《みづち》の如き沈むもの
三津田信三　密室《ひめむろ》の如き籠《こも》るもの

2023年3月15日現在